W0186289

RAYON D'AMOUR

E. L. TODD

Rayon d'Amour

Table des matières

1

Rae

Trois mois plus tard…

JE NE COMPRIS que j'avais oublié Ryker que lorsque je cessai de penser à lui. Mais je ne m'en rendis pas compte, parce que justement, je ne pensais pas à lui. Lorsque je pensai pour la première fois depuis une semaine, je réalisai alors qu'il n'occupait plus mes pensées.

J'étais enfin libérée.

Les trois derniers mois avaient été terribles. J'avais donné le change à tout le monde, mais mes nuits étaient solitaires, et les journées passées seules dans le labo difficiles. Je revivais des passages de notre histoire, de nos nuits ensemble et de tous nos bons moments. Et à chaque fois, une sensation de perte écrasante me tombait dessus sans que je ne m'y attende.

Et ensuite, je me rappelais qu'il n'avait aucune raison de me manquer.

Il ne me méritait pas. Il fallait que j'oublie Ryker et que je trouve quelqu'un d'assez bien pour moi.

J'entrai dans la cuisine et vis Rex assis à la table. Il avait toujours une tête abominable le matin parce qu'il s'était couché tard la veille. Il avait rencontré une fille et n'était rentré qu'au matin. Je ne lui demandai pas de détails. Je préférais ne pas savoir.

Je me servis une tasse de café et un bol de céréales.

Rex fixait son café, la tête entre les mains.

— Toujours vivant ? demandai-je.

— Uh-uh.

— Tu veux des céréales ?

— Nan..., répondit-il avant de bâiller bruyamment et de se frotter les yeux.

Je m'assis à la table et mangeai mon petit-déjeuner avant de partir pour le travail. Je restais à COLLECT parce que j'adorais mon boulot, et je ne voulais pas en changer simplement parce que Ryker était mon patron. Tant qu'il ne descendait pas me rendre visite, nous n'avions aucune raison de nous croiser. Ma seule interaction avec lui se limitait à voir sa signature sur mes chèques.

— Si tu détestes te lever tôt, pourquoi vas-tu travailler le matin ? demandai-je à Rex.

—Je dois faire la caisse. Tu comprendrais pas.

— C'est ça, lançai-je en plissant les yeux. Parce que je suis débile...

— Exactement.

On tapa à la porte.

Qui pouvait venir si tôt le matin ?

— C'est ouvert.

Zeke ouvrit la porte et entra. Il était vêtu de sa blouse de travail sombre, sa tenue de travail. Même dans des vêtements amples, ses muscles se remarquaient. Il était rasé de près et sa coiffure était impeccable. Il tenait un journal sous son bras, et ne semblait pas aussi joyeux que d'habitude.

— Salut.

— Un problème ? demanda Rex.

— Ouais..., répondit doucement Zeke en s'asseyant à table et en ouvrant le journal. Rae, je suis désolé de te l'apprendre. Je sais que l'appréciais, dit-il en me tendant la rubrique nécrologique. Mais je ne voulais pas que tu arrives au travail sans être au courant.

— Qui est-ce ? Oh non...

En regardant le journal, je découvris que M. Price était mort. Je posai ma tasse et lut attentivement l'article. Il était écrit qu'il avait brièvement lutté contre un cancer avant de décéder. Il laissait son épouse et ses deux fils.

Ryker avait donc un frère.

Zeke observait mon visage, cherchant des signes de tristesse.

Je n'avais pas les mots pour décrire ce que je ressentais. M. Price avait toujours été adorable avec moi, comme avec tous les employés de COLLECT. Il avait un bon cœur et il savait apprécier toutes les personnes qu'il rencontrait.

— C'est... c'est vraiment terrible. L'article dit que Ryker a pris la direction de l'entreprise quand le cancer a été décelé, pour qu'il puisse passer la fin de sa vie avec sa famille..., murmurai-je.

Je comprenais mieux l'attitude de Ryker. Il avait vraiment été forcé de reprendre le poste.

— C'est vraiment triste, dit Rex. Je sais que tu l'appréciais.

— Oui, beaucoup...

Après la surprise initiale, je pensai à mon ex. Je me souvins nos conversations tendues à propos de sa famille. Il m'avait demandé de ne jamais mentionner son père, et à présent, je comprenais mieux pourquoi.

— J'espère que Ryker va bien. Ça ne doit pas être facile pour lui...

— On s'en fout ! s'exclama Rex.

— Rex, dis-je avec un regard sévère. Tu n'as pas besoin d'être vicieux.

— Comme si ça me faisait quelque chose, marmonna-t-il en buvant son café, les sourcils toujours froncés. Ce n'est pas comme si j'avais rencontré ce monsieur.

— Même, ça ne se fait pas.

Malgré ce que Ryker m'avait fait, il ne méritait pas cette peine. Personne ne méritait de perdre un de ses parents.

Heureusement, Zeke était de mon avis.

— L'enterrement est demain.

— Ne me dites pas que vous voulez y aller, lâcha Rex. Parce que cet enfoiré sera là.

— Bien sûr que je vais aller rendre hommage à M. Price. Ça m'est égal que Ryker soit là. Dans tous les cas... j'aimerais lui présenter mes condoléances.

Nous étions séparés depuis assez longtemps pour nous comporter de manière civile l'un avec l'autre. Dans les moments de tragédie, les différends pouvaient être mis de côté. Et j'étais sincère lorsque je lui avais dit que je l'aimais, trois mois plus tôt. Je ne ressentais plus les mêmes choses à présent, mais je n'aurais jamais été aussi froide avec une personne qui m'avait été un jour si chère.

— Il ne mérite pas ta pitié, insista Rex. Je n'irai pas.

— Si, tu iras, dis-je fermement.

— Putain. Non, déclara-t-il en s'asseyant plus confortablement sur sa chaise.

— C'est ton ami, Rex. Le tien aussi, Zeke.

Notre séparation ne devrait pas mettre un terme à leur amitié.

— Il a cessé d'être mon ami l'instant où il s'est foutu de toi, dit Rex.

— Moi pareil, déclara Zeke. Désolé, Rae. Mais il n'aurait pas dû faire ça.

— Alors, vous voulez bien venir à l'enterrement pour moi ? demandai-je en les regardant dans les yeux. J'aimerais beaucoup que vous soyez là.

— D'accord, répondit Zeke, dont le regard s'était adouci.

Puisque Zeke avait accepté, Rex se sentit obligé de faire de même.

— Peu importe.

APRÈS LA CÉRÉMONIE à l'église, nous arrivâmes au cimetière. Le cercueil fut placé près d'une tombe fraîchement creusée. Il était en acajou, le bois sombre destiné aux rois. C'était le plus beau cercueil que j'avais jamais vu, même si cette pense était un peu morbide.

Les personnes présentes se rassemblèrent pour présenter leurs hommages. Lentement, les invités se retirèrent pour se rendre à la veillée funèbre au Four Seasons de Seattle. Aucun de nous trois ne voulait y aller, parce que je pensais que notre présence risquait de mettre Ryker mal à l'aise. Je souhaitais simplement dire au revoir à mon ancien patron.

Je repérai Ryker près de sa mère. Elle était entièrement vêtue de noir et un voile recouvrait son visage. Elle pleurait doucement l'homme qu'elle avait perdu. Elle était grande, comme son fils. Même si son visage était partiellement masqué, on pouvait deviner sa beauté.

Elle pleurait contre l'épaule de Ryker tandis qu'il la tenait par la taille, restant auprès de sa mère pendant ce moment difficile. Ses traits portaient la même expression dure qu'ils avaient toujours, ses pensées et émotions impossibles à lire.

Un homme, probablement son frère, s'approcha de sa mère et la consola à son tour. Il passa son bras autour de ses épaules et la guida vers quelqu'un qui se tenait près de la tombe.

Ryker resta là, fixant le cercueil dans lequel se trouvait son père.

Je le regardai et sentis une peine intense me traverser. Même s'il montrait peu ses émotions, je savais qu'il pleurait toutes les larmes de son corps au fond de lui. C'était une lutte intérieure, invisible aux yeux du monde. Il était dévasté, même s'il refusait de le montrer.

— Allons présenter nos condoléances, dis-je en m'approchant lentement du cercueil, Zeke et Rex derrière moi.

Lorsque Ryker leva la tête, il parut surpris de me voir. Ses pupilles se dilatèrent et se mirent à briller. Son expression resta indéchiffrable, mais je savais qu'il avait ressenti quelque chose en me voyant. C'était la première fois que nous nous revoyions depuis cette nuit dans le bar.

Je m'arrêtai face à lui mais restai à une certaine distance. Je ne voulais surtout pas qu'il se sente menacé. J'avais envie de l'étreindre, ou même de lui prendre la main. Mais vu où en était notre relation, je ne pensais pas que je puisse me le permettre.

— Je suis vraiment désolée, Ryker... Ton père était un grand homme. Il manquera à tout le monde.

Il me fixa, comme s'il n'était pas sûr que je sois réelle.

Je n'arrivais pas à déterminer si mes paroles étaient bien reçues ou pas. Je fis un pas de côté pour laisser les garçons lui parler.

Zeke tendit sa main et serra celle de Ryker.

— Toutes mes condoléances.

Ryker le remercia d'un hochement de tête.

Rex s'approcha ensuite, l'air très mal à l'aise. Même dans une situation pareille, il n'avait pas envie d'être agréable avec Ryker. Il ne pouvait pas lui pardonner ce qu'il m'avait fait. Rex était bien trop protecteur envers moi pour arriver à oublier.

Mais il finit par faire un effort et lâcha en secouant la tête :

— Je suis désolé, Ryker.

Il ne sembla pas avoir la force d'ajouter autre chose.

Ryker hocha de nouveau la tête. Rex s'éloigna et rejoint Zeke. Il n'y avait rien d'autre à dire ; il était temps de laisser Ryker porter son deuil tranquillement. Nous commençâmes à nous éloigner vers notre voiture.

— Rae.

C'était la première fois que Ryker parlait, et sa voix était plus grave que d'habitude.

Nous nous retournâmes.

Ryker me regardait, semblant attendre que je le rejoigne.

Rex me fit signe de continuer à marcher.

Zeke ne réagit pas.

Je traversai la pelouse mouillée et revins lui faire face. Je vis la douleur de Ryker dans ses yeux bleus. Je pus distinguer sa peine lancinante, et ce qui me restait d'amertume concernant notre rupture me quitta lorsque je compris la profondeur de son chagrin.

— Je suis désolé pour tout ce qui s'est passé entre nous. Je veux que tu le saches.

Je ne m'attendais vraiment pas à ses excuses, surtout un jour pareil.

— Tout va bien, Ryker. Je t'ai pardonné, et je suis passée à autre chose.

C'était vraiment bon de pouvoir dire ces mots et de me sentir vraiment bien. Je m'approchai et touchai son bras, laissant reposer ma main plusieurs secondes. Je le sentis trembler légèrement.

— J'espère que tu trouveras la paix. Prends soin de toi.

ZEKE MARCHAIT PRÈS de moi sur le trottoir, Rex nous précédant, se dépêchant parce qu'il était affamé.

— Je pense que tu as bien réagi, Rae, me dit Zeke.

— Ouais ? demandai-je en serrant ma veste contre moi pour me protéger du froid glacial.

— Je veux dire... Toute l'histoire m'a mis en colère. Comment il s'est comporté avec toi... ce n'était vraiment pas cool. Mais je pense que ta maturité et ta compassion vont lui faire encore plus de mal, en un sens.

— Comment ça ?

— Comme ça, il réalisera qu'il a perdu une vraie perle, dit Zeke en me souriant.

— Peut-être. Mais je doute qu'il ait ce genre de choses à l'esprit en ce moment.

— Probablement pas. Mais je suis sûr qu'il aimerait que tu sois à ses côtés dans ce moment difficile.

— Son père avait le cancer quand on sortait ensemble et il ne m'en a jamais parlé, remarquai-je d'un ton sarcastique. Il n'a jamais voulu que je sois là pour lui.

— Peut-être que ça a changé.

À mon avis, j'avais plus de chances de gagner au loto.

— Merci d'être venu aujourd'hui, repris-je.

— C'est normal. J'ai été ami avec Ryker. Je pense que c'est une bonne chose qu'on ait été là, Rex et moi.

— Moi aussi.

Nous entrâmes dans l'appartement et croisâmes Rex qui sortait, la bouche pleine.

— Où vas-tu ?

— Gné endéou. Doi allé.

Il mâchait quelque chose, se hâtant pour pouvoir partir.

Je penchai la tête, confuse :

— Comment ?

— Gné endéou, retenta Rex.

— Rex ! m'écriai-je en levant les bras. Avale, et parle après.

— J'ai compris, dit Zeke. Il dit qu'il a rendez-vous.

Rex leva le pouce dans sa direction et se retourna pour partir.

— Ouah, comment as-tu compris ça ? demandai-je à Zeke.

— C'est mon meilleur ami depuis nos cinq ans. Je suppose que ça aide, répondit Zeke en haussant les épaules.

Il entra dans mon appartement et prit une bière dans le frigo.

— Je ne travaille pas aujourd'hui. Tu veux faire quelque chose ?

— Ton cabinet est fermé ?

— Non. Si je fermais, l'équipe perdrait un jour de paie. Le temps libre ne dérangerait peut-être pas certains de mes employés, mais je sais que d'autres ont besoin de ces heures.

— Alors... le cabinet tourne sans médecin ?

— Non, répondit-il en riant avant de s'asseoir à la table de la cuisine. Un ami me remplace.

— C'est bien. Au moins, tu as quelque un pour prendre le relais quand tu es malade.

Il était trop tôt pour la bière pour moi. Je me servis un verre d'eau et m'assis en face de lui.

Zeke but sa bière sans me quitter des yeux. Il plissa légèrement ses yeux bleus en m'observant. Ils paraissaient moins clairs, et je devinai que quelque chose le travaillait. Il allait finir par en parler. Il posa son verre sur la table.

— Alors... C'était comment de le revoir pour la première fois ?

— Hum... Je ne sais pas.

Je savais que j'allais finir par revoir Ryker. Si la situation avait eu lieu quelques mois avant, ma réaction aurait été différente. J'étais alors toujours en train de rêver que Ryker allait revenir vers moi. Mais tout était différent maintenant.

— Tu ne sais pas ?

— J'ai vraiment eu du mal à me remettre de cette rupture. Je sais que j'ai voulu me montrer courageuse, mais ça a été compliqué par moments, dis-je, et je vis son regard s'adoucir. Et quand tu aimes quelqu'un, c'est un peu pour toujours, tu vois ? Je ne suis plus amoureuse, mais je ne lui souhaite pas d'être malheureux. En ce sens, je me soucierai toujours de lui.

— Je comprends, dit-il en hochant la tête.

— Lorsque je l'ai revu, je n'ai pas ressenti les mêmes choses qu'avant. Mais j'ai pu sentir sa peine.

Il hocha à nouveau la tête.

— Je ne sais pas exactement quand j'ai réussi à l'oublier, repris-je. Je pense que c'était il y a quelques semaines. Je n'ai plus pensé à lui. J'ai arrêté de me demander qui il ramenait chez lui. J'ai juste... cessé d'y accorder de l'importance.

— Tant mieux. Il faut un moment pour en arriver là, mais tu as réussi. Et maintenant, tu es libre, ajouta-t-il en trinquant avec moi.

— Ouais, j'imagine.

— Alors, tu vas te remettre en chasse ?

— Absolument pas, répondis-je immédiatement, rebutée à cette simple idée.

— Vraiment ? Pourquoi ne pas remonter en selle ?

— Je n'en ai aucune envie. L'envie d'avoir une relation m'a passée pour le moment. Je ne suis attirée que par les connards.

Comme un papillon de nuit et la lumière. Leur incapacité à s'engager me séduisait, et leur froideur m'attirait encore plus. Je pensais être une fille intelligente, mais clairement, ça se limitait à mes résultats académiques.

— Tu as dû embrasser quelques crapauds, mais tu trouveras ton prince charmant, Rae. Ne t'inquiète pas pour ça.

— Je n'avais jamais vraiment eu envie de me poser avant, mais c'est le cas à présent. J'ai envie de trouver mon mari, un homme qui m'aime vraiment et ne joue pas. Je veux être heureuse.

Je baissai les yeux vers mon verre d'eau, un peu gênée de me confier ainsi à Zeke. Mais comme il était mon meilleur ami, je savais qu'il comprendrait.

— Je sais que ça me donne l'air...

— Pas du tout, me coupa-t-il en souriant. Tu es enfin prête à vivre une histoire sérieuse. Maintenant, tu comprends pourquoi ça me fait tant envie.

— C'est arrivé quand pour toi ?

Il me regarda sans comprendre ma question.

— Ton couple avec Rochelle a l'air solide. Je pensais que c'est en la rencontrant que tu avais voulu te poser.

— Oh... ouais. J'imagine que j'en ai eu assez de coucher à droite et à gauche. J'ai partagé des filles avec Rex il y a quelques temps, et même si c'était amusant, ça m'a fait réaliser à quel point je me sentais seul.

Au lieu d'être dégoûtée par son anecdote avec mon frère, je me concentrai sur ce qu'il racontait. Je me sentis triste pour lui.

— Je me suis senti vide. À part baiser, il n'y avait rien dans ma vie. J'ai compris que je voulais sortir avec une fille qui soit plus excitante que n'importe quel trio ou quatuor. J'ai une maison, un cabinet. Et maintenant, je souhaite partager tout ça avec mon épouse. Je veux avoir des enfants. Je pense que je suis prêt pour l'étape suivante — comme toi.

— Et tu imagines ça avec Rochelle ?

Le silence s'étira un moment avant qu'il ne réponde :

— Oui… je crois.

— Tant mieux. On dirait que tu as trouvé la bonne. J'apprécie Rochelle parce qu'elle est class, tu vois ? Elle est agréable à fréquenter, mais elle possède aussi cette élégance subtile qui pousse au respect. Je pense que c'est une femme idéale avec qui passer le reste de sa vie.

Il but longuement et termina sa bière. Il la posa sur la table, un peu fort.

— Je suis heureux que vous l'aimiez bien…

— Beaucoup plus que les précédentes, c'est sûr.

Réalisant comment sonnait ma phrase, je me repris rapidement :

— Non pas qu'elles n'étaient pas sympa, je disais juste —

— Pas de problème, dit-il en riant. Je comprends.

Un peu gênée, je regardai par la fenêtre sans savoir quoi ajouter. J'étais rarement mal à l'aise devant Zeke, et je ne sus m'expliquer pourquoi je l'étais à présent.

— Tu veux aller déjeuner à Mega Shake ? proposa-t-il.

J'étais toujours d'accord pour aller à Mega Shake.

— Excellente idée.

JE LE REGARDAI MANGER un double sandwich et deux portions de frites.

— Purée, tu avais faim.

— Je n'ai rien mangé ce matin, et je me suis bien défoulé à la gym hier. Je n'ai pas encore récupéré. Je t'assure, je ne mange pas autant qu'un porc d'habitude, ajouta-t-il en mettant une poignée de frites dans sa bouche.

— Je ne pense pas que tu sois un porc, dis-je. Je suis impressionnée.

— Je pense que ce ne serait pas le cas de la plupart des femmes, répondit-il en riant.

— Mon pote, si je mangeais autant, mes cuisses exploseraient.

— Rae, tes jambes sont magnifiques, rétorqua-t-il en leva les yeux au ciel. Tais-toi.

— Je n'ai rien dit sur mes jambes. Je parle de mes cuisses. Toute la graisse va direct dans mes cuisses — tout le temps.

— C'est très courant pour les femmes. Chez les hommes, elle s'accumule sur le ventre.

— Et où va la tienne ? demandai-je en regardant son estomac lisse.

— À la gym, répondit-il en souriant. L'exercice booste le métabolisme et aide à brûler la graisse.

— Je ne suis pas très sportive. J'aime bien courir, mais c'est tout. Et à moins que je ne coure après un ballon, je m'ennuie vite.

— Je comprends, dit-il en riant. Je ne fais pas assez de cardio. On pourrait se réunir régulièrement pour jouer au basket.

— Un contre un ?

— Ouais.

— Ben, si tu veux te prendre une dérouillée régulièrement, ça me convient.

— Ça y est, ça commence...

— Quoi ? C'est vraiment ce qui va se passer.

— Rae, ça ne m'inquiète pas. Je suis sûr que nous serons des adversaires compétitifs. Et qu'on en profitera pour se défouler.

— Je ne sais pas. Perdre contre une fille une fois, passe encore, mais régulièrement ? Tu vas en avoir marre.

— Tu es une crâneuse, remarqua-t-il en enfournant quelques frites.

— Hé, tu m'as vue sur le terrain.

— Ouais, mais je pense que tu te fais des idées. Tu n'es pas aussi forte que tu ne le crois.

— Oh, vraiment ? demandai-je, intéressée.

— Oui, vraiment.

J'adorais les défis, et Zeke semblait m'en proposer un.

— Impatiente de voir ça.

2

Rex

Tout le monde se retrouva au bar du Hippie Bowling après le travail. C'était le lieu idéal pour discuter sans cette petite fouineuse.

Kayden portait toujours ses lunettes parce qu'elle venait de terminer sa journée à la bibliothèque. Lorsqu'elle portait ses lentilles, elle avait mal aux yeux en lisant. Ses yeux n'étaient pas assez hydratés avec des lentilles, et ils lui faisaient mal au bout d'un moment. Personnellement, je la trouvais sexy avec ses lunettes à monture noire — très sexy.

Zeke portait sa blouse bleue, parce qu'il sortait à peine du travail aussi. Il ne s'était pas rasé ce matin, et je pouvais voir l'ombrage sur ses joues. Jessie avait l'air d'une reine de beauté, comme toujours.

— L'opération « fête d'anniversaire surprise de Rae » peut commencer, déclarai-je en frappant dans mes mains. Je pensais qu'on pourrait tous aller à McHenry's. C'est son bar préféré dans le centre-ville. On pourrait boire un peu, lui offrir ses cadeaux et aller danser.

— C'est une bonne idée, dit Zeke. Je sais qu'il ont une salle privée pour les fêtes. On pourrait la louer pour avoir de l'espace, au cas où le bar est plein. Et on pourrait commander un gâteau.

— Bien vu, répondis-je. J'aime les gâteaux.

— Qui n'aime pas les gâteaux ? renchérit Jessie. Elle préfère ceux au chocolat. Je m'en occupe. Comme les Bulls sont son équipe favorite, je vais faire mettre leur logo sur le gâteau.

— C'est une idée géniale, m'exclamai-je avant de me tourner vers Kayden. Tu penses que tu peux trouver les décorations ?

— Quelles décorations? demanda-t-elle. C'est une fête d'anniversaire pour un enfant ?

J'adorais ça, quand elle faisait la maline avec moi. Ça me faisait bander.

— Je pensais qu'on pourrait accrocher quelques ballons, expliquai-je.

— Dans un bar ? demanda-t-elle, incrédule. Non, pas de décorations. Le gâteau et les cadeaux, c'est suffisant. Elle n'a pas cinq ans.

— On se demande, avec un gâteau décoré des Chicago Bulls, rétorquai-je à personne en particulier.

— Invitons ses amis de la fac et de son travail, proposa Zeke. Je pense pouvoir réunir une vingtaine de personnes.

— Ça me paraît bien, dit Jessie. Ni trop de monde, ni pas assez. J'espère qu'Ash sera là. Putain, il est canon.

— Si tu le dis, dis-je en levant les yeux au ciel. Bon, je pense que c'est tout. C'était assez facile à préparer, en fait.

— Rae est une fille simple, remarqua Kayden. La fille la plus tranquille au monde.

Je ris, trouvant cette idée ridicule.

— On voit que tu ne vis pas avec elle. Un jour, j'ai laissé une fourchette dans l'évier et elle m'a hurlé dessus.

— Parce qu'elle était couverte de moutarde, précisa Zeke. Ça tache, cette merde.

— Peu importe, continuai-je. La maison doit toujours être nickel. Sinon, c'est la fin du monde.

— C'est chez elle, dit Jessie. Et puis, qui n'aime pas vivre dans un endroit propre ?

— Et tu as déjà laissé un carton de lait au milieu de sa cuisine, ajouta Kayden.

Je me tournai vers elle, me sentant trahi en la voyant prendre le parti de Rae.

— C'est vrai..., finit par murmurer Kayden avant de détourner le regard.

— Bon, alors tout est arrangé, dit Zeke. Je pense qu'elle va bien s'amuser. Elle semblait un peu déprimée quand je lui ai parlé il y a quelques jours. On va lui remonter le moral.

— Oh que oui, dit Jessie avec enthousiasme. Comment ça s'est passé avec Ryker ?

— Bien, répondit Zeke. Rae l'a bien vécu. Clairement, il aimerait se remettre avec elle.

— Quoi ? m'exclamai-je. De quoi tu parles ?

— Quand il l'a rappelée, je l'ai vu à son expression, me

répondit Zeke d'un voix assurée. Et encore quand elle a touché son épaule. Il sait qu'il a fait le con et qu'il n'aurait pas dû la quitter comme ça. S'il n'a pas insisté, c'est uniquement parce qu'il a compris qu'il l'avait perdue.

Jessie fixa Zeke comme si elle ne l'avait jamais vu auparavant. Elle était surprise, et un peu impressionnée.

— Je ne te savais pas si observateur, remarqua-t-elle.

Mais je savais que lorsqu'il s'agissait de Rae, Zeke ne manquait rien.

— C'est vrai, ajouta Kayden. Tu as compris tout ça juste avec un regard ?

— Tu es une sorte de génie ? demandai-je. Tu arrives à lire dans les pensées des gens maintenant ?

— Non, répliqua Zeke. Mais j'ai vu Ryker avec elle suffisamment souvent pour savoir ce qu'il pense. Mais peu importe. Elle ne le reprendra pas, de toute façon, pas après ce qu'il a fait.

— Elle n'a pas intérêt, dit Jessie. Je lui mettrais des baffes chaque fois que je serais dans la même pièce que lui.

— Tu n'aurais pas besoin, dis-je. Je le buterais dès qu'il mettrais un pied dans l'appart.

Ryker s'était foutu de ma sœur, et je ne lui laisserait plus jamais l'opportunité de le faire.

Jessie regarda les allées et venues des clients du bowling. Il était bondé, surtout pour un mercredi soir.

— La baraque semble pleine à craquer. Il doit y avoir quelques centaines de personnes ici, dit-elle.

— Ouais, les affaires roulent du tonnerre. D'ailleurs..., continuai-je en sortant mon chéquier de ma poche. J'ai quelque chose pour toi, dis-je en déposant un chèque près de la bière de Zeke. C'est la première moitié de ce que je te dois. J'aurai le reste dans un mois.

Zeke souleva le chèque pour le regarder.

— Wow, je ne m'attendais pas à le recevoir si vite.

— J'ai vraiment économisé pour pouvoir vous rembourser plus rapidement.

— Tu n'avais pas besoin de faire ça, remarqua Zeke. Je n'en avais pas spécialement besoin.

— Mais j'avais besoin de le faire, insistai-je. Plus vite c'est fait, plus vite je peux cesser de m'en inquiéter. Et comme ça, je me sentirai plus coupable en achetant d'autres trucs. Quand ma dette sera payée, je pourrai m'acheter une PS4 et autant de jeux que je voudrai.

— Je ne pense pas que ça nous aurait dérangés avec Rae si tu l'avais fait, répondit Zeke en riant.

— Moi si, dis-je. Bref. Je vous ai remboursés à moitié.

— Tu vas donner un chèque à Rae aussi ? demanda-t-il.

Elle se foutait probablement de l'argent. Tout ce qu'elle voulait, c'était que je déménage dès que possible. Je n'aimais pas spécialement vivre chez elle non plus, surtout parce que je baisais tout le temps avec Kayden. J'étais obligé de faire des secrets et de prétendre que je ne me tapais pas la meilleure amie de ma sœur. Tout serait bien plus simple quand j'aurais mon propre appartement.

— Oui, quand je rentrerai. Je pourrais bientôt enfin me barrer de cet appart.

— Je peux t'assurer que Rae est plus impatiente que toi que ce jour arrive, dit Zeke en rangeant le chèque dans son portefeuille.

RAE ALLAIT RENTRER d'une minute à l'autre, et mon rôle était de l'habiller et de l'accompagner jusqu'au bar. Tout le monde l'y attendrait pour lui faire la surprise et l'accueillir à son arrivée.

Je n'avais pas vraiment l'habitude de prévoir des anniversaires surprise, mais ma sœur avait passé une année difficile et je voulais faire quelque chose pour lui remonter le moral. Elle avait donné le change autant que possible lorsque Ryker l'avait jetée, mais je savais à quel point elle avait souffert. Elle méritait une célébration — et pas seulement parce que c'était son anniversaire.

On frappa à la porte.

Merde, qui était-ce ? Tout le monde devait aller au bar. J'ouvris la porte en m'attendant à voir un de nos amis. Mais je me retrouvai nez à nez avec un livreur qui portait un vase de fleurs.

— Hum... C'est quoi ce bordel ?

— Une livraison pour Rae, dit-il en me tendant le bon à signer. Bonne journée monsieur, me souhaita-t-il en s'éloignant dans le couloir.

Je posai le gros vase sur la table et regardai la vingtaine de roses rouges. Leur parfum puait le printemps. Elles ne venaient pas de moi, et je ne voyais pas qui aurait pu les lui offrir. Je remarquai l'enveloppe sur le bord du vase, mais je savais que je ne devais pas lire la carte.

Ça ne me regardait pas.

Et ça n'avait pas d'importance.

Rien à faire, hein ?

Mais, et si elles venaient de Ryker ?

Et s'il essayait encore de déconner avec elle ?

Je pouvais simplement lire la carte et la remettre dans l'enveloppe. Rae ne s'en rendrait jamais compte.

Non ?

Niveau respect de l'intimité, ça craignait à mort.

Clairement un comportement d'enfoiré.

Mais mes intentions étaient bonnes, donc ça allait.

N'est-ce pas ?

Je fixai la carte pendant encore une minute avant de craquer et de l'ouvrir.

Je sortis le papier de l'enveloppe et lus les mots imprimés.

Rae,

Merci d'être venue la semaine dernière. Ça a beaucoup compté pour moi.

Je te souhaite le meilleur des anniversaires.

-Ryker-

PUTAIN. Putain. Putain.

Zeke avait raison. Ryker voulait clairement se remettre avec elle. Putain, pourquoi lui enverrait-t-il une vingtaine de roses si ses intentions n'étaient pas romantiques ? Quel enfoiré de première. Après s'être comporté comme un salaud, il avait l'audace de revenir vers elle ?

Je n'arrivais pas à y croire.

Je ne pouvais pas la laisser voir la carte. Sinon, ça allait la rendre triste et ruiner son anniversaire. Les trois derniers mois avaient été assez difficiles. Elle n'avait pas besoin qu'on lui rappelle l'homme à qui elle avait avoué son amour et qui l'avait jetée comme une vieille chaussette.

Je savais que je n'aurais pas dû faire ce que je m'apprêtais à faire, mais je refusais qu'elle voie ça. Ça ne ferait que la faire réfléchir pour rien.

Je pris le vase et la carte, et je traversai le couloir vers le conduit à ordures. Je jetai le tout dedans et refermai la porte. J'entendis le vase se fracasser en arrivant en bas. J'allai immédiatement me laver les mains ensuite, comme si je venais de me débarrasser d'un corps. Et juste à temps, parce que Rae rentra presque aussitôt après.

— Salut, me dit-elle en posant son sac sur le comptoir et en lâchant ses cheveux.

— Bon anniversaire, lui souhaitai-je.

Je n'avais pas pu la voir le matin car j'étais parti travailler plus tôt qu'elle.

— Merci, me répondit-elle en souriant, ce que je ne l'avais pas vue faire depuis trois mois. Je vieillis.

— Avec mes quatre ans de plus, rappelle-toi que chaque fois que tu vieillis, moi aussi.

— C'est vrai, répondit-elle en gloussant. Bon, je vais prendre une douche.

— Tant mieux. Parce que je voulais t'emmener boire un verre.

— Toi ? demanda-t-elle, immédiatement soupçonneuse.

— Oui, moi. Et je voudrais te donner quelque chose.

— Je suis déjà choquée que tu te sois souvenu de mon anniversaire. Et en plus tu m'as acheté un cadeau ?

— Je sais, répondis-je modestement en haussant les épaules. C'est dingue.

— Accorde-moi une demi-heure, et je serai prête.

— Super. Et habille-toi bien. Je n'ai pas envie que les gens qu'on croise pensent que je sors avec une mocheté.

Elle me fit un doigt d'honneur en s'éloignant.

J'ENVOYAI un message à Zeke. *On est sur le point d'arriver. Préparez-vous.*

OK.

Rae remarqua que je tapais un message.

— Quelqu'un nous rejoint ?

— J'ai demandé à Zeke ce qu'il faisait ce soir, mais il ne m'a pas encore répondu, répondis-je en rangeant le téléphone dans ma poche.

— Il m'a souhaité un bon anniversaire par message dans la journée. C'était gentil de sa part.

— Je suis surpris qu'il s'en soit souvenu.

— Pas moi. Zeke se rappelle toujours de mon anniversaire.

Nous entrâmes dans le bar et je l'attirai vers la salle du fond.

— Où va-t-on ? Le bar est là-bas.

Pourquoi fallait-il toujours qu'elle soit chiante ?

— Je veux te montrer quelque chose.

— Je sais déjà où sont les toilettes.

Bon sang, ferme-la.

— Jessie m'a dit qu'elle nous attendait à l'arrière. Allez, viens.

Elle finit par se taire et me suivre.

J'ouvris la porte du fond et laissai Rae entrer la première.

Tout le monde se leva et se mit à crier.

— Bon anniversaire !

Rae sursauta et se couvrit la bouche.

— Mon Dieu! Vous m'avez foutu la trouille, s'écria-t-elle.

— C'est comme ça les anniversaires, ma poule, dit Jessie en levant son verre.

Rae se tourna vers moi.

— Tu étais au courant ?

— Évidemment, répondis-je crânement.

— Au courant ? s'exclama Zeke. Il a tout organisé.

Rae me regarda à nouveau, mais son expression avait changé. Elle ne me regardait pas comme son grand frère chiant, mais avec une expression attendrie et affectueuse. Elle ne savait pas quoi dire, et au lieu de sourire, son regard s'adoucit.

Je n'aimais pas ces moments d'émotion qui arrivaient parfois entre nous. Ils étaient rares, et il y avait une bonne raison pour ça. Je n'étais pas le genre de mec à exprimer constamment ce que je ressentais. À vrai dire, l'intimité émotionnelle me terrifiait.

— C'est gentil... Merci Rex.

Rae s'approcha de moi et me prit dans ses bras.

Je la serrai aussi, mais rapidement, essayant de mettre fin au moment aussi vite que possible.

— Bien sûr. Je t'aime bien... parfois.

— Seulement pour mon anniversaire ? demanda-t-elle en souriant.

— Voilà.

— Et bien, merci de bien m'aimer aujourd'hui.

Elle s'éloigna pour saluer tout le monde. Elle s'approcha de Zeke et le prit dans ses bras.

Il prit son temps pour la saluer. Il passa ses bras autour de sa taille et la serra contre son torse. Il ferma même les yeux et murmura quelque chose à son oreille.

Peut-être que j'interprétais trop, mais je ne trouvais pas son comportement très platonique.

Elle s'éloigna et continua à saluer du monde. Ses cadeaux étaient empilés sur une table, à côté du gâteau que Jessie avait fait réaliser pour elle.

— Ce gâteau est juste parfait ! s'exclama-t-elle en découvrant le gâteau décoré du logo de son équipe favorite.

— C'était mon idée ! s'écria Jessie en levant la main.

— Ma chérie, c'est parfait ! dit Rae en la serrant à nouveau contre elle.

Zeke s'approcha de moi et me sourit.

— Cette fête est un succès.

— Elle vient à peine de commencer.

— Mais regarde comme elle est heureuse.

Zeke regardait Rae saluer ses amis et embrasser tout le monde, appréciant d'être le centre de l'attention. Il la fixa pendant un long moment sans me regarder.

— Rochelle va venir ?

— Oui, répondit-il sans réagir. Elle devait travailler tard, mais elle sera là dans une heure.

— Oh, cool.

Jessie monta sur une des tables et leva son verre.

— Que la fête commence !

KAYDEN SE COLLA contre moi dans le coin de la pièce, sombre et isolé. Elle portait une robe moulante qui mettait en valeur ses seins bandants. Ses cheveux étaient remontés, son maquillage était sexy, et ses talons lui faisaient des jambes d'un kilomètre.

Elle savait très bien ce qu'elle faisait.

— Bébé, sois sage, soufflai-je.

— Personne ne nous regarde. Et sinon, il y a toujours les toilettes, murmura-t-elle en caressant ma bite à travers mon jean.

Je fermai les yeux en imaginant ses doigts autour de ma queue.

— J'aimerais bien.

— Allez. Soyons aventureux.

— Ou alors, attendons la fin de la soirée, dis-je en éloignant sa main. Je dormirai chez toi cette nuit.

— C'est promis ? demanda-t-elle en retroussant sa lèvre inférieure.

J'avais hâte de sentir cette jolie bouche autour de mon membre.

— C'est promis.

Jessie passa à côté de nous, mais heureusement, elle ne remarqua rien de notre échange.

— Ouvrons les cadeaux ! s'écria-t-elle.

— Vous m'avez acheté des cadeaux ? Vous n'auriez pas dû, c'est trop... dit Rae en chancelant, déjà un peu ivre.

— Bien sûr, dit Jessie en l'attrapant par le poignet, mais comme elle était déchirée, elle n'aidait pas.

Zeke s'approcha et guida Rae jusqu'à une chaise.

— Assieds-toi, je vais te passer les cadeaux.

— Zeke, tu es le meilleur. Tu le sais ? demanda-t-elle en faisant trinquer son verre contre son bras.

Il rit et se tourna vers la table où les cadeaux attendaient.

— Oui. Tu me l'as dit environ une dizaine de fois ce soir.

— Mais c'est vrai ! s'exclama Jessie. Et tellement sexy !

Zeke sourit et tira une chaise pour elle.

— Bon. Toi aussi, tu as besoin de t'asseoir.

— Putain de sexy ! Woo ! cria Rae en levant son verre.

Zeke fit une drôle de tête en entendant Rae le crier à la ronde. Il la regarda finir son verre, ne la quittant pas des yeux pendant presque une minute. Finalement, il revint à la réalité et attrapa un cadeau.

— Tiens, dit-il en le lui tendant.

Rae le fit tomber par terre.

— Oups...

Elle se pencha contre Jessie en riant comme si la situation était particulièrement comique.

Kayden se pencha vers moi et sa main caressa ma fesse à travers mon jean. Nous étions dans le coin, et personne ne se trouvait derrière nous.

— Tout le monde est tellement bourré que je pourrais te branler sans qu'on nous remarque, souffla-t-elle.

Elle me tuait.

— Retiens-toi jusqu'à ce qu'on rentre, d'accord ?

— Pourquoi je me retiendrais alors que je peux t'avoir maintenant ? demanda-t-elle en approchant dangereusement ses lèvres des miennes.

— Sois sage, dis-je en lui donnant une petite tape sur les fesses.

Elle rit contre mon oreille.

— Comment suis-je censée être sage, avec ta main sur mon cul ?

J'avais du mal à croire que c'était la même Kayden, celle qui était tout le temps plongée dans un livre. Elle était timide et réservée. Mais elle était aussi une déesse du sexe.

— Je vais te donner la fessée quand on rentre.

— Excellent.

Rae ouvrit tout ses cadeaux. Elle reçut de nombreuses cartes, des vêtements et des bijoux. Elle tendait progressivement les paquets à Jessie qui organisait le tout n'importe comment dans des sacs, parce qu'elle était trop bourrée pour faire un boulot correct.

— Tiens, dit Zeke en lui tendant un paquet. Celui-là est de ma part.

— Ooh... C'est Opération ? demanda Rae en secouant la boîte.

— Non, répondit Zeke en riant. Et je ne suis pas chirurgien.

— Éclater des boutons, c'est presque un boulot de chirurgien, le taquina Rae.

D'habitude, Zeke aurait pu être agacé par ce genre de

commentaire, mais venant de Rae, il le prit très bien. Il lui fit un grand sourire.

— Ouvre-le, tu verras bien ce que c'est.

Rae déchira l'emballage et le passa à Jessie. Elle voulut ouvrir les pans de la boîte en carton, mais elle était entourée de gros scotch.

— Quelqu'un a un couteau ?

Zeke lui prit le paquet des mains et découpa les bords pour éviter qu'elle ne se coupe comme une abrutie en essayant d'ouvrir son cadeau. Il lui rendit la boîte.

Elle souleva le pan de la boîte et regarda dedans.

— Cool ! Un ballon de basket ! Le mien était vieux et abîmé. C'est parfait, dit-elle en le caressant du bout des doigts.

Elle se leva et commença à dribbler.

— Non ! cria Zeke en attrapant la balle au premier rebond. Ce n'est pas pour jouer.

— Pourquoi, alors ? demanda Rae, confuse.

Zeke retourna le ballon et lui montra une écriture noire sur la surface, probablement un autographe. Elle écarquilla les yeux et serra le ballon contre elle en se mettant à crier :

— Oh putain de Dieu ! Michael Jordan, sérieux ?

Ma mâchoire se décrocha.

Elle fixait l'autographe, les mains tremblantes.

— Oh mon Dieu... Oh mon Dieu, je n'arrive plus à respirer. Comment as-tu eu ça ? demanda-t-elle à Zeke.

Zeke la regardait, un immense sourire au lèvres.

Jessie se pencha.

— Fais voir, fais voir.

— C'est vraiment énorme, dit Tobias en se penchant par-dessus mon épaule. C'est vraiment sa signature. Je la reconnais. « À Rae, ma plus grande fan. Michael Jordan », lut-il à voix haute. C'est un super cadeau d'anniversaire, dit-il à Zeke. Tu te gaves, mon pote.

Rae serra le ballon contre son cœur et regarda Zeke avec des larmes dans les yeux.

— Comment as-tu réussi à avoir ça, putain ?

— C'est une longue histoire. Mais en gros, j'ai été voir un match avec des amis du travail, et il était là. Alors je lui ai demandé de signer une balle pour moi, expliqua Zeke qui souriait jusqu'aux oreilles depuis que Rae avait ouvert son cadeau.

— Tu en as une aussi ? demanda-t-elle.

— Euh... non, répondit-il en haussant les épaules. Mais je sais que tu es une bien plus grande fan que moi.

— Je ne sais pas quoi dire... C'est le plus beau cadeau qu'on m'ait jamais fait, Zeke. Merci beaucoup.

Elle donna le ballon à Jessie et elle passa ses bras autour du cou de Zeke pour l'enlacer. Elle posa sa joue contre son épaule et se pressa contre son torse.

Zeke la tenait par la taille, son visage proche du sien.

— Tu le mérites, Rae. Tu es ma meilleure amie.

Il restèrent enlacés presque une minute, les yeux fermés. Ils se taisaient et se tenaient simplement l'un contre l'autre.

— C'est vraiment attentionné de la part de Zeke, chuchota Kayden.

— Oui, très... répondis-je.

Je savais que je ne devrais pas être surpris, mais c'était quand même le cas. Zeke était heureux avec Rochelle, mais ses sentiments pour Rae ne disparaîtraient jamais. Il ne la verrait jamais comme une simple amie.

Il la verrait toujours comme davantage que ça.

À LA FIN de la soirée, Rae était vraiment bourrée, et je savais qu'il était ma responsabilité de la ramener. Parce que, ben... j'habitais avec elle.

— Je la ramène, dit Zeke. J'ai mon pick-up, je peux mettre ses affaires à l'arrière.

— Tu es sûr ? demandai-je, cherchant une excuse pour m'éclipser avec Kayden.

— Ouais.

— Et Rochelle ?

— Ça ne dérangera pas Rochelle.

Rochelle était en train de parler avec Jessie et Kayden de l'autre côté de la pièce, et elle semblait très bien s'entendre avec les filles. Elle dit quelque chose, et les deux autres éclatèrent de rire. Elle ne faisait pas attention à nous.

— Un ballon dédicacé par Michael Jordan ? demandai-je d'un ton accusateur. Sérieux ?

— Quoi ? Je savais que ça lui plairait.

— Admets que c'est un cadeau démesuré. Et je me demande ce que ça signifie...

— Je ne vois pas de quoi tu parles, insista Zeke d'un air indifférent.

— Je croyais que tu l'avais oubliée ? Et Rochelle ?

— Je l'ai oubliée, répondit-il d'un ton sec. Et je suis heureux avec Rochelle. Elle est géniale.

— Putain, tu fais quoi alors, Zeke ? Pourquoi tu ne pas lui offrir une pancarte avec « Je t'aime » écrit dessus, sinon ?

Il regarda en direction des filles pour être sûr qu'elles ne nous entendaient pas avant de me répondre.

— J'ai eu le ballon il y a huit mois. Clairement, à l'époque j'étais encore à fond sur elle. Mais ce serait débile de ne pas le lui offrir maintenant pour cette raison. Merde, son nom est dessus.

Devant son explication, je réalisai que je m'étais emballé.

— Désolé d'avoir tiré des conclusions hâtives.

— Pas de souci. Si je n'avais pas eu ça, je lui aurais probablement pris un bon d'achat à Mega Shake.

— Bonne idée.

— Tu viens avec nous ? demanda-t-il en me tapant amicalement l'épaule.

— Nan, je vais encore rester un peu, dis-je en essayant de ne pas regarder Kayden en coin.

— Bon, alors à plus tard.

Il s'approcha de Rae et la remit debout.

— Tu peux marcher ? demanda-t-il.

— Ma couille, je peux courir, répondit-elle en claquant des doigts, ce qui la fit légèrement tanguer.

— Donc non..., murmura Zeke en la prenant dans ses bras.

Dès que la tête de Rae se posa sur son épaule, elle s'endormit.

— Merde, elle est vraiment torchée.

— Au moins elle s'est bien amusée, dit Rochelle en ramassant le sac de ma sœur.

— Je pense qu'elle va moins s'amuser demain..., remarqua Kayden qui portait un grand sac contenant le reste des cadeaux.

— Basket..., marmonna Rae contre le torse de Zeke.

— Oui Rae, dit Zeke. On a le ballon.

— Je ne veux pas le perdre, murmura-t-elle. C'est mon préféré.

— Je l'ai, dit Rochelle. Ne t'inquiète pas.

— Tant mieux, souffla Rae dans un murmure presque incompréhensible. Rochelle s'en occupe...

Zeke éclata de rire et la porta vers la sortie.

— Tu pourras dormir avec le ballon cette nuit, d'accord ?

— Oui, dit-elle en passant ses bras autour de son cou pour mieux s'accrocher. Je vais dormir avec toutes les nuits...

3

Rae

Je n'arrivais pas à sortir du lit. Ma tête pulsait comme sous l'assaut d'une tempête, et mon ventre souffrait à cause de l'alcool consommé la veille que je devais aujourd'hui éliminer.

Je ne m'étais pas sentie aussi mal depuis longtemps.

— Je crois que je vais mourir...

— Tu vas pas mourir, rétorqua Rex assis à côté de moi, vêtu d'un sweat et d'un jean, rasé de près et coiffé. Tu vas t'en remettre. Prends un aspirine et bois beaucoup d'eau.

— Où sont les aspirines ?

— Je t'ai déjà organisé une fête d'anniversaire. Je dois m'occuper de ça aussi ? demanda Rex en soufflant, mais il se leva et alla chercher la boîte et me la tendit. Bon, j'y vais. Ne m'appelle pas.

Je ne pouvais rien faire à part rester collée à mon gros chien. J'étais vraiment mal.

— Amuse-toi bien..., marmonnai-je.

— Merci.

— Tu vas me ramener à manger ?

— Tu sais où est le frigo, répondit-il depuis le couloir.

J'entendis la porte s'ouvrir et une voix retentit depuis le couloir.

— Comment va-t-elle ? demanda Zeke, dont la voix portait jusque dans ma chambre.

— Bof, répondit Rex. Elle a une tête qui fait peur.

— Elle a besoin de quelque chose ?

— Non, tout va bien, dit Rex. J'allais sortir.

— Tu vas où ?

Rex hésita un instant avant de répondre.

— J'ai des courses à faire, et après je dois retrouver un vieil ami dans un bar.

— Tu ne vas pas rester avec Rae ?

— Putain, non. Je lui ai déjà organisé une fête surprise, maintenant je dois lui torcher le cul aussi ?

Rex dut partir après ce commentaire, parce que je n'entendis plus rien.

Les pas lourds de Zeke résonnèrent dans le couloir, et il apparut à l'entrée de ma chambre. Lorsqu'il me vit, son regard changea, comme s'il comprenait immédiatement dans quel état je me trouvais.

— Salut. Tu as l'air... fatiguée, commenta-t-il.

— Je fais peur. Rex a raison.

— Non, c'est faux.

— Oh, la ferme, dis-je en me frottant la tempe. Si, c'est vrai. Pas besoin de prendre de gants.

Il me regarda avec des yeux qui ne trahissaient aucune émotion. Il était trop gentil pour avouer que j'avais une sale gueule.

— Tu as besoin de quelque chose ? demanda-t-il finalement.

— Non. Profite du reste de ta journée.

Je voulus ouvrir la boîte d'aspirine mais ne parvins pas à retirer le bouchon. Le mécanisme possédait une sécurité enfant, et dans mon état je n'avais pas assez de patience pour en trouver le fonctionnement.

— Laisse-moi faire, dit Zeke en s'approchant pour prendre la boîte. Combien en veux-tu ? demanda-t-il en l'ouvrant facilement.

— Dix.

Ma réponse fit flotter un petit sourire sur ses lèvres, et il plaça deux cachets dans ma main avant de me passer une bouteille d'eau.

— Deux, ça devrait suffire.

— Très bien, Dr. Zeke, dis-je en m'asseyant pour avaler les cachets.

Zeke posa sa main sur mon front pour vérifier ma température.

— Alors, docteur ?

Il prit mon poignet et me pinça.

— Aïe ! C'était pourquoi, ça ?

— Tu es déshydratée. C'est pour ça que tu te sens si mal et que tu as mal à la tête.

— Impossible. Avec le nombre de cocktails que j'ai bus hier soir, je suis forcément hydratée.

— Ne dis pas de bêtises, Rae. L'alcool nous fait éliminer plus d'eau dans l'urine, et on se retrouve déshydratés. Tu sais ça.

C'est vrai, je m'en souvenais des cours de physio.

— Donc, pense à boire beaucoup de liquides.

— Très bien, docteur Zeke...

— Tu peux m'appeler Zeke, dit-il en remontant ma couverture sous mon menton avant de caresser Safari.

— Tu es sûre que tu n'as besoin de rien ?

— Non, ça va. Va faire quelque chose de productif de ta journée.

— Si tu as besoin que je reste, ça ne me dérange pas. Clairement, Rex avait quelque chose de prévu.

— Non... Tout va bien. Je vais commander une pizza, dis-je en me redressant dans le lit malgré ma nausée. Et la prochaine fois que je bois autant... arrête-moi.

— Tu veux que je sois le casse-pieds de service ?

— S'il te plaît.

— Ça marche, dit-il en me tapotant la cuisse. Bon, je vais t'installer sur le canapé et te ramener quelque chose à manger.

— Vraiment, tu n'as pas besoin de faire ça...

Mais sans rien ajouter, Zeke me souleva et me porta dans le salon. Il m'assit sur le canapé, la couverture toujours autour de moi. Il arrangea les coussins derrière moi avant de se redresser.

— Je vais à Mega Shake. Je serai de retour dans une vingtaine de minutes.

— Tu n'as pas besoin de faire ça.

— Pourquoi, tu as envie de manger autre chose, peut-être ?

Zeke savait, peut-être mieux que personne, que chaque fois qu'on me laissait le choix d'où aller manger, je me décidais toujours pour Mega Shake — sans exception.

Je ne répondis rien.

— Je m'en doutais.

ZEKE REVINT avec des burgers et des frittes et remarqua que je tenais le ballon de basket dans les mains.

— J'aurais pu t'offrir une peluche, si tu voulais quelque chose à câliner.

— Je préfère largement câliner une balle dure signée par Michael Jordan plutôt que n'importe quelle peluche de gonzesse. C'est un objet de collection, dis-je en la faisant tourner entre mes doigts, ayant toujours du mal à réaliser que mon idole l'avait tenue entre ses mains.

Zeke posa la nourriture sur la table basse et s'assit près de moi.

— Que vas-tu en faire ? demanda-t-il.

— Comment ça ?

— La mettre dans une vitrine ? Dormir avec toutes les nuits ?

— Je ne sais pas. J'aime la toucher, alors je ne suis pas sûre de vouloir la mettre dans une vitrine.

— Mais tu ne comptes pas jouer avec, hein ?

— Oh, non. Ce trésor ne touchera pas le sol. Je n'arrive pas à croire que tu m'aies offert ça. C'est... le cadeau le plus cool qui soit. C'est arrivé quand ?

— Tu te souviens quand j'étais à Chicago pour cette convention ?

Après un moment de réflexion, je me souvins du match dont il parlait.

— Je me rappelle que tu as dit avoir vu Michael Jordan dans les gradins.

— Ouaip. Il était assis à deux sièges de moi.

— C'était il y a presque un an. Je suis surprise que tu aies gardé le ballon si longtemps.

Il mordit dans son burger et essuya la sauce sur sa bouche d'un revers du pouce, arrivant à rendre cette activité assez séduisante.

— Je savais que ce serait un cadeau d'anniversaire parfait, dit-il finalement, donc j'ai voulu attendre.

— Et ça l'était. Déjà, Rex m'organise une fête, et toi qui m'offres ça... J'ai vraiment de la chance, murmurai-je en secouant doucement la tête.

— Je suis content de t'entendre dire ça.

Il alluma la télévision et reposa la télécommande. La chaîne sportive diffusait un match.

— Rochelle n'était pas jalouse ?

Il cessa de mâcher et avala sa bouchée, même s'il ne semblait pas avoir été sur le point de le faire.

— Jalouse de quoi ?

— Que tu aies rencontré Michael Jordan. C'est une fan, non ?

— Oh, dit-il en buvant une gorgée de soda pour s'éclaircir la gorge. Elle préfère le football américain. Sa famille est fan des Seahawks, c'est une sorte de tradition familiale.

— Tant mieux. Je suis bien contente que tu aies choisi de m'offrir le ballon.

— Ben, ça aurait été étrange autrement, vu que ton nom est dessus.

— Oh, ouais...

Je finis par poser le ballon et attaquai mon repas. Je pris soin de mettre le ballon en sûreté pour ne pas risquer de le toucher avec des doigts pleins de graisse. Safari le regardait, mais savait qu'il ne devait pas le toucher.

— Tu as quelque chose de prévu ce soir ? demandai-je à Zeke.

— Rochelle veut tester le nouveau resto thaï qui a ouvert.

— Chop Stick ?

— Ouais.

— J'y suis allée avec Jenny. C'était super bon.

— Tu trouves tout super bon, me taquina-t-il.

— Ben, j'aime la nourriture. Je la décris en conséquence.

— Comment tu en parlerais, si tu *adorais* la nourriture ?

— Putain de bon.

— Hm... Alors ce n'est pas si bon, dit-il en buvant une gorgée de soda.

Je lui chipai une poignée de frites.

— Tu sais quoi ? Voilà pour toi, lançai-je.

— Tu voles ma nourriture ? Qui l'a apportée ici, d'après toi ?

— Les délits sérieux méritent des punitions en conséquence.

Comme je protégeais mes frites, il se saisit de mon burger et en mordit une énorme bouchée.

— Comment oses-tu !

— Tu l'as cherché, répondit-il, la bouche peine.

— Rends-le moi.

Il me lança un regard arrogant avant de manger une autre énorme bouchée.

— Petit enfoiré ! m'écriai-je.

Je sautai hors du canapé et entrai en collision avec son torse. Il tomba par terre et le burger sauta en l'air. Safari courut immédiatement après, espérant l'atteindre le premier.

— Oh, ça non ! m'exclamai-je en me redressant pour l'en empêcher, mais Zeke me retint.

— Non, dit-il. C'est tout ce que tu mérites.

Safari engloutit le burger en une bouchée puis se lécha les babines.

Mon repas venait de disparaître. Il ne me restait que des frites.

— Non ! criai-je.

— Trop tard. Dommage hein ? dit Zeke en riant, en me redressant sans effort. Les muscles de son ventre se contractèrent, mais il semblait fait de béton. Il me reposa par terre à côté de lui.

J'étais toujours choquée par ce qui venait de se passer.

— Je suis censée manger quoi maintenant ?

— Tu aurais dû y penser avant de déconner avec moi.

Mon estomac gronda, et je le regardai en boudant.

Zeke soupira, puis partagea son burger en deux. Il me tendit une moitié et mordit dans l'autre.

Je pris l'autre moitié à deux mains pour être sûre de la conserver, cette fois. De toute manière, je n'aurais même pas dû l'attaquer après un cadeau pareil, même s'il m'avait taquinée.

— Merci.

— Tu as de la chance que je sois gentil, dit-il en mangeant une poignée de frites.

— Je sais. Et je pense que tu es putain de cool.

Il s'arrêta de manger et me répondit en souriant :

— C'est ta manière de me dire que tu m'aimes ?

Je le regardai dans le fond des yeux, et je vis une des personnes les plus importantes dans mon monde. Rex était ma famille, mon sang, mais je me sentais aussi proche de Zeke, même si on ne partageait pas d'ADN. C'était quelqu'un qui avait toujours été dans ma vie, et qui le serait toujours.

— Oui, répondis-je.

– QUELLES SONT LES ÉQUIPES ? demanda Zeke en dribblant la balle sur le trottoir alors que nous nous dirigions vers les terrains.

— Tobias et moi contre vous deux, répondit Rex qui marchait devant nous avec Tobias, en train de parler de leur dernière soirée au bar.

— Tu ne veux jamais être dans mon équipe, dis-je. Pourtant, je te botte le cul à chaque fois.

—Je préfère me faire botter le cul plutôt que faire alliance avec toi, rétorqua Rex sans se retourner.

Je portais un legging et un sweat gris. Je comptais l'enlever une fois la partie commencée, mais pour le moment, j'étais contente qu'il me protège de l'air froid.

J'avais envie d'être dans l'équipe de Rex, pour une fois. Il était particulièrement vicieux lorsqu'il me couvrait. Il n'hésitait pas à me donner des coups de coude, ni à me pousser sur le côté comme si j'étais une poupée de chiffon. Les autres mecs n'osaient pas me toucher. Ironiquement, si Zeke ou Tobias me cognaient, même par accident, Rex piquait une crise.

— Mais ce ne sera pas drôle, dis-je. On est trop forts, Zeke et moi.

— Très bien, finit par lâcher Rex. Je ferai équipe avec Zeke. Tu peux jouer avec Tobias.

— Tant pis, soupirai-je.

Nous arrivâmes sur le terrain et commençâmes la partie. Tobias était assez doué, mais nous n'avions pas la même aisance entre nous que Zeke et moi. Tous les deux, nous arrivions étrangement à communiquer sans nous parler. Zeke savait précisément où lancer la balle et quand feinter l'adversaire. Et je savais toujours ce qu'il allait faire.

L'équipe que je formais avec Tobias menait, mais de peu. Effectivement, cette formation des équipe rendait le match plus compétitif, mais c'était parce que Rex et Zeke étaient pratiquement comme une seule personne. Je pensais être sur la même longueur d'onde que Zeke, mais eux deux étaient connectés à un autre niveau.

À la mi-temps, j'étais couverte de sueur et j'avais mal partout. Je retirai mon sweat et le jetai par terre en bord de terrain, sans même me soucier de tacher mon joli pull Nike. La sueur perlait sur mon crâne et je peinais à respirer normalement..

Tobias s'approcha et posa ses mains sur ses hanches pour reprendre son souffle.

— On mène toujours, dit-il. Si on continue comme ça, on va gagner.

— Ouais... mais ce n'est que la mi-temps, remarquai-je.

Je passai mon bras sur mon front pour éponger la sueur. Mais bien sûr, j'en produisis autant dès l'instant suivant.

— Ça va aller. On fait une bonne équipe, tous les deux, dit-il.

— Ouais.

Je levai les yeux vers le terrain et nos adversaires en train de parler. Rex but une longue lampée de sa bouteille d'eau. Zeke retira son t-shirt à manches longues et resta torse nu. Son torse bronzé était impeccable, avec des muscles tendus partout. Ses épaules carrées venaient parachever sa puissance. Je pouvais voir chaque petit muscle connecter son bras, me rappelant les modèles parfaits présentés en cours d'anatomie. Il n'avait aucune graisse, et tous les détails étaient visibles.

Son torse était large et puissant, ses deux pectoraux semblant capables de déplacer des montagnes. Son ventre était le plus beau. Des petites bosses de muscles occupaient tout l'espace au centre de sa taille fine, et vers ses hanches on pouvait distinguer les muscles de son bas-ventre.

Mi-am.

Je l'avais déjà vu torse nu, mais j'avais l'impression de ne pas m'en souvenir. Et je savais déjà qu'il avait un corps canon. Même en t-shirt, ses épaules et ses bras étaient magnifiques. Mais à présent, face à sa pure beauté physique, je n'arrivais pas à détacher mes yeux de son corps.

Putain, il était canon.

Avait-il toujours été aussi sexy ?

Il fallait vraiment que je regarde autre chose. Zeke était mon ami, et c'était trop bizarre.

Arrête de regarder.

Bon Dieu, je n'arrivais pas à arrêter.

J'avais la pulsion étrange de le siffler, une chose que je n'avais jamais faite de toute ma vie.

— Ça va ? demanda Tobias, me sortant de ma rêverie.

— Si ça va ? Putain, je vais nickel. Super. Complètement bien. Pourquoi ça n'irait pas ? répondis-je, constatant ça me donnait l'air sur la défensive plutôt que détendue.

— Ben... je t'appelle depuis une minute.

— Désolée, je pensais à une stratégie qu'on pourrait essayer.

— Cool. C'est quoi ?

— Euh... Bah, laisse tomber. Je pense pas que ça marche. Rex la connaît déjà.

— Merde.

Nous nous rassemblâmes au centre du terrain pour commencer la deuxième moitié de la partie.

À quelques mètres de Zeke, j'avais toujours des frissons. Tout mon dos était tendu, et mes doigts étaient gourds.

Ne le fixe pas.

Non.

Putain, je l'ai regardé !

Reprends-toi, Rae.

C'était simplement parce que je n'avais pas baisé depuis trois mois. Voilà tout. Mes hormones étaient en surchauffe, et mon corps souhaitait mettre fin à cette période d'abstinence. Rien de plus.

Une fois la seconde mi-temps commencée, je me concentrai sur la partie et non sur le corps ridiculement parfait de Zeke. Je restai attentive aux mouvements de Tobias pour mettre autant de paniers que possible.

Jusqu'à ce que Zeke vienne me couvrir.

Avec son torse massif, il me cacha la vue du panier. Il bloquait l'espace de sa main, et je ne pus lancer la balle à Tobias qui passait en courant.

Merde, ça me déconcentrait.

La sueur perlait sur le torse de Zeke, coulant le long de tous ses muscles délicieux. J'avais envie de les toucher pour constater leur fermeté. Et j'avais envie de le toucher ailleurs, pour voir à quel point il pouvait devenir dur.

Oh wow.

Ça craignait.

Ça craignait vraiment.

D'un mouvement rapide, Zeke me prit le ballon des mains et courut jusqu'à l'autre côté du terrain, où il marqua un panier.

Personne ne m'avait encore jamais pris un ballon des mains.

J'avais été distraite.

Rex s'approcha en courant.

— Alors, on perd la main, loser ?

Je ne savais pas ce qui était en train de se passer, mais perdre la main était le dernier de mes soucis.

SA TÊTE ÉTAIT entre mes cuisses et sa bouche faisait des choses délicieuses à ma chatte brûlante. Sa langue bougeait lentement en moi, et il me baisait doucement juste avec sa bouche. Puis il se retira et vint tracer des cercles sur mon clitoris, m'amenant au bord de l'orgasme.

Mon Dieu, c'était bon.

Je plongeai les doigts dans ses cheveux et griffai presque son crane. En gémissant, je cambrai mon bassin et ma chatte vint à la rencontre de sa bouche.

Il plaça ses grandes mains sur mes cuisses et les écarta davantage, offrant plus de moi à sa vue.

— Je pourrais faire ça toute la journée, souffla-t-il.

— Je t'en prie, répondis-je en agrippant ses bras et en plantant mes ongles dans sa peau.

Il me lécha encore un moment et suça ma chair qui pulsait avant de remonter vers moi.

— Mais je veux te baiser encore plus.

Il souleva mes cuisses et me pénétra d'un coup, profondément.

— Oh mon Dieu..., gémis-je en griffant ses biceps tandis que son énorme queue plongeait en moi. Zeke...

— J'aime cette chatte. Et je t'aime.

— Oui... Je t'aime aussi.

Il me pilonna puissamment, comme un animal, mais arrivant à rester romantique.

Je jouis.

— Zeke... Zeke !

Il m'embrassa tandis que l'orgasme m'emportait loin et me ramenait doucement sur le lit.

La sensation me réveilla au moment où l'orgasme recédait. J'ouvris les yeux et réalisai que j'étais dans ma chambre, mais que Zeke n'était pas là. La zone entre mes jambes était mouillée, mais pas par sa salive.

Même une fois réveillée, les détails du rêve restaient très clairs. J'avais l'impression que la scène venait de se passer — ses mains étaient sur mon corps, sa queue profondément enfouie en moi. J'avais envie d'y retourner, de retrouver cette intimité délicieuse.

Mais je n'arrivais pas à croire que j'avais fait un rêve érotique avec Zeke.

C'était... nouveau.

4

Rex

Mon réveil sonna, mais je le retardai trois fois avant de parvenir à me lever.

— Je déteste le travail..., soupirai-je.

Kayden repoussa les couvertures et sortit du lit. Elle portait un de mes t-shirts, sexy comme une déesse dans ces vêtements larges.

— Ce n'est pas si terrible. À part le fait de devoir se lever, dit-elle.

— J'ai vraiment hâte de gagner assez d'argent pour embaucher un manager. Après, je pourrai juste y passer de temps en temps.

— Je penses que tu finirais par t'ennuyer, remarqua-t-elle.

Elle s'approcha de moi et chevaucha mes genoux.

Je m'appuyai contre la tête de lit et la regardai s'installer sur moi. En sentant sa peau nue, je réalisai qu'elle ne portait pas de culotte. Elle savait être vraiment coquine des fois, sans même y penser. Merde, elle était sexy.

Je tirai sur mon boxer pour laisser sortir ma queue, déjà raide et dure. Je me glissai en elle et comme je m'y attendais, elle était déjà trempée. Je la pénétrai lentement et fermai les yeux pour profiter de la sensation.

Elle me chevaucha doucement, son regard fixés dans le mien.

— Que ferais-tu de tes journées si tu ne travaillais pas ? demanda-t-elle.

— Je te baiserais.

— Ben, moi je travaillerais toujours, je ne serais pas là, répondit-elle sans cesser de bouger au-dessus de moi.

— Démissionne. Je te paierai pour ça à la place.

— Même si ton offre est tentante, je ne suis pas sûre que ce soit une carrière respectable.

— Oh, mais si.

J'agrippai ses hanches pour l'attirer plus loin sur ma queue. J'aimais me sentir entouré de sa chatte. Je n'avais jamais couché avec la même femme pendant autant de temps, et ça faisait à présent quatre mois avec elle. Mais je ne m'en lassais pas.

Elle accéléra légèrement le rythme, descendant de plus en plus bas. Elle commença à haleter et à pousser les petits cris que j'adorais.

J'étais prêt à jouir en elle, mais je me retins pour attendre qu'elle finisse. Qu'une fille magnifique saute sur ma queue au lever du lit comme si elle en avait besoin pour bien commencer sa journée était putain de sexy.

Elle jouit quelques secondes plus tard en gémissant de satisfaction. Elle rejeta la tête en arrière et prit ma queue entièrement en elle tout en griffant mes épaules. Sa respiration s'accéléra puis se calma avec la vague de plaisir qui s'empara d'elle.

Maintenant qu'elle avait joui, je pouvais éjaculer sans passer pour un connard. J'entrai à nouveau complètement en elle avant de me vider, pour offrir tout mon foutre à sa belle petite chatte.

L'orgasme fut incroyable. La manière parfaite de démarrer une journée.

— Maintenant, j'ai encore moins envie de travailler.

— Souviens-toi juste que quand tu sortiras du travail, je t'attendrai. En fait, on attendra tous les deux...

JE RETROUVAI Zeke dans mon snack préféré pour le dîner. Nous commandâmes un plat familial accompagné de frites et de deux pintes de bière. La télévision diffusait le match dans un coin de la pièce, mais je peinais à me concentrer dessus parce que je pensais à ma petite coquine.

— Je peux te poser une question ?

— Quoi ? demanda Zeke après avoir fini sa bouchée et essuyé ses doigts sur une serviette.

— En fait... je couche avec cette fille depuis un moment.

— C'est quoi, un moment ? demanda-t-il.

— Quelques mois...

Zeke écarquilla les yeux, et ils semblèrent près à tomber sur la table.

— Quelques mois ? Toi ?

— Je sais... C'est bizarre, hein ?

— Très bizarre, dit-il. C'est un record.

— Ouaip.

Un gros.

— Si je me souviens bien, ta plus longue relation jusque-là, c'était trois semaines avec Vanessa.

— Oh ouais... je l'avais oubliée.

Je l'avais rencontrée dans la rue alors qu'elle sortait d'un salon de tatouage. Elle s'était faite percer la langue et elle était impatiente de tester. Et, attention spoiler, se faire sucer avec un piercing était incroyable.

— Trois mois... c'est une relation de couple.

— Oh là, doucement, m'écriai-je en levant la main. Je sais que ce n'est pas une relation. Elle m'a dit qu'elle voulait baiser sans sentiments, comme moi.

— Les histoires de baise ne durent pas des mois.

— Mais le sexe est tellement génial, mon pote. Elle est parfaite.

Je sentis ma queue durcir à cette simple pensée.

— Tu as couché avec quelqu'un d'autre depuis que tu la fréquentes ?

— Pourquoi je ferais ça ? lâchai-je. Alors que je peux lui envoyer un message et lui proposer une super partie de jambes en l'air ?

Il me lança un regard chargé de signification.

— Rex, ça a l'air plutôt sérieux. C'est qui, cette fille ?

Je ne pouvais vraiment pas lui dire.

— Juste une femme que je connais.

— Elle a un nom ?

— Bonnie, lâchai-je.

Je lui sortis le premier nom qui me vint à l'esprit. Je ne connaissais pas de Bonnie, et lui non plus.

— Si tu couches avec Bonnie depuis quelques mois, remarqua-t-il, tu dois ressentir davantage que du désir sexuel.

— Non.

On baisait et on s'éclatait. Voilà tout.

— Ben, je peux te promettre qu'elle ressent quelque chose de plus.

— Crois-moi mon pote, c'est pas le cas.

— Je connais les femmes. Et elles baisent pas pendant aussi longtemps sans s'attacher. Sinon, elle se serait trouvé un autre mec prêt à s'engager.

— Elle est pas comme ça.

— Même si elle ne ressentait pas encore quelque chose, ce dont je doute, ce qu'est une question de temps avant que ça n'arrive. Si tu n'as vraiment aucun sentiment pour cette fille et que tu sais que ça n'arrivera pas, tu dois mettre fin à votre histoire. Parce que sinon, tu vas lui briser le cœur.

Ses mots me firent l'effet d'un coup de poing. L'idée de faire souffrir Kayden me donna mal au ventre. Je souhaitais continuer notre arrangement, mais je préférais mourir plutôt que lui faire du mal. Elle n'était pas seulement mon amie, elle était comme ma famille. Si un autre mec lui avait fait du mal, j'aurais cassé sa porte pour le descendre froidement.

Zeke m'observait en buvant sa bière.

— Tu comprends ce que je veux dire ? finit-il par demander.

J'acquiesçai, sachant qu'il avait raison.

— Si j'étais toi, je le ferais rapidement, continua-t-il. Avant que ça ne devienne trop le bordel, tu sais ?

— Ouais..., dis-je en poussant un soupir attristé.

Zeke le remarqua.

— Mais si elle te plaît vraiment, tu peux te mettre avec elle.

— C'est pas mon truc, mon pote. Tu le sais.

— Ce n'est pas vrai. Si tu rencontrais quelqu'un qui te plaisait vraiment, tu serais prêt à faire n'importe quoi.

— Mais je n'ai jamais été monogame. Je ne me vois pas me marier. Je ne sais même pas ce que je ferai la semaine prochaine.

— Tu n'as pas besoin de savoir ce que tu feras la semaine prochaine, ni le reste de ta vie. Tu as simplement besoin de savoir qui tu souhaites à tes côtés pendant que tu le découvres au fur et à mesure.

Je l'avais rarement entendu prononcer des paroles aussi sages, et je restai coi.

Il repoussa sa bière et mit la main dans sa poche.

— En parlant du reste de nos vies... ça se passe vraiment bien entre Rochelle et moi depuis un moment maintenant...

Ouais, genre, six mois. Mais bref.

— Et je pense qu'elle serait une partenaire de vie idéale, continuait Zeke. Elle sera une mère géniale, une épouse parfaite... alors je vais la demander en mariage.

Il sortit une petite boîte de sa poche et la posa sur la table.

Putain de bordel de Dieu.

C'était réel.

Putain. Putain. Putain.

Zeke attendait ma réaction, probablement un grand sourire et des félicitations.

Mais j'étais trop choqué pour y parvenir. Cette relation allait beaucoup trop vite depuis le début, et elle me mettait toujours mal à l'aise.

En voyant l'expression sur mon visage, son sourire disparut.

— Rex ?

— Je... j'imagine que je suis juste surpris.

— Pourquoi ?

— C'est un peu tôt, tu ne trouves pas ?

Je savais que cette question me faisait passer pour un enfoiré, mais je devais être la voix de la raison. Ce n'était pas grave de s'emballer, mais le mariage était une affaire sérieuse, bordel.

— Tôt ? répéta Zeke, comme s'il n'était pas sûr du sens du mot.

— Zeke, tu ne connais Rochelle que depuis six mois.

— Oui, mais ça ne me semble pas trop tôt.

Ça ne lui semblait pas trop tôt parce qu'il était pressé de se marier et d'oublier Rae. Mais pouvais-je vraiment lui dire des mots si durs ?

— Zeke, j'apprécie vraiment Rochelle. C'est une fille super —

— Mais ? me coupa-t-il.

— C'est juste... je pense que peut-être...

— Dis ce que tu as à dire, Rex.

Je me détestais de lui dire ça. Mais je ne pouvais pas me taire.

— Tu t'es mis avec elle pour te consoler, mon pote.

— Me consoler ? demanda-t-il avec un regard glacé, comme si j'insinuais quelque chose de terrible. De qui ? Je ne fréquentais personne avant Rochelle.

— Ne me fais pas le dire, mec...

Zeke continua à me fixer en silence.

— Tu t'apprêtais à avouer tes sentiments à Rae, mais elle a rencontré Ryker. Tu t'es mis avec Rochelle juste après. Je pense que tu étais plus touché que tu n'as voulu l'admettre, et qu'à présent, tu es juste pressé de te marier parce que tu ne sais pas comment passer à autre chose autrement.

Il serra la mâchoire et croisa les bras.

— Ça me fait chier de te dire ça, ajoutai-je. Vraiment. Mais c'est ce que je pense.

— J'aime Rochelle, Rex. Au cas où tu n'aurais pas remarqué, elle me rend heureux.

— Et j'en suis très content. Ça n'a rien à voir avec elle, vraiment.

— Est-ce vraiment si improbable que j'aie pu rencontrer la femme de ma vie ?

— Parce que c'est comme ça que tu la vois ?

Les gens pouvaient se persuader de tout pour se protéger de la peine.

— J'ai oublié Rae, Rex. Depuis longtemps maintenant. Elle est célibataire en ce moment, et tu ne me vois pas en train d'essayer de la séduire. Parce que j'aime Rochelle.

— Non. C'est parce que tu sais qu'elle ne partage pas tes sentiments.

Je détestais devoir faire ça, mais comment pouvais-je prétendre être son meilleur ami si je n'étais pas sincère avec lui ? Si je ne le raisonnais pas, avant qu'il ne fasse la plus grosse erreur de sa vie ?

Il serra encore plus la mâchoire.

— Votre relation va beaucoup trop vite, repris-je. Si vous étiez ensemble depuis un an, ce serait différent. Mais vous vous êtes précipités dans votre relation et vous avez brûlé toutes les étapes jusqu'à la ligne d'arrivée. Ne fais pas comme si ce n'était pas vrai.

— Chaque relation est différente, Rex.

— Pourquoi l'épouser tout de suite ? Pourquoi ne pas attendre quelques mois ? Voire un an ?

— Pourquoi attendre ? Je suis prêt à me marier et à fonder une famille.

— Mais tu dois avoir trouvé la bonne personne. Tu es certain que c'est Rochelle ?

— Elle est parfaite, répliqua-t-il. Cite-moi un seul de ses défauts.

Comme si j'étais assez stupide pour ça.

— Mon pote, Rochelle est géniale. Je ne dis pas le contraire. Mais je pense que tu fais ça pour les mauvaises raisons.

— Peu importe, oublie ça, marmonna-t-il en rangeant la bague dans sa poche avant de se lever et de quitter la table.

Je le laissai partir, sachant que nous avions tous les deux besoin d'un peu de temps après cette discussion. Je lui avais dit des choses difficiles à entendre, et je ne pouvais lui reprocher d'être en colère contre moi. Si je lui laissai un peu de temps pour y penser, il se rendrait compte que j'avais raison.

UNE SEMAINE PASSA sans nouvelles de lui.

J'étais censé arrêter avec Kayden, mais j'étais trop déprimé pour rompre avec elle alors que j'étais inquiet pour mon meilleur ami. Je continuai à coucher avec elle régulièrement, et heureusement, cela me réconforta.

À la fin de la deuxième semaine, je ne supportai plus le silence.

Je voulais retrouver mon ami. Je voulais même m'excuser de l'avoir blessé.

J'allai chez lui et frappai à sa porte.

Il m'ouvrit et me lança un regard froid, comme s'il n'était pas du tout ravi de me voir. Mais s'il n'avait vraiment pas voulu me parler, il ne m'aurait pas ouvert la porte. Il s'éloigna sans un mot.

Je n'allais pas recevoir davantage d'invitation à entrer. Je le suivis jusqu'au salon, où la télévision allumée diffusait le match, le son coupé.

Il s'assit sur le canapé.

Je m'installai sur celui d'en face.

Il ne me regardait pas, ce qui m'indiqua qu'il souhaitait que je parle en premier.

— Je veux m'excuser pour la semaine dernière, dis-je. Je ne te blesserai jamais volontairement. Mais je suis ton meilleur ami, et c'est mon rôle de te dire les choses que tu ne souhaites pas entendre. Ce n'était pas contre toi — au contraire.

Il se frotta les paumes en fixant le sol, la mâchoire contractée.

— Ouais... je sais, lâcha-t-il finalement.

Au moins, il était prêt à le reconnaître. Cela m'encouragea.

— Si tu veux épouser Rochelle, tu sais que tu as mon soutien total. Je serai ton témoin, et je serai putain d'heureux pour toi. Mais je me devais de te dire ça, juste au cas où ce ne soit pas la bonne décision pour toi.

Il continua à se frotter lentement les mains.

Je n'ajoutai rien, lui laissant la parole. Vu sa mâchoire tendue, il avait quelque chose à dire.

— Je l'admets, je vivais un moment difficile quand je me suis mis avec Rochelle. Ce n'était pas le fait de ne pas être avec Rae, autant que de ne pas m'être lancé quand j'en avais l'occasion. Ryker l'a séduite, elle est tombée amoureuse et il lui a brisé le cœur. J'ai manqué ma chance par pure stupidité. Quand j'ai rencontré Rochelle, je savais que je lui plaisais vraiment. Elle est gentille, belle et douce. Je me suis investi dans cette relation pour me changer les idées. En rétrospective, tu as raison, admit-il. Mais maintenant, notre relation est différente. Elle a évolué depuis le début, et aujourd'hui je sais sans aucun doute qu'elle me rendra heureux pour le restant de mes jours. C'est une femme incroyable, intelligente et accomplie. Je n'aurais pas pu rêver d'une meilleure personne.

Je pensais toujours qu'il était trop tôt pour le mariage, mais clairement, Zeke avait pris sa décision. J'avais dit ce que je devais lui dire, mais je ne pouvais pas faire plus.

— Alors je suis heureux pour toi, dis-je. Quand vas-tu faire ta demande ?

— Dans quelques semaines. Un ami a un yacht et il m'a proposé de me le prêter pour une soirée. Je pense à un dîner romantique, et ensuite je mettrai un genou à terre et je lui demanderai sa main.

— Bordel, c'est romantique.

— Oui, dit-il en souriant pour la première fois.

— Les filles vont être excitées.

— À ce propos... ne leur dit rien.

— Quoi ? Pourquoi pas ?

— Tu les connais. Elles sont incapables de garder un secret. Si elles sont au courant, elles vont se comporter bizarrement devant Rochelle et elle vont vendre la mèche.

— Ouais... c'est vrai, concédai-je.

— Donc garde ça pour toi.

— Ça marche.

Maintenant que la partie difficile de cette conversation était terminée, il se cala plus confortablement dans le canapé et posa ses pieds sur la table basse.

— Tu as rompu avec Bonnie ? Demanda-t-il.

— Qui ça ? demandai-je, surpris.

— Cette fille avec qui tu couches.

— Oh... non. Je n'ai pas encore eu l'occasion.

J'avais été trop stressé à propos de Zeke pour l'envisager. Le sexe incroyable entre nous me réconfortait. Ma semaine aurait été bien pire sans.

— Tu me diras comment ça se passe. Avec un peu de chance, il n'est pas trop tard.

— Pas trop tard pour quoi ?

— Avec un peu de chance, elle n'est pas encore amoureuse de toi.

JE POUSSAI la porte et découvris Kayden assise sur le canapé.

— Salut.

— Salut, répondit-elle en se levant immédiatement avec un grand sourire, ravie de me voir.

Comme Safari qui attendait Rae, elle semblait m'avoir attendu toute la journée. Elle me serra dans ses bras et m'embrassa sur la bouche.

J'adorais sa bouche. Tellement chaude et douce. Elle avait des lèvres parfaitement pleines qui me donnaient envie de les dévorer à longueur de journée. Je fus surpris par la tristesse qui m'envahit à l'idée de ne plus les embrasser, mais je savais que c'était la bonne décision. Notre arrangement durait depuis trop longtemps déjà, et si nous n'y mettions pas fin bientôt, il gâcherait notre amitié.

— Tu m'as manqué, dit-elle.

— Toi aussi, répondis-je en lui rendant son baiser un moment avant de m'éloigner.

— Que faisais-tu ?

— Je suis passé chez Zeke. On s'était disputés, et je voulais m'expliquer avec lui.

— À quel propos ?

Je gardai les secrets de mon ami.

— Oh, des histoires stupides. On avait fait un pari, et je n'avais jamais payé ma dette...

— Je suis contente que vous ayez arrangé ça. Alors, que veux-tu faire ? Aller directement dans la chambre ?

J'en avais envie, mais si nous faisons ça, nous n'aurions pas l'occasion de discuter.

— En fait, je voulais te parler de quelque chose..., commençai-je.

À mon ton, elle comprit que c'était sérieux. Elle lâcha ma taille et recula d'un pas, la joie ayant complètement disparu de son regard.

— Oh ? demanda-t-elle d'une petite voix.

— C'est à propos de nous... Je passe des moments super. Le sexe est incroyable, tu es incroyable, tout est incroyable. Mais...

— Mais quoi ?

— Je pense qu'on devrait arrêter. On baise ensemble depuis quelques mois maintenant, et j'ai peur que ça ne gâche notre amitié si on continue. Bientôt, ça risquerait de devenir plus sérieux qu'aucun de nous ne le veut, tu vois ?

Elle me regarda sans rien dire et sans bouger, son expression indéchiffrable. Elle ne cillait même pas.

Que pensait-elle ?

— Je n'ai pas envie de ruiner la dynamique de notre groupe. Les autres vont finir par remarquer quelque chose si on ne peut plus être ensemble dans la même pièce. Je n'ai vraiment pas envie de gâcher ce qu'on a. Parfois, une chose vraiment agréable sur le moment peut mener à une mauvaise situation.

Toujours rien de sa part. Elle croisa les bras contre sa poitrine et recula.

Était-elle en colère contre moi ?

— Kayden ?

Elle se racla la gorge et se passa la main dans les cheveux, reprenant ses esprits.

— Désolée, je pensais à autre chose...

Dans un moment pareil ?

— Ouais, tu as probablement raison, continua-t-elle d'une voix rauque. On ferait peut-être mieux d'arrêter... pour préserver notre amitié.

Je savais qu'elle le prendrait bien. Il n'y avait aucune chance pour qu'elle soit tombée amoureuse de moi. Sinon, elle m'en aurait parlé. Nous étions simplement deux amis qui profitions l'un de l'autre pour se donner du plaisir.

Et chaque fois que je me trouvais seul avec elle, ma bite était dure et avait hate de la retrouver. Peut-être qu'une dernière baise m'aiderait à l'oublier.

— Tu veux qu'on le fasse une dernière fois ? Tu sais, pour officialiser les choses ? proposai-je en souriant.

— En fait... je dois aller quelque part. J'avais oublié, mais j'ai prévu de retrouver une amie de la bibliothèque. On est en train de remplacer le système de référencement pour le numériser, et on a prévu de se retrouver autour d'un verre pour en discuter. D'ailleurs, il faut que j'aille me doucher. On se voit plus tard ?

Un vendredi soir ? Je la regardai, sceptique, mais elle se retourna et s'éloigna dans le couloir sans même me dire au revoir. J'entendis la porte de la salle de bains se fermer, et l'eau se mit à couler quelques instants plus tard.

Elle était déjà maquillée, donc je trouvais étrange qu'elle ait besoin de se doucher. Mais je ne comprenais pas bien les femmes, aussi je devais louper quelque chose. Je me retournai vers la porte et sortis de chez elle.

5

Rae

— Kayden ne vient pas ? demanda Jessie en entrant dans le bar en me tenant par le bras. Comme toujours, elle avait l'air d'une top-modèle.

— Elle m'a dit qu'elle avait déjà des plans ce soir, mais elle n'a pas précisé, répondis-je. Je n'en sais pas plus.

— Bah. On a tous des amis en dehors de notre groupe. On ne peut pas lui en vouloir d'avoir envie d'une pause de temps à autre. Zeke et Rochelle sont là-bas, ajouta-t-elle en les repérant dans la foule.

Je les vis l'un à côté de l'autre, des sourires béats aux lèvres, comme deux gros bienheureux.

Bordel, je me sentais coupable pour ce rêve.

Et pour les deux autres qui avaient suivi.

— Mais..., dit Jessie en hochant la tête dans la direction opposée, il y a un mec super canon par là.

— Pas de souci. Va lui parler, je vais aller saluer Zeke et Rochelle. Tu veux que je te commande un verre ?

— Si tout se passe comme je l'espère, c'est lui qui va m'en offrir un, répondit-elle avec un sourire malicieux.

— C'est vrai.

Je la regardai s'éloigner pour aborder le grand brun dans le coin de la pièce avant d'aller rejoindre Zeke et Rochelle.

— Salut, vous allez bien ?

— Salut Rae, dit Rochelle en me prenant dans ses bras comme elle avait coutume de le faire.

Je restai volontairement à distance de Zeke et le saluai de loin. Je ne parvenais pas à croiser son regard, pas après tous mes rêves coquins. Il m'allumait complètement, et dès que je dormais, il me faisait jouir — violemment. Si Rochelle savait ce que je pensais... en tout cas, elle avait ma permission pour m'arracher les yeux.

Zeke remarqua immédiatement mon comportement étrange.

— Tout va bien ? me demanda-t-il.

— Juste un peu bourrée, mentis-je en réponse.

Zeke n'insista pas, probablement parce que Rochelle était là. Il leva les yeux vers l'entrée et vit quelqu'un qu'il connaissait.

— Bébé, mes amis sont là. J'ai hâte que tu les rencontres, dit-il.

Je repérai trois hommes près de la porte. D'après leurs âges, ils devaient être des amis de la fac, parce que je ne les connaissais pas.

Zeke leur fit signe et il fit les présentations.

— Les amis, voici Rochelle et Rae, dit-il, et nous nous serrâmes la main. Ce sont des amis de l'université. J'avais envie qu'on passe tous la soirée ensemble.

Les mecs restaient silencieux. Ils regardaient Rochelle comme s'ils avaient l'impression de la connaître, mais sans arriver à la remettre.

— Elle travaille en pédiatrie, expliqua Zeke, comme si ça répondait à toutes leurs questions silencieuses.

Le téléphone de Zeke se mit à sonner. Il regarda l'écran.

— Putain, c'est Rex. Il est probablement perdu quelque part...

Il fendit la foule et se dirigea vers l'entrée.

Rochelle semblait mal à l'aise sous leur regard, et elle s'excusa pour aller aux toilettes.

— Je dois pisser. Je reviens. Tu veux bien garder ça ? me demanda-t-elle en me tendant son verre.

— Oui, bien sûr.

Je pris son verre et gardai les deux à la main, comme une alcoolique.

Rochelle s'éloigna, et je restai seule avec ces inconnus. J'essayai d'engager la conversation.

— Alors, vous aussi vous avez étudié à Washington State ?

Ils parlaient d'autre chose et ne semblaient pas m'avoir entendue.

— Je ne savais pas que Zeke aimait les tailles XL, dit un des mecs en gloussant, et ses deux amis éclatèrent de rire à ses côtés.

Quoi ?

— Je suppose qu'avec un pare-choc pareil, pas besoin de retenir sa force, ajouta un autre.

Ils éclatèrent tous de rire comme si c'était la meilleure réplique au monde.

— Clairement, c'est une poule de luxe, déclara à nouveau l'homme au milieu en riant. Surtout si tu la sors au resto.

Il me fallut un instant pour comprendre ce qui se passait. Au départ, je pensais avoir mal compris la situation. J'étais l'amie de Zeke, et ils disaient ces choses sous mon nez.

— Pardon ?

Leurs rires s'éteignirent dans leurs gorges.

Ma rage explosa d'un coup, avec une puissance inconnue, comme un volcan.

— Putain, mais vous vous prenez pour qui ? Vous pensez être parfaits, M. Gros nez et M. Poilu ? Grandissez un peu, connards. Vous devriez avoir honte. J'ai honte pour vous, dis-je en jetant mes deux verres dans leurs visages, le liquide trempant leurs vêtements.

Je les contournai pour aller retrouver Zeke et lui dire tout le bien que je pensais de ses soi-disant amis. Mais je tombai nez à nez avec Rochelle.

Et des larmes coulaient le long de ses joues.

Oh non.

Elle se couvrit le visage et s'éloigna rapidement, se glissant entre la foule vers l'issue de derrière. Elle sortit dehors et ses cheveux s'envolèrent avec une bourrasque d'air froid.

Je la suivis et la rejoins sur le trottoir. Heureusement, et elle avait de l'intimité car il n'y avait personne. Seule une voiture passait au loin.

Elle continuait à trembler et ses larmes coulaient toujours.

— Rochelle... N'écoute pas ces cons. Ils ne savent pas de quoi ils parlent.

— Mais ils ont raison, réussit-elle à articuler entre deux sanglots. Zeke est trop bien pour moi. Il est parfait, magnifique, et son corps... il est tellement beau. Moi, je suis juste une petite grosse.

— Rochelle, ne dis pas ça. Ce n'est absolument pas vrai.

— Bien sûr que si.

Elle continuait à couvrir ses yeux pour masquer ses larmes.

— Ne les laisse pas t'atteindre de la sorte. Leurs commentaires en disent plus long sur eux que sur toi. Tu es magnifique, et tu es parfaite exactement comme tu es. Tu crois vraiment que Zeke ne le pense pas ? Il t'aime telle tu es. Pourquoi accorder de l'importance à deux connards en manque d'assurance ? Leur opinion n'a aucune valeur.

Elle s'essuya le visage, étalant son maquillage en même temps, puis s'assit sur le bord du trottoir. Elle ramena ses genoux sous son menton en reniflant, ses sanglots enfin apaisés.

Je m'assis près d'elle, soulagée qu'elle se soit un peu calmée. La voir pleurer était terrible, et je devais me retenir de ne pas rentrer dans le bar en trombe pour faire davantage que jeter des verres au visage de ces idiots.

— Depuis le début, on adore tous que tu sois la copine de Zeke. Tu es notre préférée, et de loin, dis-je calmement.

— C'est vrai ? murmura-t-elle.

— Absolument. Tu rends Zeke tellement heureux. Et on voit bien à quel point tu l'aimes. Tu es parfaite pour lui.

— C'est vraiment gentil de dire ça...

— Au fait, je les ai envoyés se faire foutre et je leur ai jeté nos verres au visage. Et je suis sûre que Zeke va leur botter le cul quand il l'apprendra.

— J'aurais aimé voir ça...

— Quelqu'un a dû l'enregistrer sur son téléphone. On retrouvera peut-être la vidéo sur YouTube.

— Ouais, peut-être, dit-elle avec un petit rire.

— Ça va aller, Rochelle, dis-je en lui frottant le dos. Il y aura toujours des gens pour nous faire du mal. Il faut arriver à en rire et à s'en foutre.

— Je sais, je sais. C'est dur parfois.

— Ouais... je sais.

Elle leva la tête. Ses yeux étaient rouges et enflés, mais ses iris luisaient toujours de leur bleu magnifique.

— Quand je t'ai rencontrée, tu m'intimidais tellement, murmura-t-elle.

— Moi ? demandai-je d'une voix incrédule en pointant un doigt vers ma poitrine. L'intello garçon manqué ?

— Quand Zeke m'a dit ce qu'il avait déjà ressenti pour toi... je me suis sentie menacée. Et quand je t'ai rencontrée et que j'ai constaté à quel point tu es belle, j'étais encore plus inquiète. Mais tu as toujours été adorable avec moi. Tu es vraiment une bonne personne. Je ne reproche pas à Zeke ses sentiments pour toi. Si j'étais un homme, moi aussi j'aurais probablement été amoureuse de toi.

J'entendis ses mots, mais il me fallut presque une minute pour en comprendre le sens. Rochelle passa ses doigts sous ses yeux pour enlever le mascara qui avait coulé.

Il faisait froid dehors, mais j'étais à présent transie. Ma main était restée figée au centre de son dos, et je pouvais sentir sa chaleur distante. Le temps sembla ralentir alors que le sens de ses mots me frappait en pleine poitrine.

Zeke avait eu des sentiments pour moi ?

Je... je n'arrivais pas à y croire.

Quand ?

Comment ?

Il avait été amoureux de moi ?

Rochelle observa ma réaction, et ses yeux s'écarquillèrent légèrement.

— Tu... tu n'étais pas au courant ?

J'ouvris la bouche pour lui répondre, mais les mots mirent longtemps à venir.

— Je... non, réussis-je à articuler.

— Oh...

Elle se couvrit à nouveau le visage, gênée.

— Je suis vraiment désolée. Je pensais que tu savais. À la manière dont il en parlait, j'ai supposé que tout le monde était au courant.

— Ce n'est pas grave..., murmurai-je.

Qu'étais-je censée dire d'autre ? J'étais totalement sous le choc.

— Bref... Tu es vraiment une bonne personne, Rae. Tout le monde ne m'aurait pas défendue ce soir.

Ses mots me rappelèrent pourquoi nous étions assises dans le froid sur le trottoir. Je penserais à sa révélation plus tard. Pour l'instant, je ne pouvais pas le faire davantage.

— Bien sûr, Rochelle. Tu es mon amie. N'importe qui dans le groupe aurait réagi de la même manière. Enfin, sauf Rex. Rex leur aurait démoli le portrait.

— Zeke a des amis géniaux...

Je retirai ma main de son dos et la posai sur ma jambe. Je regardai le reflet des lampadaires sur la route humide. On ne voyait pas les étoiles à cause des nuages, mais c'était plutôt une belle soirée pour le climat de Seattle.

— Rae ?

— Hmm ?

— Tu veux bien ne pas dire à Zeke ce qui s'est passé ? Je ne veux pas qu'il se mette en colère et qu'il fasse quelque chose qu'il regretterait ensuite. Et puis... c'est très gênant.

— Bien sûr, répondis-je, prête à respecter sa volonté si c'était ce qu'elle voulait. Mais tu veux bien faire quelque chose pour moi ?

— Oui, quoi ?

— Tu veux bien ne pas dire à Zeke que tu m'as parlé de ça ?

— Bien sûr.

— Merci.

Je ne savais pas encore ce que j'allais faire de cette information, mais je ne voulais vraiment pas qu'il sache que j'étais au courant. Sinon, notre relation risquait de devenir étrange. Et je me sentais déjà bizarre en sa présence après tous mes rêves érotiques avec lui.

Je baissai le regard et me sentis soudain mal à l'aise assise à côté de Rochelle. La nuit précédente, j'avais rêvé que Zeke me prenait par derrière et qu'il me faisait grimper aux rideaux. Ensuite, il s'était penché et m'avait murmuré qu'il m'aimait à l'oreille. Ces rêves faisaient de moi une horrible personne, même si je ne les contrôlais pas. Si elle avait fait des rêves pareils avec Ryker à l'époque où je sortais avec lui, je l'aurais agressée.

JE RENTRAI APRÈS MINUIT. Je jetai mon sac sur la table dans l'entrée et me précipitai dans le salon.

Rex et Tobias étaient installés sur le canapé, en train de jouer à un jeu de course. Ils me tournaient tous les deux de dos, et aucun ne réagit à mon arrivée.

— Rex ! criai-je.

— C'est quoi ton problème ? demanda Rex en mettant le jeu sur pause et en fronçant les sourcils. Tu as oublié tes antidépresseurs aujourd'hui ?

— Tobias, excuse-moi, mais je dois parler à mon frère en privé. Tu veux bien partir ?

— Ignore-la, rétorqua Rex. Elle fait juste sa chieuse.

J'attrapai la télécommande et éteignis la télé.

— Je ne veux pas être malpolie, Tobias. Mais s'il te plaît, il faut vraiment que parle d'une chose importante avec mon frère, insistai-je.

Tobias se leva sans un mot et sortit, comprenant que j'étais sérieuse.

Rex se leva, la colère déformant ses traits.

— Putain, mais qu'est-ce que —

— Zeke était amoureux de moi ?

Sa bouche était toujours ouverte, mais il la referma lentement. La colère dans son regard disparut immédiatement. Il baissa les yeux en essayant de réfléchir à sa réponse.

— De quoi tu parles ? demanda-t-il nonchalamment.

— Tu sais très bien de quoi je parle, dis-je d'un ton déterminé en croisant les bras et en le fixant dans les yeux.

— Qu'est-ce qui te fait croire ça ? Tu es une très bonne amie pour Zeke, évidemment. Mais c'est tout.

— Et bien, Rochelle m'a dit autre chose.

Il ouvrit à nouveau la bouche, et son air de conspirateur disparut.

— Elle te l'a dit ?

— Elle m'a dit que Zeke avait été amoureux de moi avant de la connaître. Et tu vas m'expliquer ça.

— Expliquer quoi ?

— Combien de temps ça a duré ? Pourquoi personne ne m'a

rien dit ? Pourquoi il ne m'en a pas parlé ? Pourquoi tout le monde était au courant à part moi ? demandais-je à la suite, me sentant idiote qu'une chose pareille se soit passée sous mon nez sans que je ne m'en rende compte.

— Tu étais au courant ?

— Euh...

— Rex.

Il se passa la main dans les cheveux, ne sachant clairement pas quoi faire. Il était le meilleur ami de Zeke, et il était forcément au courant de tout. Mais il ne voulait pas trahir la confiance de Zeke.

— Je sais déjà la vérité. Je veux juste connaître les détails, insistai-je.

— D'accord, admit-il en baissant les bras. Ouais... C'est vrai.

Entendre Rex le confirmer rendit la situation plus réelle. L'homme que je considérais comme mon meilleur ami avait voulu quelque chose de plus. À présent, je remettais en perspective toutes nos étreintes et nos contacts. Je me demandai ce qu'il pensait vraiment lorsqu'il me regardait dans les yeux.

— C'était quand ?

— Ces trois dernières années.

— Quoi ? m'écriai-je en me couvrant la bouche en entendant une durée bien plus longue que tout ce que j'imaginais. Tu es sérieux ? Trois ans ?

— Il a dit que ce n'était pas tout le temps. Que lorsqu'il fréquentait une fille, il ne pensait plus à toi. Mais dès qu'il était célibataire, tu revenais dans sa tête. Je ne veux pas que tu imagines que c'était trois ans non-stop, parce que ce n'est pas le cas.

— Mais... ça fait quand même longtemps.

Il haussa les épaules comme s'il ne savait pas quoi répondre.

— Et tout ce temps, tu savais ?

— Non. Il me l'a dit il y a quelques mois.

— Pourquoi t'en a-t-il parlé ?

Rex inspira profondément avant de répondre.

— Il allait te parler de ses sentiments, et il voulait ma bénédiction.

— Mais il ne m'en a jamais parlé. Que s'est-il passé ?

Rex baissa les yeux, comme s'il ne voulait pas répondre.

— Ryker, finit-il par lâcher.

— Oh..., murmurai-je, sentant mon cœur se serrer comme chaque fois que j'entendais son nom.

— La nuit où tu es allée dîner au resto avec Zeke... il allait t'en parler ce soir-là. Mais tu lui as dit que tu étais avec Ryker, alors il n'a rien dit.

— Oh mon Dieu...

— Il a déprimé un petit moment après, et puis il a commencé à sortir avec Rochelle. C'est à peu près tout.

Je faisais les cent pas dans l'appartement, incapable de rester immobile.

— Je n'arrive pas à y croire. Je n'arrive pas à croire que je ne l'ai jamais remarqué.

— Pour ta défense, je n'avais pas remarqué non plus.

— Mais je n'arrive pas à croire que les filles ne m'en aient pas parlé. Je comprends que tu n'aies rien dit parce que c'est ton meilleur ami... mais Jess et Kayden ?

— Elles ne savaient pas. J'étais le seul à être au courant.

— Oh, répondis-je, comprenant mieux.

— Ouais... on dirait que son secret est découvert.

Je finis par m'asseoir sur le canapé pour essayer de me calmer.

— Je suis surpris que Rochelle t'en ait parlé.

— Elle pensait que je savais déjà.

— Mais même, pourquoi le mentionner ?

Je ne voulais pas lui raconter l'histoire, parce que je savais que Rochelle était gênée et que Rex en parlerait forcément à Zeke.

— On discutait et elle m'a dit que je l'intimidais beaucoup au début... et elle m'a expliqué pourquoi.

— C'est tout de même une chose d'étrange à dire.

— Peut-être, je sais pas, dis-je en retirant mes chaussures et en me lovant dans le canapé.

Rex s'installa près de moi.

— Et maintenant quoi ? Tu vas lui en parler ?

— Non. Pourquoi le ferais-je ?

— Je sais pas..., dit-il en haussant une épaule. La nouvelle a l'air de te contrarier.

— Je ne suis pas contrariée... simplement surprise.

— Lorsqu'il m'en a parlé, je me suis rendu compte que ce n'était pas si incroyable. Vous avez une tonne de choses en commun, tous les deux. Je veux dire, vous êtes presque la même personne. Ça m'a fait flipper au début, mais une fois qu'il m'a expliqué, j'ai compris.

Je fixai notre reflet déformé dans la télévision sans répondre.

— Alors..., continua Rex, tu as déjà eu ce genre de sentiments pour lui ?

J'évitai son regard, parce que je n'étais pas sûre de ma réponse. Mes rêves explicites de la semaine me confirmaient mon attirance pour Zeke. Dès qu'il retirait son t-shirt, je perdais la boule. Mais je l'avais connu toute ma vie sans jamais ressentir ces choses. Qu'est-ce qui avait changé ?

— Non, répondis-je finalement.

— Oh..., murmura Rex sans chercher à masquer sa déception.

Même si j'avais des sentiments très profonds pour Zeke, je ne l'admettrais jamais. Il était avec Rochelle maintenant, et je n'aurais jamais voulu gâcher les choses pour lui. Je ne ressentais qu'une simple attirance, rien de plus.

Du moins, je l'espérais.

6

Rae

Je n'arrivais pas à me sortir Zeke de la tête.

Savoir qu'il avait eu des sentiments pour moi était vraiment significatif. Cela me faisait remettre en question ma propre perception de notre amitié. J'aurais dû remarquer que mon meilleur ami en pinçait pour moi. Heureusement, seuls Rex et moi étions au courant. Si Kayden et Jessie l'avaient su aussi, il m'aurait été vraiment difficile de faire comme si de rien n'était.

— Zeke va passer. Juste pour te prévenir, dit Rex.

— Pourquoi ? demandai-je, mais je me repris en entendant mon ton agressif. Je veux dire, vous allez faire quoi ?

— Je sais pas encore. Peut-être sortir, ou alors rester ici.

— Avec Rochelle ?

Je n'aurais su dire si je préférais qu'elle soit là ou pas. Une part de moi la préférait là, pour ne pas me sentir coupable de passer du temps en compagnie de Zeke. Mais de toute manière, je me sentais coupable en sa présence, et je n'avais pas envie de la voir.

— Non. Juste lui, répondit Rex en sortant une bière du frigo. Pourquoi ?

—Juste pour savoir.

— Tu sais, tu n'as pas besoin de rendre les choses bizarres.

—Je sais, rétorquai-je. Rien n'a changé.

— Alors pourquoi est-ce que tes joues sont rouges, tu gigotes de partout et on dirait que les yeux vont te sortir de la tête ?

— Oh bon Dieu, j'ai vraiment cette tête-là ?

En m'approchant du miroir près de l'entrée, je m'aperçus qu'il avait raison. Mais je n'eus pas le temps de me calmer parce Zeke frappa à la porte et entra.

— Le mec le plus cool du monde vient d'arriver, claironna-t-il depuis le couloir.

— Mon pote, le mec le plus cool du monde était déjà là, contra Rex. Il habite ici.

Zeke posa le pack de bières qu'il avait apporté sur le comptoir.

—Je ne savais pas si on sortait ou pas, alors j'ai pris à boire au cas où. Quoi de neuf ?

— Pas grand-chose, répondit Rex. Tranquille.

— Tu as rompu avec Bonnie ?

Rex se tendit brusquement.

— Ouais... ça s'est bien passé.

— Qui est Bonnie ? lâchai-je.

Je ne l'avais jamais entendu mentionner ce nom. Et il avait

rompu avec elle ? Pour rompre, ça impliquait d'abord qu'il soit en couple, non ?

Zeke se retourna. Il n'avait pas remarqué que j'étais là.

— Salut, Rae. Je ne t'avais pas vue.

Il traversa la pièce et m'entoura de ses bras pour m'étreindre.

Nous nous faisons rarement des câlins, donc je ne savais pas d'où venait sa tendresse. J'avais envie de me soustraire à son étreinte, parce que son contact avait changé. Je n'arrivais pas à me sortir mes rêves coquins de la tête. Je l'imaginais torse nu. Comme il avait une copine, j'avais l'impression d'être la dernière des pétasses.

Il me tenait serrée contre son torse dur comme de l'acier. Je sentais la définition de ses muscles contre moi. Il sentait l'eau de Cologne et les pommes de pin, et cette odeur me rappelait sa jolie maison près de la côte. Il était chaud, sa chaleur naturelle le protégeant du climat hivernal. Le tissu de sa chemise était incroyablement doux contre ma peau, et je m'imaginai un instant en train de la porter dans son lit.

Bordel, c'était quoi mon problème ?

Il finit par s'éloigner, mais il garda ses bras autour de ma taille. Ses doigts paraissaient gigantesques sur ma taille fine, et je réalisai en rougissant qu'ils étaient exactement comme dans mon fantasme.

— Hum... c'était pour quoi, ça ? demandai-je.

— Rochelle m'a dit ce que tu as fait.

— Qu'ai-je fait ?

— Mes potes de la fac étaient des cons avec elle... et tu étais là pour la protéger. J'apprécie vraiment, Rae.

Son regard s'adoucit. Ses yeux bleu cristal débordaient de tendresse, et j'avais envie de plonger dans leur profondeur. Sa mâchoire puissante était couverte d'un léger duvet, et les traits masculins de son visage étaient magnifiques et très virils. J'avais toujours su qu'il plaisait aux filles, mais je comprenais à présent pourquoi, violemment.

— Ce n'était pas grand-chose, dis-je. N'importe quelle femme aurait fait pareil.

Aucune femme ne devrait jamais laisser une autre se faire traiter de la sorte. Être moquée pour ne pas faire une taille 36 était ridicule, et ce genre de préjugés devaient être éliminés.

— Non, c'est faux. Tu es vraiment une bonne amie, Rae. J'ai de la chance de t'avoir.

J'eus envie de me pâmer sur place. Chaque fois que j'inspirais, mon ventre frôlait le sien. Je me sentais toute petite entre ses bras, en sécurité. Mon rythme cardiaque était hors de contrôle, sans parler de ma respiration. La proximité de Zeke me faisait des choses incroyables, me procurait des sensations que je n'avais jamais ressenties même avec Ryker.

Mais qu'est-ce qui se passait ?

Il venait de me remercier pour avoir défendu sa petite amie.

Sa petite amie.

Reprends-toi, Rae.

— J'adore Rochelle, dis-je. Je ferais n'importe quoi pour elle. Si tu l'aimes, alors moi aussi. Et je suis heureuse qu'elle soit dans ta vie. Alors vraiment, ne t'inquiète pas, c'était rien, achevai-je à toute vitesse en me demandant si j'étais encore intelligible.

— Je sais, dit-il. Elle t'adore aussi.

Ce ne serait pas le cas si elle connaissait mes pensées.

Il fallait que je m'éloigne de lui. Je me sentais coupable, simplement de le laisser me toucher.

— Il faut que j'aille aux toilettes...

Je m'évadai d'entre ses bras et marchai vers le couloir pour m'éloigner aussi vite que possible.

J'entrais dans la salle de bains et m'assis sur la cuvette des toilettes, me sentant enfin tirée d'affaire. Je croisai les jambes et les bras contre ma poitrine, sentant mon ventre se tordre douloureusement. Là où il m'avait touchée la taille, ma peau était encore brûlante.

— Elle va bien ? demanda la voix de Zeke depuis la cuisine. Elle a l'air un peu bizarre aujourd'hui.

— Elle est toujours bizarre, mon pote, répondit Rex. Je me pose plus de questions.

Au moins, Rex m'avait couverte. Je m'étais vraiment ridiculisée. Il devait se dire la même chose.

REX ET ZEKE jouèrent à un jeu vidéo à tour de rôle, et Rex s'endormit sur le canapé vers deux heures du matin. La tête posée sur l'accoudoir, la bouche ouverte, il commença à baver partout.

En entendant un ronflement, Zeke se tourna vers lui.

— Trop nul, commenta-t-il en passant la ligne d'arrivée avec sa voiture. Encore premier !

Il me tendit la manette.

J'étais installée à l'autre bout du canapé, les genoux ramenés contre la poitrine, essayant de rester loin de lui autant que possible.

— Je suis fatiguée, dis-je.

— Tu es nulle aussi, répliqua-t-il en éteignant le jeu et en mettant la télévision à la place.

— Ouaip, c'est moi, Mme Nullarde. Alors... Rex avait une copine ?

— Une fille qui s'appelle Bonnie

— Il ne m'en a jamais parlé.

— Ce n'était pas sérieux entre eux. Une histoire de cul qui a duré quelques mois.

— Quelques mois? répétai-je à voix basse pour ne pas réveiller Rex. Les plans cul, ça ne dure pas des mois !

— C'est ce que je lui ai dit. Je lui ai conseillé d'y mettre fin avant que la pauvre fille ne se fasse briser le cœur.

— Et alors ?

— D'après lui, elle l'a bien pris.

— J'ai du mal à imaginer une fille en train de souffrir pour Rex, dis-je en tirant la couverture posée sur le canapé pour l'étendre sur mes genoux.

— C'est parce que tu le trouves repoussant. Mais je ne compte plus le nombre de filles qui sont venues me demander s'il était célibataire.

— C'est parce qu'elles savent que tu ne l'es pas, dis-je sans réfléchir.

— Comment ? demanda-t-il avec un regard surpris.

— C'est parce qu'elles savent que tu le connais, me rattrapai-je pitoyablement.

Zeke ne sembla pas convaincu, mais il n'insista pas.

— Ouais, je pense que la plupart des gens comprennent vite que l'on est proches lorsqu'ils nous rencontrent.

J'avais du mal à me souvenir de l'époque à laquelle il était célibataire. Rochelle semblait être là depuis longtemps. En fait, cela ne faisait qu'environ six mois. Ils allaient bien ensemble. Mais maintenant, je me souvenais lorsqu'il était libre. Toutes ces nuits au cours desquelles il avait de rentrer avec moi, et où j'aurais alors pu réaliser mes rêves à mon gré.

Mais il était trop tard.

— Alors... Rochelle va mieux ? demandai-je.

Je ne pouvais pas oublier ses larmes, dehors sous le lampadaire. Elle avait été dévastée par les sales commentaires des connaissances de Zeke, et je la comprenais. Leurs moqueries avaient été froides, superficielles et méchantes.

— Oui, ça va maintenant. Elle a déprimé pendant quelques jours. Je me doutais que quelque chose n'allait pas. Elle ne mangeait presque plus et elle avait l'air triste. J'ai fini par lui faire avouer ce qui se passait.

— Je suis désolée...

— J'ai dit à ces enfoirés ma façon de penser.

— Qu'as-tu fait ?

— Je suis passé chez eux et quand ils ont ouvert la porte, je leur ai mis un pain dans la gueule. Et puis je suis parti. Je n'ai même pas dit un mot.

— Ils le méritaient.

— Ils méritaient pire que ça. Je n'arrive toujours pas à croire qu'ils aient dit des choses pareilles dès que j'ai tourné le dos. Surtout alors que tu étais à côté.

— Ils ont dû penser que j'étais une enfoirée aussi, dis-je en haussant les épaules.

— Il m'a fallu un moment pour lui faire entendre raison. Elle n'est peut-être pas maigre, mais elle est parfaite comme elle est. Elle n'a pas besoin de changer.

— Je suis d'accord, dis-je.

J'adorais sa manière de la défendre. L'entendre parler ainsi me fit sourire. Mais je me sentis aussi encore plus coupable en sentant mon attirance s'intensifier. Zeke était un homme séduisant qui pouvait avoir n'importe quelle fille, mais il ne se considérait pas ainsi. Il était très modeste concernant son apparence, son intelligence et tout le reste. Ils voyait les femmes comme des personnes, non des objets.

— Et puis, j'aime ses courbes, reprit-il. Je pense que je lui ai déjà prouvé à quel point j'aime son corps.

Je me sentis un peu malade.

L'imaginer en train de faire l'amour avec elle me donnait le tournis. Même les imaginer en train de s'embrasser m'était douloureux. Après l'avoir tenu dans mes bras, j'avais du mal à l'imaginer toucher qui que ce soit d'autre. Ce sentiment de possessivité et de propriété sortait de nulle part.

— Je suis sûre qu'elle finira par oublier toute l'histoire.

— Ouais, je l'espère, soupira-t-il en baissant le volume de la télévision. Et toi, tu vois quelqu'un en ce moment ?

— Non. Personne.

Je ne voyais qu'un seul homme, dans mes rêves. Je n'utilisais même plus mon vibro parce que je n'en avais pas besoin. Mon inconscient s'occupait de tout. Je sentis mes joues chauffer.

— Quand on est sortis au bar l'autre soir, tous les mecs te regardaient.

— Ils mataient Jessie.

— Non. Toi.

Je n'avais pas remarqué.

— C'est gentil de dire ça, mais je n'ai pas besoin de compliments. Je n'ai pas de problèmes d'ego.

— Alors, quel est le problème ?

— J'imagine que je n'étais pas prête.

— N'étais ? demanda-t-il. Tu l'es, maintenant ?

Mes rêves sexuels avec Zeke étaient la première indication que j'étais prête à vivre une histoire physique avec une nouvelle personne. Jusque-là, je n'avais absolument aucun désir, et les quelques rêves romantiques que j'avais faits étaient en général à propos de Ryker.

— Je suis plus ouverte à l'idée..., murmurai-je.

— Je pourrais peut-être t'arranger le coup avec quelqu'un.

— Non !

Ses deux sourcils se soulevèrent de surprise.

— Je veux dire... non merci, repris-je.

Je n'aimais pas trop les rendez-vous arrangés, et encore moins l'idée que ce soit par l'intermédiaire Zeke.

— Tu es sûre ? Rochelle a quelques amis sympas. L'un d'entre eux est plutôt canon. C'est un golfeur professionnel.

— Un golfeur ? Je cherche quelqu'un de mon âge.

— Il a notre âge, répondit-il en gloussant. C'est un mec bien. Il est sorti d'une histoire sérieuse il y a environ un an. Il a pris le temps de se remettre sur pied.

— Je ne pense pas que ce soit une bonne idée —

— C'est décidé.je vais lui en parler.

— Zeke, ne —

— Passe simplement la soirée avec lui. Ça n'ira probablement pas plus loin, mais c'est un bon moyen pour te remettre en selle. On se fera une sortie à quatre. Comme ça, tu n'auras pas trop la pression.

À quatre ? C'était une blague ?

— Non, ça ne me tente pas.

— Tant pis, dit-il en éteignant la télévision.

Qu'est-ce que ça pouvait lui faire, que je sois en couple ou pas ? Lorsqu'il était amoureux de moi, il n'avait jamais essayé de gâcher mes rencards, et ma vie romantique ne semblait pas particulièrement l'intéresser. Voilà qu'il se comportait comme Jessie ou Kayden.

— Pourquoi me pousses-tu tant ? demandai-je.

— Parce que je me souviens à quel point tu étais heureuse avec lui, répondit-il en évitant volontairement de prononcer son nom. Et je veux que tu sois heureuse. N'est-ce pas normal ? Vouloir que ses amis soient heureux ?

– JE N'ARRIVE PAS à croire que je vais faire ça, marmonnai-je.

Je portais une petite robe noire avec des chaussures à talons, et Jessie m'avait maquillée et coiffée. En réalisant que j'avais mon premier rencard depuis Ryker, mes amis se comportaient comme des parents voyant leur aînée partir au bal de sa promo.

— Tout va bien se passer, dit Zeke. Sois simplement toi-même. Je te promets, il va jeter un regard sur toi et se dire qu'il a gagné le gros lot. Et quand tu ouvriras la bouche et lui montreras qui tu es vraiment, il saura qu'il est le plus gros veinard du monde.

C'était vraiment une chose adorable à dire, et j'oubliai un instant que je m'apprêtais à sortir avec quelqu'un d'autre, trop occupée à regarder les beaux yeux bleus de Zeke.

— C'est vraiment gentil, murmurai-je.

Il plaça sa main dans le creux de mon dos, et ce contact me chauffa immédiatement.

— C'est sincère. Rae, tu es la femme la plus désirable de la planète. Tu pourrais avoir n'importe quel homme. Même s'il était une star, il ne se trouverait pas assez bien pour toi.

— Zeke… arrête.

— Je dis la vérité, c'est tout, dit-il en me tapotant l'épaule.

Rochelle sortit des toilettes, vêtue d'une jolie robe rose pâle. Elle avait bouclé ses cheveux blonds et les avait rassemblés sur une épaule. Dès qu'elle n'était pas dans la pièce, je l'oubliais. L'espace d'un instant, j'avais eu l'impression que je passais la soirée avec Zeke.

C'était terrible.

Nous entrâmes dans le restaurant et nous nous installâmes à une table au coin de la pièce. Mon rendez-vous était déjà là, vêtu d'une chemise à col et d'une cravate noire. Je m'étais imaginé un homme proche de la quarantaine avec un bronzage démesuré, les yeux plissés à force de passer ses journées au soleil.

Mais il ne ressemblait pas du tout à ça.

Il était jeune, probablement mon âge. Des fossettes apparaissaient sur ses joues lorsqu'il souriait. Il avait de beaux yeux verts et des cheveux bruns coupés courts. Il se leva en nous voyant approcher, et le regard qu'il lança dans ma direction m'indiqua que je lui plaisais. Il me serra la main.

— Wow… J'ai de la chance. Je suis Owen.

— Rae.

— C'est un plaisir de te rencontrer, dit-il en tirant ma chaise.

Nous nous installâmes, et je sentis qu'il me fixait intensément.

Il était vraiment séduisant et avait l'air sportif, tout à fait mon style. Sa peau bronzée respirait la santé. Ses épaules étaient larges et puissantes, et il se tenait et se déplaçait avec beaucoup de virilité.

Mais je n'arrivais pas à détacher mon regard de Zeke.

Il se pencha vers Rochelle pour lui murmurer quelque chose. Elle sourit, et ils discutèrent ensemble du vin qu'ils allaient commander. Ils ne cherchaient pas à parler avec nous, probablement pour nous donner l'opportunité de faire connaissance.

— Rochelle me dit que tu es chimiste en analyse. C'est impressionnant.

— Ce sont juste de jolis mots pour intello, gloussai-je.

Il rit avec moi.

— C'est tout de même impressionnant Que fais-tu exactement ?

Je lui parlai de mon travail avec COLLECT.

— C'est très cool. Et important, remarqua-t-il.

— Alors, tu aimes le golf ? demandai-je, et en trouvant mes mots un peu maladroits, je me repris : Je veux dire, tu es golfeur pro ?

Mais il ne sembla pas vexé par la formulation de ma question.

— Ouais. Je le fais depuis environ deux ans maintenant. J'ai commencé en sortant de la fac. Ça me plaît vraiment beaucoup. J'ai l'opportunité de voyager dans des endroits magnifiques, et j'ai pu rencontrer mes idoles. Ils y a quelques semaines, j'ai rencontré Tiger Woods.

— C'est vrai ? demandai-je. C'est vraiment cool.

— Tu suis le golf ?

Je ne voulais pas mentir et risquer de le payer par la suite.

— Non... je m'intéresse au basket et au foot. Mais j'aime le sport en général.

— C'est bien. Tant que tu apprécies le sport, on devrait arriver à s'entendre, dit-il en me faisant un petit clin d'œil.

Je lui souris et reportai mon regard vers Zeke. Il racontait sa journée à Rochelle. Il ne faisait pas attention à nous, entièrement concentré sur elle. Comme si nous n'étions pas là.

Et pour une raison que je ne comprenais pas tout à fait, cela me fit me sentir vide.

NOUS SORTÎMES tous ensemble sur le parking.

— Je peux te ramener chez toi ? me demanda Owen, qui marchait près de moi, la main dans sa poche.

Je levai immédiatement la tête vers Zeke et Rochelle. Ils marchaient devant, le bras de Zeke passé autour de sa taille, et riaient sans s'occuper de nous. J'avais envie que ce soit Zeke qui me ramène, mais je savais qu'ils allaient certainement rentrer chez lui directementJe ne voulais pas les déranger.

— Oui, d'accord, répondis-je.

Nous arrivâmes devant les voitures.

— Je vais ramener Rae, déclara Owen. Passez une bonne fin de soirée.

— Bonne soirée, dit Zeke.

Il s'approcha de moi et me serra dans ses bras, mais c'était une excuse pour me glisser à l'oreille :

— Ça te convient ? Parce que je peux te ramener.

Lorsque j'étais ainsi dans ses bras, ses lèvres contre mon oreille, je ne voulais pas le lâcher. J'aurais pu rester comme ça toute ma vie, jusqu'à la fin des temps.

— Non, ça va. Je te remercie.

— Tu es sûre ? murmura-t-il.

— Ouais. Passe une bonne nuit.

Malgré son odeur incroyable et son contact puissant, il fallait que je m'éloigne de lui. Sa copine se tenait à quelques mètres de nous, et un mec sympa m'attendait. Je n'aurais pas dû penser à Zeke du tout.

J'entrai dans la voiture d'Owen et il nous conduisit à mon appartement situé à quelques pâtés de maisons. Il sortit de la voiture et m'accompagna jusqu'à ma porte au quatrième étage. Il gardait ses mains dans ses poches, et ne semblait pas avoir l'intention d'essayer de m'embrasser. Lorsque Cameron m'avait ramenée chez moi, il m'avait plaquée contre la porte et avait collé sa langue dans mon nez.

Pas franchement sexy.

— C'est là, dis-je en m'arrêtant devant ma porte.

Son regard trahit son espoir que je l'invite à entrer.

Mais ça n'arriverait pas.

— Merci pour le dîner, et pour avoir passé la soirée avec moi.

En réalisant qu'il n'aurait pas ce qu'il voulait, il masqua rapidement sa déception.

— Bien sûr. Vraiment, tout le plaisir était pour moi.

Il avait l'air d'un mec super. Il était poli, intelligent et décontracté. En d'autres circonstances, je l'aurais probablement invité à entrer. Mais cela n'aurait pas été une bonne idée, dans la situation. Je ne pouvais penser qu'à Zeke, même s'il passait sa nuit avec Rochelle.

Sa petite amie.

— On pourrait peut-être se revoir ? proposa Owen avec espoir.

Je voulais refuser avec tact, parce qu'il n'avait vraiment rien qui n'allait pas. C'était moi qui avait un problème.

— Tu es un mec vraiment sympa, Owen. J'ai apprécié notre soirée. Mais elle m'a fait réaliser que je n'étais pas encore prête pour les rencards. Sincèrement, ça n'a rien à voir avec toi. Si je n'en étais pas là, je suis sûre que les choses se seraient passées différemment.

Il répondit agréablement à mon refus :

— Je comprends. Il m'a fallu presque un an avant de me sentir prêt à fréquenter des femmes à nouveau. Rochelle a mentionné que tu étais célibataire depuis quelques mois. Tu as sûrement besoin d'un peu plus de temps.

— Merci d'être si compréhensif...

— Bien sûr. J'aimerais simplement que tu fasses quelques chose pour moi ?

— Bien sûr.

— Lorsque tu seras prête à passer à autre chose, appelle-moi. Même si c'est dans quelques mois.

Sa demande me fit sourire.

— C'est promis.

— Super. J'espère qu'on se reverra, dit-il en serrant ma main.

Je le regardai s'éloigner dans le couloir avant d'ouvrir ma porte et de rentrer dans l'appartement.

Rex était posté près du comptoir, et vu son air coupable, il était en train d'écouter à la porte un instant auparavant. Il touillait un verre d'eau avec une cuillère en bois, simplement pour prétendre qu'il avait une raison de se trouver dans la cuisine.

— Tu fais pousser des algues ? lançai-je.

— Quoi ? demanda-t-il avec un rire nerveux. Je prépare une boisson protéinée.

— Vraiment ? Parce que d'ici, on dirait que tu mélanges un verre d'eau.

— Mais non..., dit-il en touillant plus fort avant de jeter la cuillère dans l'évier. Alors... comment s'est passé ton rencard ?

— Ne fais pas comme si tu n'étais pas en train de nous espionner, Rex. Je ne suis pas stupide.

Comprenant qu'il était découvert, il cessa de minauder.

— C'était quoi le problème ? demanda-t-il. Je l'ai cherché sur Google, et il est bandant.

Je jetai mon sac sur le comptoir et me tournai vers lui les sourcils froncés.

— Pardon ?

— Et c'est un très bon golfeur, continua-t-il. Il est même assez riche.

— Tu me connais, Rex. L'argent ne m'intéresse pas. Je m'en sors très bien toute seule.

— Ce n'est pas ce que je voulais dire, et tu le sais. Je disais que ce mec a l'air cool. Explique-moi son problème.

— Il n'avait aucun problème, dis-je en retirant mes chaussures à talons avec un soupir reconnaissant.

— Alors, pourquoi ne pas le revoir ?

Je jetai mes chaussures par terre et appréciai le contact du carrelage frais sous mes pieds.

— Je pense juste que je ne suis pas encore prête, répondis-je finalement.

— Ça fait trois mois. Je pensais que tu t'en étais remise.

— C'est le cas.

Ryker n'était pas le problème. Il était enfin sorti de ma tête, un fantôme du passé. Même lorsque je l'avais vu à l'enterrement, il ne m'avait pas fait le même effet qu'autrefois.

— Alors, aide-moi à comprendre, insista Rex.

Le visage de Zeke apparut dans mon esprit. Je vis son sourire adorable, et son regard inconsciemment sexy. Je l'imaginai torse nu sur le terrain de basket. Je me rappelai comment il prenait soin de moi quand j'étais vraiment bourrée. Et je me souvins du cadeau incroyable qu'il m'avait offert à mon anniversaire. Le cœur lourd, je me sentis soudain vaincue — comme si je n'allais plus jamais connaître le bonheur.

— Ce n'était pas encore le moment, c'est tout, lâchai-je.

Rex soupira, agacé.

— Ça te faisait chier quand j'avais une vie amoureuse, et maintenant, tu es impatient de me voir ramener un mec à la maison.

— Je ne suis pas impatient que tu aies un mec. Je suis impatient que tu sois heureuse. C'est tout.

À ces mots, mon regard s'adoucit.

— Je suis heureuse, Rex.

— Pas comme tu l'étais avant.

— Ben, j'étais amoureuse à l'époque. Bien sûr que j'étais heureuse.

— Alors, sois amoureuse à nouveau. Mais du bon mec.

— Crois-moi, je le souhaite plus que toi, répondis-je en pensant à Zeke.

— Donc, continue à rencontrer des gars jusqu'à trouver le bon.

— Peut-être que j'ai déjà trouvé le bon, mais qu'il n'est pas libre...

— Quoi ? demanda-t-il d'un air ahuri.

Je me demandais pourquoi j'avais dit une chose pareille. Je parlai de la première chose qui me vint à l'esprit pour changer de sujet.

— Rien. Alors, tu déménages quand ?

— Bientôt. Au fait... déjà une moitié, dit-il en sortant un chèque de son portefeuille et en me le tendant.

Je baissai les yeux et vis le montant correspondant à la moitié de mon investissement.

— Wow ! C'était rapide, dis-je.

— Je te l'ai dit, j'économise à mort. Mais regarde où j'en suis grâce à ça : je vous ai presque remboursés, Zeke et toi. Encore un mois ou deux, et ma dette sera réglée.

— Et c'est là que tu déménageras ?

— La ferme. Tu sais que je te manquerai quand je serai parti.

— Vraiment, vraiment pas.

— C'est ça. Cet appartement va être tellement silencieux entre vous deux.

— Nous deux ?

Comme, moi et quelqu'un d'autre ? Zeke ?

— Ouais, Toi et Safari.

— Oh... ouais.

Sérieusement, j'avais vraiment un problème.

Rex pencha la tête et m'observa, conscient que quelque chose n'allait pas.

— Je vois bien qu'il se passe un truc, dit-il. Je n'arrive pas à expliquer pourquoi ou comment... mais je le sais.

— Il ne se passe rien. Tu te trompes.

— Non... je peux le voir, dit-il en me fixant dans les yeux. Tu ne me dis pas quelque chose, mais je ne sais pas ce que c'est.

— Tu es juste un gros parano. C'est tout. Bonne nuit, Rex, dis-je en ramassant mon sac sur le comptoir et en marchant vers ma chambre.

— Tu vas dormir ? appela-t-il dans mon dos. Il est vingt et une heures trente.

— Non. Je veux juste ne plus être dans la même pièce que toi.

Et m'endormir aussi vite que possible. Peut-être allais-je faire un beau rêve cette nuit...

7

Rex

Je déposai trois énormes parts de pizza dans mon assiette et dévorai une bouchée d'une quatrième en commençant par la croûte.

— Je n'arrive pas à croire que Rae n'ait pas été intéressée. Ce mec est un attrape-gonzesses.

— Je ne comprends pas non plus, dit Zeke en haussant les épaules. Ils ont eu l'air de passer une bonne soirée, et il était sous son charme. Lorsqu'il en a parlé à Rochelle, il semblait assez déprimé.

— Je me demande pourquoi...

— Allez, Rex. Tu sais pourquoi, dit-il avant de remettre un morceau d'ananas en place et de mordre dans sa pizza. Pourquoi manges-tu toujours la croûte en premier ? C'est bizarre...

— C'est meilleur comme ça, répondis-je, sur la défensive. Qui met des ananas sur sa pizza ?

— Plein de monde...

— Sûrement des tarés.

Je terminai ma première part, et mes doigts ruisselaient déjà d'huile. J'en attaquai une deuxième.

— Tu as parlé à Bonnie ?

— Qui ?

— Bonnie ? Cette fille avec qui tu couchais.

Ah oui, c'est vrai. Je bus une gorgée de soda pour m'éclaircir la gorge.

— En fait, non. Elle ne m'a pas appelé, et je ne l'ai pas revue, répondis-je.

— Alors, soit elle l'a bien pris, soit elle est vraiment énervée.

Non. Si c'était le cas, Kayden me l'aurait dit.

— Non, elle n'est pas énervée. Je suis sûr que tout ira bien quand je la reverrai. On savait tous les deux que notre arrangement avait une durée limitée.

— Tu as couché avec quelqu'un d'autre depuis ?

— Non... mais ça ne fait qu'une semaine. Je n'ai pas vraiment eu le temps de rencontrer des filles.

— Ouais, c'est vrai.

— Pourquoi es-tu tant obsédé par ma vie sexuelle, mec ? demandai-je.

— Obsédé ? répéta-t-il. Juste curieux. Ce n'est pas comme si tu n'étais pas obsédé par la mienne.

Il termina une part de pizza et s'essuya les doigts sur une serviette.

Maintenant que Rae avait appris les sentiments de Zeke, la situation aurait pu devenir vraiment intéressante. Mais malheureusement, Rae n'avait pas eu l'air de réagir. Cela me fit réaliser que Zeke n'avait jamais eu la moindre chance avec elle. Se caser avec Rochelle était le mieux pour lui. J'aurais probablement mieux fait de ne rien lui dire du tout.

— Tu deviens nerveux ?

— À quel propos ?

— De ta demande en mariage ? Tu sais, le truc le plus flippant que puisse faire un homme.

— Oh, ça. Pas vraiment. J'ai déjà tout prévu. Il ne me reste plus qu'à le faire.

— Ça se passe quand ?

— Dans trois semaines. Je pense qu'elle va adorer.

— Putain, ouais. Même moi, j'adorerais.

Un dîner au clair de lune sur un yacht... difficile d'imaginer mieux.

— Et puis, je vais lui proposer d'emménager avec moi tout de suite. Je ne vois pas l'intérêt d'attendre d'être mariés. Pourquoi avoir une si grande maison si je suis seul à l'habiter ?

— Alors, pourquoi l'as-tu achetée ? demandai-je en riant.

— Je savais que je finirais par me caser avec une bombe, répondit-il en haussant les épaules. Et puis, les filles aiment ma piaule. Ce sera un argument en ma faveur, si Rochelle n'est pas certaine de vouloir m'épouser.

— C'est ridicule, Zeke. Elle va hurler et te supplier de l'épouser sur place sans attendre.

— Tu crois ? demanda-t-il en souriant.

— Allez, tu sais que tu es sexy.

— Merci, mon pote, dit-il en me tapant l'épaule.

— Eh-hem, toussai-je en soulevant les sourcils.

— Oh, et tu es sexy aussi.

— Merci.

— Je suis content que Rochelle n'ait pas entendu cette conversation Elle envisagerait peut-être de refuser, sinon.

— Nan, dis-je en riant. Elle penserait juste que tu es bi.

À MESURE que le temps passait sans parler à Kayden, je me sentais de plus en plus mal. C'était bizarre de ne pas lui raconter ma journée ou une super blague que j'avais entendue, et c'était bizarre de ne pas baiser quotidiennement.

Je commençais à ne plus savoir quoi faire de moi.

Je m'ennuyais pendant mon temps libre, et comme je n'avais nulle part où aller, je passais plus de temps à l'appartement avec Rae — ce qui craignait à mort. Je m'étais surpris en train d'écrire un message à Kayden, mais m'étais retenu à temps en me disant que je ne devrais plus faire ça.

Nous étions toujours amis, bien sûr. Mais plus ce genre d'amis. Je ne pouvais pas lui envoyer un message dès que ça me prenait ou dès qu'elle me manquait.

Et elle me manquait.

Je décidai d'aller à la bibliothèque pendant ma pause repas, une excuse pour la voir. Elle n'était pas sortie avec le groupe, aussi je ne l'avait pas croisée depuis la fin de notre arrangement. Je ne voulais pas trop montrer que j'avais envie de la voir, mais son absence m'avait vraiment déprimé.

J'entrai et m'approchai du bureau. Plusieurs femmes travaillaient derrière leurs ordinateurs, et une autre empilait des livres sur un chariot à roulettes. Je ne vis Kayden nulle part.

Je saluai une des employées.

— Bonjour, Kayden travaille aujourd'hui ?

— Non, répondit-elle. Elle est en arrêt maladie cette semaine. Je pense qu'elle a attrapé la grippe.

— Oh... merci.

Je n'avais pas la moindre idée qu'elle était malade.

JE PASSAI dans un snack et achetai une soupe avant de me diriger vers son appartement. Je ne savais pas du tout qu'elle était malade. Pas étonnant qu'elle ne soit pas sortie avec nous ces derniers temps. Il n'y avait aucun mal à lui apporter une soupe, n'est-ce pas ? Aucun mal.

Je frappai à la porte, mais il n'y eut pas de réponse.

Je frappai à nouveau.

— Kayden ? C'est Rex, appelai-je.

J'entendis le son léger de ses pieds s'approcher de la porte. Le verrou fit un bruit, et la porte s'ouvrit.

Elle avait vraiment l'air malade. Son visage était pâle comme de la cire et ses joues étaient creusées, comme si elle ne s'était pas bien nourrie. Ses cheveux emmêlés étaient retenus en chignon, et son pyjama trop grand lui donnait l'air encore plus frêle.

— Rex... Que fais-tu ici ? demanda-t-elle.

— Les filles à la bibliothèque m'ont dit que tu étais malade, dis-je en lui tendant le sac contenant la soupe. Alors je t'ai apporté de la soupe.

— Oh... Pourquoi étais-tu là-bas ?

Au lieu d'être contente de me voir, elle semblait presque dégoûtée.

— Je devais prendre un livre, répondis-je. Quand je ne t'ai pas vue, j'ai demandé où tu étais.

— Oh...

Auparavant, je serais simplement rentré chez elle, mais notre relation avait changé.

— Alors... je peux entrer ?

— Euh... mon appartement n'est pas du tout rangé. Et il est plein de microbes, dit-elle en me prenant le sac des mains. C'était gentil de passer m'apporter ça. Merci.

Elle garda une main sur la porte, comme si elle était prête à me bloquer le passage si j'essayais d'entrer.

— De rien, répondis-je. Je suis désolé que tu sois malade.

Elle avait des poches sous les yeux, et ses paupières semblaient ombrées alors qu'elle ne portait pas de maquillage.

— Ce n'est pas grave... je serai bientôt guérie. Et bien, merci encore. À bientôt.

Sans attendre ma réponse, elle me ferma la porte au nez.

Je n'appréciai pas trop son attitude, mais avant de me vexer, je me souvins qu'elle était malade. Si j'étais vraiment souffrant, je n'aurais pas envie de faire la conversation non plus.

Alors je rentrai à la maison.

8

Rae

— ALLONS JOUER SUR LE TERRAIN, DIT ZEKE EN FAISANT tourner le ballon sur son doigt. La dream team.

— Rex n'est pas là.

— Juste nous — un contre un. Comme avant.

Je ne voulais rien faire un contre un avec lui. Les rêves empiraient, et mes pensées éveillées ne s'amélioraient pas non plus. Chaque jour était plus dur que le précédent, et je sentais la transformation qui était en train d'avoir lieu. J'avais du mal à regarder Zeke comme avant, quand il était simplement mon bon ami Zeke.

Mais maintenant, il était *Zeke*.

Bien foutu.

Séduisant.

Sexy.

Gentil.

Et putain de parfait.

Et pris.

Je devais me souvenir qu'il était dingue de Rochelle — pas de moi.

— Je suis assez fatiguée... Je pense que je vais faire une sieste, dis-je.

Je voulais le faire sortir de mon appartement — et vite. Je trouvais inapproprié qu'il soit chez moi sans personne pour nous superviser. D'habitude nous traînions tout le temps ensemble, mais à présent, j'avais l'impression d'être une maniganceuse de première.

Parce que mes pensées étaient tout sauf pures.

Si une femme avait envie de mon mec et qu'elle passait tout son temps avec lui, je n'apprécierais pas spécialement. Et je ne pouvais pas oublier Rochelle... cette femme douce, qui était plus parfaite pour lui que je ne le serais jamais.

Quelle trahison.

— Une sieste ? demanda-t-il en riant. Il est dix-sept heures. D'habitude, tu te couches à vingt-deux heures.

— Que veux-tu ? Je suis fainéante.

— Ouais... d'accord, répondit-il en éclatant de rire.

— Quoi ? C'est vrai.

— Tu es la personne la moins fainéante que je connaisse. À côté de toi, Taylor Swift est une glandeuse.

— Merci de me comparer à Taylor Swift parce que tu sais que je l'adore... mais vraiment, je suis pas motivée.

— Allez. Safari a besoin de sortir de toute façon.

Il ne comptait pas me lâcher ?

— Très bien, d'accord, dis-je, vaincue.

— Yes !

SAFARI NOUS REGARDAIT JOUER, allongé près d'un des poteaux du terrain.

Je n'arrivais pas à me concentrer sur la partie parce que je m'appliquais à rester à au moins deux mètres de lui à tout moment.

Heureusement, il faisait froid, et il ne retira pas son t-shirt.

Chaque fois qu'il s'approchait de moi, je le laissais passer. Il marquait et je récupérais la balle. Mais lorsqu'il me bloquait, il touchait mon bras ou mon épaule sans problème. Et à chaque fois, je frissonnais de plaisir et de culpabilité.

Il me prit la balle des mains quatre fois.

Ce qui était juste humiliant.

Il marqua un panier puis rattrapa le ballon et le coinça sous son bras. Il me regarda attentivement.

— Qu'est-ce qui t'arrive ?

— Moi ? De quoi tu parles ?

— Tu te fais piner aujourd'hui. Et ça ne t'arrive jamais, Rae.

Ce n'est pas vrai. Je me suis déjà faite piner, et bien. Ça ne me dérangerait pas de lui montrer.

Bordel, j'allais en enfer. À ma mort, arrivée aux portes du paradis, Dieu me condamnerait et m'enverrait directement en bas.

Et je ne protesterais pas, parce que je le méritais.

— Je t'avais dit que j'étais fatiguée, me justifiai-je.

— Même fatiguée, tu es meilleure que ça. Allez, on passe au cran supérieur.

Il posa le ballon par terre et passa son t-shirt par-dessus sa tête.

Non. Non. Non.

Pourquoi me faisait-il ça ?

Qu'il arrête tout de suite !

Il se retourna et s'approcha de moi en dribblant, faisant bouger tous les muscles de son corps parfait. Ses pectoraux faisaient la taille de frisbees et ses épaules semblaient sculptées dans la pierre. Ses abdos ressortaient au centre de sa taille fine, et une forme en V bien dessinée disparaissait dans son short.

— C'est une blague..., soufflai-je en me mordant la lèvre, me sentant vraiment ridicule.

— Comment ?

— J'ai dit dépêche-toi, qu'on termine ce match.

Il n'insista pas.

Heureusement.

Nous recommençâmes la partie, mais je jouai encore plus mal. Je gardai une plus grande distance entre nous, ne voulant surtout pas être proche de son corps sexy et humide. Si j'avais pu lever les mains en l'air pour garantir une distance de sécurité, je l'aurais fait.

À un moment, je le coinçai dans un coin du terrain d'où il était mal placé pour tirer. Il tenta de trouver le bon angle pour lancer le ballon dans le panier, mais il était coincé. Je fixai la balle qu'il tenait contre son torse de ses deux mains.

Et je fis une chose totalement inappropriée.

Vraiment inacceptable.

Et moralement douteuse.

Je fis mine de vouloir atteindre le ballon, mais je touchai volontairement son torse et fis glisser ma main depuis ses pectoraux jusqu'à son estomac.

Mon Dieu.

La perfection.

La putain de perfection, pleine de sueur et de muscles.

Il me contourna et marqua un panier, ce qui ramena son score à un million de points de plus que moi.

Mais il m'importait peu d'avoir perdu.

Plus rien ne m'importait.

J'avais de plus gros problèmes que perdre un bête match de basket.

De bien plus gros problèmes.

– TU NE PEUX en parler à personne. C'est sérieux. Pas à la moindre personne, dis-je à Jessie.

Elle était assise a table en face de moi, son verre posée sur le sous-verre en carton. Elle ne s'occupait pas de son cocktail, parce que mon sujet de conversation était bien plus intéressant.

— Allez, crache le morceau !

— Tu dois me promettre, insistai-je.

— Très bien. Je promets. Ai-je déjà raconté tes secrets à qui que ce soit ?

Jamais. Les meilleures amies ne se faisaient pas des coups pareils.

— Et Kayden ? demanda-t-elle. Tu ne veux pas lui raconter aussi ?

— Je lui ai envoyé un message, mais elle m'a répondu qu'elle était malade. Elle doit avoir un sacré virus. Je ne l'ai pas vue depuis plus d'une semaine.

— Bon, je suppose que ce délicieux potin est seulement pour moi, alors, dit-elle en se frottant les paumes avec excitation. Allez, accouche, je sens que ça va être énorme. Tu ne me fais jamais promettre de ne rien dire.

C'était énorme. Je ne savais même pas par où commencer.

— Allez... tu peux y arriver, me pressa-t-elle.

— Je ne sais même pas par où commencer. Je ne sais pas exactement quand ni comment c'est arrivé...

— Mais dis-moi ! s'exclama-t-elle en tapant son poing sur la table.

— Tu vas penser que je suis une salope.

— Ma poule, j'aimerais que tu sois un peu plus salope.

— Bon... C'est vrai.

— Dis simplement ce qui te passe par la tête, demanda-t-elle en claquant des doigts. Vas-y.

— OK... Il y a quelques semaines, j'ai commencé à... voir Zeke différemment. Je ne suis pas certaine de comprendre quand ou comment, mais —

— Ferme-la ! s'écria-t-elle en se couvrant la bouche. C'est énorme !

— Tu vas me laisser finir ?

— Je vais essayer, dit-elle en s'éventant comme si elle était soudain en nage.

—J'ai commencé à rêver de lui. Des rêves... érotiques.

Elle se couvrit la bouche pour étouffer un nouveau cri.

— On jouait au basket un jour et il a enlevé son t-shirt et... je suppose que ça m'a fait fantasmer, dis-je doucement.

Elle cria dans sa main.

— Et puis il m'a fait ce cadeau incroyable, et il est toujours là. Et puis... tu dois vraiment garder ça pour toi, d'accord ?

— Tu as une information encore plus énorme que celle-la ?

— Ouais. Rochelle m'a dit que Zeke craquait sur moi avant qu'ils ne sortent ensemble.

— Oh. Mon. Dieu, articula-t-elle en posant ses mains sur la table.

— Et je n'arrive plus à le considérer simplement comme un ami depuis. Dès que nous sommes ensemble, je l'imagine nu, ou en train de m'embrasser. Et ces foutus rêves continuent. Et Rochelle... je me sens tellement mal. Il a une petite amie, et je n'arrive pas à cesser de penser à lui. Jessie, aide-moi.

— Comment ?

— Dis-moi que c'est simplement un béguin bizarre et que ça va passer. Ça va passer, pas vrai ?

J'avais besoin de l'entendre de la part de quelqu'un d'autre. Sinon, j'étais foutue.

— Ben... les rêves sont seulement sexuels ?

— Je crois.

— Vous faites des choses romantiques ? Il te dit qu'il t'aime ?

Je la regardai d'un air coupable.

— Oh merde... ça n'a pas seulement l'air physique, Rae. Je suis désolée...

— Non... c'est un cauchemar, dis-je en me couvrant le visage.

— Je n'arrive pas à y croire, dit-elle en se passant la main dans les cheveux. Vous iriez tellement bien ensemble.

— Jess, il a une copine.

— Mais ça ne sera pas toujours le cas.

— Tu plaisantes ? Je ne l'ai jamais vu rester aussi longtemps avec une femme. Et on l'adore tous.

— Oh, Rochelle est géniale, dit Jessie. Je n'ai jamais dit le contraire. Mais quand même, vous allez bien mieux ensemble.

— Pourquoi dis-tu ça ? Elle est médecin, comme Zeke. Ils ont plein de choses en commun. Je ne peux pas rivaliser contre ça, et je n'en ai pas envie.

— Combien de temps a-t-il été amoureux de toi ?

Je me souvenais précisément de ma conversation avec Rex.

— Pendant trois ans, par intermittence.

La mâchoire de Jessie se décrocha.

— Trois ans... Trois ?

— C'est ce que Rex m'a dit, acquiesçai-je.

— On n'a pas le béguin pour quelqu'un pendant trois ans, s'écria-t-elle. Il était vraiment amoureux de toi.

— On ne le sait pas vraiment...

— C'est tellement évident. Quand est-il passé à autre chose ?

— Apparemment, il allait m'en parler juste avant que je ne commence à sortir avec Ryker.

— C'était il n'y a pas si longtemps. Je suis sûre qu'il a toujours des sentiments pour toi.

— Il est fou de Rochelle, la contredis-je. Clairement, il ne me voit pas de cette manière.

Elle leva la main.

— Si tu aimes une personne pendant trois ans, ces sentiments ne disparaissent pas du jour au lendemain, dit-elle. Il est probablement passé à autre chose parce qu'il savait qu'il ne pouvait pas t'avoir.

— Et s'il n'était pas avec Rochelle depuis si longtemps, je serais d'accord avec toi. As-tu déjà vu Zeke sortir avec la même fille plus de trois semaines ?

Jessie me regarda d'un air dépité.

— Jamais, repris-je. Ils se disent qu'ils s'aiment. Et ils ont rencontré leurs parents. Si leur couple n'est pas sérieux, je ne sais pas ce qu'il faut.

Jessie ne sut rien me répondre.

—Je pense que j'ai manqué ma chance.

— Si tes sentiments sont vraiment sérieux, je pense que tu devrais lui dire.

— Bon Dieu, non. Jamais.

— Putain, pourquoi pas ? Il a le droit de savoir.

— Je ne me mettrai pas entre lui et Rochelle. Il aurait pu m'avouer ses sentiments quand j'étais avec Ryker, mais il ne l'a pas fait. Et je lui accorderai le même respect.

— Mais c'est différent..., soupira-telle, vaincue.

— Peu importe. Et je ne ferais pas ça à Rochelle. Elle est super.

—Je sais bien...

— Et même si je lui en parlais, ça ne ferait probablement que gâcher notre amitié. Plus rien ne serait pareil ensuite. Et si Rochelle apprenait qu'il me plaît, elle ne voudrait plus qu'il me fréquente. Personne ne pourrait le lui reprocher. Et alors, je perdrais totalement Zeke.

Elle haussa les épaules sans rien dire.

— Que vas-tu faire, alors ? demanda-t-elle finalement.

—Je ne sais pas. L'oublier, j'imagine.

— Ben, tu as jeté le golfeur, donc tu commences bien...

— Je n'ai pas besoin de sortir avec quelqu'un pour l'oublier. Il faut juste que je l'évite.

— Si Rex n'habitait pas avec toi, ce serait peut-être possible. Mais en l'était actuel, c'est foutu.

Elle avait raison, je le savais.

— Il va falloir que me débarrasse de lui...

— Et vite, renchérit-elle.

— Tu ne vas pas croire ce que j'ai fait quand on jouait au basket l'autre jour... une vraie salope.

— Laisse-moi en juger, dit-elle en se penchant vers moi. Raconte.

— Zeke avait le ballon, et je le bloquais. J'ai fait semblant de vouloir lui prendre la balle pour pouvoir passer ma main sur son torse et ses abdos. Et oh là là... c'était bien, achevai-je en me couvrant les yeux, honteuse.

— Je suis désolée, dit Jessie en secouant la tête, mais... ouaip. Une vraie salope.

— Je sais.

— Tu as vraiment besoin de t'éloigner un peu.

— Ouais...

— Tu sais quoi ? proposa-t-elle. Tu devrais mentir et inventer une conférence, pour t'accorder une semaine ou deux, le temps d'y voir plus clair.

— C'est une bonne idée, concédai-je.

— Et sers-toi de ton vibro jusqu'à ce que Zeke sorte de ton système pour te bon.

Il était chargé et prêt à servir.

– J'AI besoin que tu déménages, déclarai-je en éteignant la télévision.

Rex était en train de regarder le match calé dans le canapé, et il sembla contrarié par mon interruption.

— Quoi ?

— Tu es ici depuis assez longtemps. Il est grand temps qu'on retrouve notre espace. Je sais que tu gagnes assez d'argent pour te le permettre maintenant.

— Mais —

— Ça m'est égal si tu ne me rembourses pas le reste, le coupai-je en posant une liste d'appartements sur la table basse. J'ai fait toutes les recherches pour toi. Les meilleures annonces sont au-dessus. Tous ces apparts sont dans tes prix et près du bowling. Jettes-y un œil et décide-toi.

Il survola la liste des yeux.

— Si tu me laisses encore deux mois, je n'aurais plus de dettes, dit-il.

— Combien crois-tu qu'un loyer coûte ? Tu n'économises que quatre cent balles, Rex. Ce n'est pas énorme.

— Mais je dois aussi meubler l'appartement. Au cas où tu l'aurais oublié, j'ai dû vendre toutes mes affaires pour payer les frais du bowling. Je n'ai pas de lit, pas de canapé, pas d'assiettes... littéralement rien. Ça me coûtera bien plus que quatre cent dollars. Je n'avais pas réalisé que je te gonflais à ce point-là.

Il reposa les feuilles sur la table.

À ces mots, je culpabilisai.

— Tu ne me gonfles pas...

— Alors quel est le problème ? demanda-t-il.

— C'est juste...

Un moment, j'envisageai de lui dire la vérité. Il savait que Zeke avait été amoureux de moi. Mais je me ravisai.

— Non, rien, lâchai-je.

— Rae, qu'est-ce qui se passe ? insista-t-il. Parce que tu es bizarre. Et quand tu es bizarre, en général, c'est parce qu'il se passe quelque chose.

— Rien... J'ai mes règles, c'est tout.

Ce commentaire le fit immédiatement la fermer. Il ralluma la télévision et fit tout son possible pour oublier que cette phrase choquante avait touché ses oreilles délicates.

— Bref, dis-je, je pars suivre une conférence demain. Je serai partie plus d'une semaine.

— Une conférence ? Où ça ?

— New York, inventai-je sur le moment. Et je vais en profiter pour visiter un peu, donc je ne serai pas de retour avant au moins dix jours.

— C'est loin. Ryker y va aussi ?

— Non. Juste Jenny et moi.

— C'est plutôt cool. Un voyage gratuit. Et c'est génial pour moi. Enfin l'occasion d'être un peu tranquille, au calme.

— Ouaip. Je pars demain. Tu es responsable de Safari.

Peut-être que ça me donnerait le temps d'oublier Zeke.

— Tu commences par me demander de déménager, et ensuite tu me dis que tu pars ? demanda-t-il.

— J'espérais que tu sois parti à mon retour.

Il me crut.

— Oh.

— Donc on se revoit dans dix jours.

— Tu as besoin d'aide pour quelque chose ? Faire ta valise ? Aller à l'aéroport ?

— Tu n'as pas de voiture, Rex.

— Oh, ouais... mais je peux prendre le Uber avec toi.

— Nan, mon vol part le matin. Tu dormiras encore.

— Pas faux.

JE M'INSTALLAI dans une chambre d'hôtel proche de mon travail, la moins chère que je pus trouver. Ce n'était pas donné, mais je ne dépensais pas assez mon argent, de toute façon. Et j'avais vraiment besoin d'un break avec ma vie.

Et avec Zeke.

Si je passais un peu de temps seule et que j'essayais d'être objective, j'étais certaine de pouvoir faire disparaître ce petit béguin. Quels que soient mes sentiments pour Zeke, ils n'étaient que superficiels et temporaires. Peut-être étais-je simplement attirée parce que j'étais surprise qu'il ait voulu de moi, et que ça m'avait rendue curieuse.

C'était une explication possible. Logique.

Et ces sentiments allaient s'en aller.

J'allais travailler puis rentrais immédiatement dans ma chambre d'hôtel. Au début, ce fut excitant de retrouver enfin mon espace, sans voir Rex sur mon canapé dès que je passais la porte. Je pouvais me promener en sous-vêtements et regarder ce que voulais à la télévision

Mais après quelques jours, mon excitation retomba.

Je me sentis rapidement seule et isolée.

Et pire, mes sentiments pour Zeke ne firent qu'empirer. Comme je ne le voyais pas, il me manquait. Dès que la moindre chose intéressante m'arrivait, je voulais lui en parler. J'eus envie de jouer au basket et me rappelai que je ne pouvais pas jouer avec lui. Et même mes rêves semblaient plus réels que jamais.

Je finissais mon sandwich du déjeuner lorsque Zeke m'appela.

En voyant son nom s'afficher sur l'écran, je manquai de paniquer.

Pourquoi m'appelait-il ?

Était-il au courant ?

Ah !

J'avalai rapidement ma bouchée et répondis.

— Heeey ! m'écriai-je, tout en grimaçant en entendant mon salut stupide.

Zeke me faisait perdre tous mes moyens. Il me rendait tellement nerveuse que je me comportais comme une abrutie.

— Salut. Comment est New York ? demanda-t-il de sa voix virile et sexy.

— Tout se passe bien. La conférence est assez lassante, mais peu importe.

— Quel est le sujet ?

— Le recyclage... les ressources biodégradables... de nouvelles formes de bactéries...

Je sortis tout ça de nulle part. C'était difficile de mentir à un autre scientifique, mais Zeke ne sembla pas remettre mes mots en question.

— D'accord. Tu as visité un peu ?

— On est allées voir le MET avec Jenny hier. C'était très sympa.

— Génial. Vous êtes sorties le soir ?

— Pas tant. J'ai été trop fatiguée le soir.

— J'imagine. Ton cerveau doit vouloir exploser.

Je fermai les yeux pour visualiser son visage, réalisant à quel point il me manquait — et ça ne faisait que quatre jours.

— Et toi, quoi de neuf ? demandai-je.

— Beaucoup de travail. Il y a eu un malentendu dans la prise de rendez-vous, et je dois recevoir deux fois plus de patients, en moitié moins de temps que d'habitude.

— Comment est-ce arrivé ?

— Ma secrétaire a fait une erreur avec le logiciel… mais c'est seulement pour cette semaine. Ensuite, je retrouverai mes pauses-repas.

— Travailler le ventre vide… dur.

— Je sais, hein ? dit-il en riant.

Le rire le plus sexy qui soit.

— Je suis allé au cinéma avec Rochelle hier soir, et on a joué au bowling avec Rex aujourd'hui. C'était sympa.

Je ressentis un pincement de jalousie en l'entendant mentionner Rochelle.

Ce qui était absolument ridicule.

— On dirait que vous vous amusez plus que moi en étant restés sur place.

— Pas vraiment, dit-il à voix basse.

Il se tut pendant si longtemps que je ne pensais pas qu'il s'expliquerait davantage.

— Tu me manques, finit-il par murmurer.

Je fermai mes yeux et retins ma respiration. Tout mon corps tremblait après avoir entendu sa phrase innocente. Il le disait de manière platonique, une remarque tendre envers une amie. Mais cela signifiait tellement plus pour moi, m'amenant à lire entre les lignes et à espérer que ce simples mots voulaient dire plus.

— Tu me manques aussi…, répondis-je en rassemblant mes

genoux contre ma poitrine et en ouvrant les yeux, malgré la douleur persistante au fond de mon ventre.

— Je n'ai personne avec qui jouer au basket. Je n'ai personne avec qui critiquer Rex. Personne avec qui déjeuner. Ma vie est assez vide sans toi, Rae.

Il me torturait.

— Je me sens seule sans vous aussi.

— Tu reviens quand ?

— Pas avant encore une semaine, répondis-je, tout en pensant que puisque mon plan ne marchait pas, ce serait peut-être moins.

— Encore toute une semaine ? s'exclama-t-il. Et ben, c'est long. Je me demande ce qu'il restera de New York d'ici la semaine prochaine.

— La ville était là bien avant moi, elle le sera encore longtemps après mon passage.

— Si tu le dis, Rae. Je vais te laisser. Je sais qu'il est tard là-bas.

Ah oui. Il était trois heures de plus à New York.

— Ouais, je ferais mieux de dormir.

— Bonne nuit, Rae.

J'adorais sa manière de prononcer mon prénom. C'était exactement comme dans mes rêves

— Bonne nuit, Zeke.

QUELQUES JOURS PLUS TARD, je rentrais à la chambre d'hôtel depuis le travail à pied, parce que c'était vraiment proche. Ma chambre n'était plus un refuge sacré ; ce n'était qu'une pièce vide dans laquelle j'étais seule et loin de mes amis.

J'avais vraiment hâte de rentrer à la maison.

Et, bien que je n'eus jamais pensé le dire un jour, Rex me manquait à mort.

Je n'avais pas du tout réussi à oublier Zeke. J'étais même encore plus accro à lui.

Pourquoi avait-il fallu qu'il m'appelle ?

— Rae, m'appela une voix grave.

Je m'apprêtais à ouvrir la porte de l'hôtel lorsque je reconnus cette voix sans pareille. Elle était profonde et puissante, contenant l'autorité d'un homme que je connaissais bien. Je ne l'avais pas vu depuis des mois, et je n'avais pas espéré le revoir.

Je me tournai et vis Ryker devant la fenêtre, dans un costume noir avec une veste longue par-dessus. Il était aussi sublime que d'habitude, ses yeux bleus étincelants, des émotions intenses masquées derrière.

— Ryker, le saluai-je.

Il regarda l'hôtel avant de se tourner vers moi.

— Je te vois entrer ici tous les jours après le travail. Ma curiosité a eu raison de moi, dit-il.

— Tu m'as suivie ? demandai-je, immédiatement soupçonneuse.

Il hocha la tête en direction du bâtiment de COLLECT.

— La fenêtre de mon bureau donne sur l'hôtel, expliqua-t-il. Ne t'inquiète pas, je ne t'ai pas espionnée. Mais j'aimerais tout de même savoir ce que tu fais, alors j'ai décidé de te demander.

— Ce ne sont pas vraiment tes affaires.

— Tu couches avec un homme marié ? demanda-t-il sans réagir à ma pique.

Je faillis le frapper.

— Pardon ?

— Ce n'est pas ton genre, je sais. Mais alors, pourquoi viens-tu en douce dans un hôtel tous les jours ?

— Wow, quel fouineur. Et je ne viens pas en douce, dis-je.

Je refusais de répondre à sa question, encore moins après son insulte.

Il se passa la main dans les cheveux, le remord soudain apparent dans son regard.

— Je suis désolé, dit-il doucement. On est mal partis. Je ne voulais pas venir te voir pour t'insulter. Sincèrement, je te vois tous les jours, et je cherchais une excuse pour t'aborder. Clairement, ta vie est plus intéressante que la mienne, et je suis curieux. Tu as acheté une maison et tu attends de pouvoir emménager ?

En décelant la sincérité de Ryker, ma colère disparut.

— Non, répondis-je. Rex habite toujours chez moi, et... j'avais juste besoin d'un peu d'espace.

— Il gagne de l'argent. Dis-lui de déménager.

— Il veut attendre encore quelques mois pour économiser.

— Qui l'eût imaginé si frugal ?

— Il veut d'abord me rembourser, ainsi que Zeke. Au moins, ses intentions sont louables.

— Toujours, dit-il en mettant ses mains dans les poches de son manteau. Alors... comment vas-tu ?

— Bien. Le travail, la vie. Tout se passe bien.

Sauf essayer d'arrêter de craquer pour mon meilleur ami maqué.

— Ton anniversaire s'est bien passé ? demanda-t-il.

— On s'est bien amusés, répondis-je, surprise qu'il connaisse ma date d'anniversaire. Comment savais-tu ?

— Jenny a mentionné quelque chose en passant dans la salle des photocopies.

Je trouvai tout de même étrange que le sujet soit sorti, mais je n'insistai pas.

— Vieillir n'est jamais drôle, dis-je, mais être bourrée, si.

— Quelle belle philosophie de vie, répliqua-t-il en riant.

Son sarcasme me fit rire à mon tour.

— Comment vas-tu ? demandai-je.

Il comprit tout le sens de ma question parce que son regard s'assombrit immédiatement de tristesse.

— Oh, tu sais, je..., marmonna-t-il, et sembla incapable de trouver ses mots.

Je me sentis vraiment mal pour lui.

Il toussa et changea de sujet.

— Tu veux aller boire un verre ? Je connais un bar à un pâté de maisons d'ici.

Je réfléchis, mais je ne pensais pas qu'il essayait de me séduire. Ça n'aurait eu aucun sens. C'était lui qui avait rompu, et il n'avait jamais manifesté l'envie de se remettre avec moi. Son invitation devait être amicale. Et ce n'était pas si terrible. Nous avions eu le temps de dépasser notre relation de couple, et il était mon patron. Nous n'avions aucune raison de ne pas être cordiaux l'un avec l'autre — et même amicaux. Et je devenais folle à rester seule. Dernièrement, je jacassais tellement à côté de Jenny que j'étais presque certaine qu'elle en avait assez.

— Ouais, j'ai du temps, répondis-je.

— Super.

NOUS DISCUTÂMES DU TRAVAIL, de sport, du temps anormalement pluvieux pour la saison. Ryker ne mentionna pas notre passé ni s'il fréquentait des filles. Je n'avais pas envie de le savoir, et je fus contente qu'il n'aborde pas le sujet. Être près de lui aurait été bien plus difficile si je n'avais pas été complètement accro à Zeke.

— Que fait le gang ces derniers temps?demanda-t-il en buvant un vieux whisky, comme d'habitude.

Certaines choses ne changeaient pas.

— Jessie travaille toujours dans le salon de coiffure. Je pense vraiment qu'elle devrait ouvrir son propre studio. Elle a vraiment un talent fou. Et Kayden travaille toujours à la bibliothèque. Elle a été malade pendant presque deux semaines — la pauvre. Rex est... ben, toujours Rex. Et Zeke et Rochelle s'entendent toujours aussi bien.

En mentionnant le dernier membre de notre groupe, je ne pus empêcher ma voix de changer.

Ryker examina mon visage avec son habituel regard sombre, ses épaules semblant puissantes dans sa chemise. Il était toujours aussi fort qu'avant. Le deuil ne l'avait pas changé physiquement. Son duvet sur les joues était épais, comme s'il avait omis de se raser ce matin-là.

— Je remarque une note de rancœur dans ta voix. Tu n'apprécies plus Rochelle ? demanda-t-il.

Même sans que je me confie, Ryker avait senti ma détresse. Je devais apprendre à mieux masquer mes émotions.

— Non, elle est super, répondis-je. Ils sont très bien ensemble. Zeke est tellement heureux. Ça fait plaisir de le voir comme ça.

— Tu es sûre ? insista Ryker, toujours sceptique.

— Ouais...

Il me lança un regard indiquant qu'il ne me croyait pas, mais il changea de sujet.

— Il y a une question que j'aimerais poser, mais je ne veux pas la poser, dit-il.

Il me regarda comme s'il m'avait fourni assez d'informations.

Et malheureusement, je savais exactement quelle était sa question.

— Non, répondis-je.

Je ne voulais pas savoir pour lui, alors je ne lui demandai pas. Cela m'était égal. Même s'il était marié, cela m'aurait été égal. Il m'avait brutalement brisé le cœur. J'avais souffert, et il m'avait fallu des mois pour m'en remettre. Cette blessure m'avait presque tuée. Mais je m'étais relevée et j'avais continué — heureusement. Mais ça ne signifiait pas que je souhaitais en parler.

— Je suis surpris, dit-il doucement.

— Qu'est-ce censé vouloir dire ?

— Je pensais que quelqu'un t'aurait séduite dès que tu as été célibataire.

Il me lança un regard entendu, presque accusateur. Il porta son verre à ses lèvres et but une longue gorgée.

— Zeke est heureux avec Rochelle, murmurai-je.

— Pas autant. J'ai vu comment il te regardait... il ne la regarde jamais comme ça.

Je sentis l'espoir faire gonfler mon cœur comme un ballon.

— De toute manière, je suis sûre qu'il m'a oubliée, dis-je.

— Alors tu me crois, finalement ? demanda Ryker, qui s'était tendu à mes mots.

— Oui.

Je n'aimais pas admettre à Ryker qu'il avait eu raison à propos de quoi que ce soit, mais je n'allais pas mentir par fierté.

— Il a trouvé le courage de te le dire ? demanda-t-il avec un sourire forcé et hypocrite.

— Non. Rochelle me l'a dit. J'ai été surprise.

— Pourquoi t'a-t-elle dit ça ?

— Tu sais, une discussion entre filles, dis-je, ne voulant pas entrer dans les détails.

— Et ?

— Et quoi ?

— C'est tout ? Il ne s'est rien passé ?

— Pourquoi se serait-il passé quelque chose ? Comme je l'ai dit, il est avec Rochelle, et il m'a oubliée.

— Je suppose que tu as raison. Sinon, il aurait déjà fait quelque chose.

Mon coeur-ballon se dégonfla d'un coup, comme s'il avait été piqué. Je repensai aux mots que Zeke m'avait dit au téléphone l'autre jour. Lorsqu'il m'avait dit que je lui manquais, j'avais prétendu qu'il parlait dans un contexte différent.

— Zeke est comme ma famille, dis-je. Et il le sera toujours. Et Rochelle en fera partie aussi, si elle est avec lui.

— C'est vrai.

Je finis mon verre de vin mais n'en commandai pas d'autre. Ça ne me dérangeait pas de discuter avec Ryker, mais je ne souhaitais pas que cela dure plus d'une heure. Peut-être qu'un jour, nous pourrions passer davantage de temps ensemble, mais il était encore trop tôt pour le moment.

— Comment va ta mère ? demandai-je.

Je ne l'avais jamais rencontrée. Je ne l'avais vue qu'une fois, le jour de l'enterrement

Il baissa les yeux vers son verre.

— Elle... a du mal.

— Je suis vraiment désolée, dis-je sincèrement, en pensant que moi aussi je serais dévastée si je perdais mon mari.

— Conrad et moi, on passe beaucoup de temps avec elle, et on prend soin d'elle et de son entreprise. Mais on ne pourra jamais remplacer ce qu'elle a perdu.

C'était la première fois qu'il me parlait de son frère.

— C'est gentil de votre part, murmurai-je. Je suis sûre qu'elle vous en est reconnaissante.

— Elle ne dit pas grand-chose. On regarde surtout la télé avec elle. Avant, elle ne la fermait jamais, et maintenant j'ai du mal à la faire répondre à une simple foutue question, dit-il avec un petit rire sarcastique.

— Ton père était un grand homme. Je pense encore à lui.

— Je sais qu'il l'était... et merci.

Ironiquement, c'était la conversation la plus profonde que nous ayons partagée — et nous n'étions même plus ensemble.

Il ouvrit la bouche comme s'il allait dire quelque chose, mais n'ajouta rien.

J'attendis patiemment qu'il trouve ses mots.

— Je veux que tu saches que... je tenais vraiment à toi. Je sais que ça ne se voyait pas beaucoup et que je t'ai fait souffrir, mais j'espère que tu pourras me croire.

Je ne voulais pas parler de notre relation. J'espérais qu'il parle encore de son père, qu'il se soulage un peu de sa peine. Alors je réorientai la conversation dans la bonne direction.

— Je le sais, Ryker, répondis-je. Et ce n'est pas grave si ça n'a pas marché entre nous. Tu n'as pas besoin de t'excuser. Tout se passe vraiment bien dans ma vie. Je ne suis pas malheureuse que nous ayons rompu. Je suis contente que ce soit arrivé.

Il me regarda fixement sans expression, essayant de déchiffrer mes pensées.

— Lorsque ma mère est morte, ça a été très dur pour moi de l'accepter, continuai-je. J'ai fait beaucoup de conneries. J'ai bu à l'école et j'ai été expulsée. J'ai fricoté avec des garçons alors que j'étais bien trop jeune pour ce genre de relations. Et je me suis égarée...

Son regard s'adoucit.

— Ce n'est pas seulement la douleur de perdre un parent. C'est le fait de se retrouver seule, continuai-je. Avec une personne de moins sur qui compter. Et tu penses à sa souffrance... et tu souffres aussi. Mais quand Rex a réussi à parler avec moi... à vraiment me faire parler... ça m'a réellement aidée. Je ne te suggère pas forcément de te confier à moi, mais parler à quelqu'un pourrait te faire du bien.

Il hocha la tête, le regard baissé.

J'ouvris mon portefeuille et sortis un billet pour payer mon verre.

Il ne proposa pas de payer, ce que j'appréciai.

— Je vais y aller. C'était sympa de te voir, Ryker, dis-je en me levant et en repoussant la chaise.

Il ne bougea pas.

— Tu as aimé mes fleurs ? demanda-t-il soudain.

Je le regardai sans répondre, ne sachant pas de quoi il parlait.

— Les fleurs que j'ai envoyées pour ton anniversaire. Je voulais savoir si elles t'ont plu, expliqua-t-il.

— Désolée... je ne les ai jamais reçues.

Je n'avais pas la moindre idée de ce dont il parlait. Peut-être que le livreur avait eu un empêchement et qu'elles n'étaient jamais arrivées au labo. Il les avait probablement laissées à l'accueil, et elles n'étaient jamais arrivées jusqu'à moi.

Il croisa les bras sans rien dire. Assis devant son verre vide, il semblait complètement perdu. Il n'avait nulle part où aller. Personne ne l'attendait nulle part. Ses yeux n'étaient plus aussi clairs et brillants qu'avant. Sa vision semblait masquée, comme si un nuage obscurcissait constamment son regard.

La tristesse et la déprime l'avaient marqué, et il n'était plus l'homme charismatique et arrogant qui pouvait me faire fondre d'un regard. La perte de son père l'avait épuisé. Le poids de son deuil pesait encore lourdement sur ses épaules. Il ne releva pas la tête pendant presque une minute, refusant de croiser mon regard, ce qui ne lui ressemblait pas du tout.

— Tu avais raison, Rae, lâcha-t-il finalement.

— Raison à propos de quoi ?

— À propos de tout, répondit-il en regardant la pluie tomber par la fenêtre, la mâchoire crispée.

9

Rex

J'ENTRAI DANS LE BAR AVEC TOBIAS ET SECOUAI MON manteau pour faire tomber la pluie.

— Je ne suis jamais venu ici, dis-je.

— Moi non plus. Mais il paraît que leur happy hour est vraiment intéressante. Un verre acheté, un verre offert.

— Ce genre de promotion me plaît, m'exclamai-je en lui tapant dans la main sans véritable raison.

Nous nous installâmes autour d'une table et jetâmes un œil aux menus posés devant nous.

— Tu dépenses vraiment peu pour un mec qui possède un bowling qui marche du tonnerre, remarqua Tobias.

— Ben, je dois économiser au maximum pour rembourser Zeke et Rae.

— Quoi, ils te réclament l'argent ?

— Non. Ils —

Je m'arrêtai en remarquant une silhouette familière au fond de la pièce. Avec ses cheveux bruns et son physique athlétique, dans un jean et un sweat rose qui avait un trou sur une poche, c'était Rae. Du moins, il me semblait.

— Quoi ? demanda Tobias qui se retourna pour suivre mon regard. Une jolie poule ?

— Non... mais j'ai repéré un porc.

— Hé, ce n'est pas... ?

Je fixai Rae de loin sans arriver à y croire. Elle avait un verre de vin à la main, et l'homme assis en face d'elle était quelqu'un que je méprisais de tout mon être.

— Putain, qu'est-ce qu'elle fout avec Ryker ?

— Elle n'est pas censée être à New York ? demanda Tobias.

Bordel, qu'est-ce qui se passait ?

Alors que je m'apprêtais à me lever pour aller lui parler, elle se leva et prit son sac. Elle posa un billet sur la table et se prépara à partir.

— Ne te fais pas remarquer, dis-je à voix basse à Tobias. Je ne veux pas qu'elle nous voie.

Tobias plongea son nez dans le menu.

Rae échangea encore quelques mots avec Ryker, mais ils ne semblaient pas plaisants. Ryker fixait la fenêtre et évitait son regard. Il n'avait pas son assurance habituelle. Il était pâle et semblait déprimé, comme s'il ne savait pas à quoi se raccrocher. Rae ne l'étreint pas et ne lui serra pas la main. Elle s'éloigna sans se retourner.

Ryker resta immobile et la suivit des yeux jusqu'à ce qu'elle ait totalement disparu de sa vue.

Je n'arrivais toujours pas à comprendre à quoi je venais d'assister.

— Bordel, mais il se passe quoi ? murmura Tobias. Tu crois qu'elle est rentrée de New York aujourd'hui ?

— Non. Elle est censée y être encore trois jours.

— Je me demande même si elle y est allée...

Je me le demandais aussi.

J'APPELAI Kayden pour obtenir des réponses. Je voulais en savoir plus, mais je cherchais aussi une excuse pour l'appeler. Elle n'avait pas dit grand-chose quand je lui avais apporté la soupe. Le téléphone sonna plusieurs fois avant de passer sur répondeur.

— Hé, c'est Rex. J'appelle juste pour prendre des nouvelles, savoir comment tu vas. On s'est pas vus depuis un moment...

J'entendis l'écho de ma voix et me sentis soudain incroyablement seul. Je ne pris pas la peine de mentionner que j'avais vu Rae. Ça ne semblait plus important, maintenant que je parlais sur son répondeur.

J'appelai ensuite Jessie.

Elle décrocha.

— Salut, Rex, quoi de neuf ?

— Il faut que je te demande quelque chose.

— Je ne te coupe plus les cheveux gratis, Rex. Écoute, tu gagnes des sous maintenant, et je dois être rétribuée pour mon travail.

— Ce n'est pas ça. Mais maintenant que tu en parles, c'est vrai que j'ai besoin qu'on me coupe les cheveux.

— Ben, ce sera pas gratuit, répliqua-t-elle.

— Peu importe. J'ai les boules, là, et tu vas m'expliquer ce qui se passe.

— Les boules ? demanda-t-elle. Pourquoi ?

— Bordel, c'est quoi l'histoire avec Rae ?

Silence. Un long silence. Lorsqu'elle répondit, son ton n'était plus agacé mais surpris.

— De quoi est-ce que tu parles ?

— Rae n'est pas à New York. Je viens de la voir en train de boire un verre avec Ryker dans un bar.

— Quoi ? s'exclama-t-elle d'une voix choquée. Avec Ryker ? Tu es certain ?

— Oui. Je les ai bloqués pendant un quart d'heure.

— Oh purée...

— Jess, pourquoi a-t-elle menti ?

— Je ne sais pas pourquoi tu présumes que je sais quelque chose —

— Parce que c'est le cas, lâchai-je. Je le sais. Pourquoi irait-elle raconter qu'elle part à New York pour rester à Seattle ? Je sais que ma sœur fait des trucs à la con, mais là, je n'arrive vraiment pas à comprendre.

Jessie resta silencieuse, semblant chercher ses mots.

— Écoute… je ne sais pas, finit-elle par dire.

— C'est des conneries. Dis-moi.

— Rex, je ne peux pas.

— Tu ne peux pas ? demandai-je, incrédule. Non, tu vas tout me dire.

— Je lui ai promis de ne rien dire.

— Pourquoi te ferait-elle promettre une chose pareille ? m'exclamai-je, agacé par son refus.

— Rex… j'ai juré de ne rien dire. Et je ne peux pas. Je sais que tu dois te poser beaucoup de questions tout de suite, et j'en suis désolée. Mais je te promets que toute cette histoire n'a rien à voir avec toi.

— Elle n'essaie pas de s'éloigner de moi ?

— Non.

— Elle s'est remise avec Ryker ? demandai-je avec une grimace, pensant au pire scénario.

— Non.

— Tu ne dis pas juste ça comme ça ?

— Non, répondit-elle. Je ne sais pas du tout pourquoi elle était avec Ryker, mais sa pause n'a rien à voir avec lui non plus.

— Mais avec qui, alors ?

Elle soupira dans le combiné, et je compris que c'était la seule réponse que j'allais obtenir.

— Ne lui dis pas que je l'ai grillée.

— Rex, dès qu'on raccroche, je l'appelle pour la prévenir.

— Non. Elle m'a promis de ne plus me mentir, dis-je avec une voix blessée. Je vais lui laisser un peu de temps pour me dire la vérité, quand elle rentrera de sa soi-disant conférence.

— Rex... si tu savais pourquoi elle a menti, tu ne serais pas en colère contre elle.

Je me sentis pâlir.

— Ne me dis pas qu'elle est malade, je t'en supplie... rien de tout ça.

— Non, je te promets. Rien de tout ça.

Je me sentis mieux, mais je n'arrivais toujours pas à imaginer une raison qui puisse justifier son comportement.

— Je comprends pourquoi tu es énervé, Rex. Mais si tu savais ce qui se passé, je te jure que tu comprendrais.

— Ouais... mais je sais pas ce qui se passe.

— Je suis sûre que tout sera bientôt révélé.

— Alors, tu vas lui dire que je suis au courant ?

— Je ne sais pas...

— Ne lui dis rien, Jess.

Elle soupira à nouveau.

— Je croyais que j'étais aussi ton ami.

— Bien sûr.

— Bon. Tu as tenu ta promesse à Rae à propos de sa petite pause. Et maintenant, tu vas me promettre de ne pas lui dire que je sais qu'elle a menti.

— Très bien, lâcha-t-elle après un silence.

— Merci.

— Mais rappelle-toi... elle vit un moment difficile. Ne sois pas un con avec elle.

Au lieu de me mettre en colère, je me sentis blessé que Rae ne me parle pas de ce qui se passait dans sa vie. Nous vivions ensemble, et nous étions une famille. mais je ne lui disais pas tout non plus. Évidemment, je ne lui avais jamais parlé de Kayden. Mais je n'avais jamais fait une escapade de deux semaines sous un faux prétexte non plus.

— On verra, lâchai-je.

RAE ENTRA avec sa fausse valise et couvrit Safari de baisers.

— Tu m'as tellement manqué, mon garçon, dit-elle en caressant son pelage.

Safari lécha tout son visage, jusqu'à ses oreilles. Elle le serra dans es bras avant de se redresser.

Je la fixai et me forçai à ne pas exploser sur place.

— Comment était New York ? demandai-je.

— Super. Je me suis beaucoup amusée.

— Génial...

Mais comment pouvait-elle mentir si facilement ? Était-elle une sociopathe ?

— Mais je suis contente d'être rentrée, reprit-elle. J'en avais assez de dormir à l'hôtel.

— Ouais... j'en doute pas, marmonnai-je.

Surtout un hôtel situé à quelques pâtés de maisons d'ici.

— C'était bien, les vacances sans moi ? demanda-t-elle.

— Pas mal. J'ai passé toute la veille à nettoyer l'appart pour effacer l'horreur que j'avais créée.

— Bon, au moins je ne l'ai pas sous le nez, dit-elle en faisant rouler sa valise vers sa chambre. Je vais me doucher et faire tourner une lessive. Tu veux bien commander une pizza ?

Je la regardai s'éloigner, sentant mon visage chauffer sous ma colère. Elle faisait comme si tout était normal. Comme si rien ne s'était passé. Comment y arrivait-elle ? Le fait que Jessie m'ait dit que Rae avait une très bonne raison pour ses actions et qu'elle vivait un moment difficile était la seule chose qui m'empêchait de crier. Je ne voulais pas en rajouter pour elle.

Mais c'était bien la seule chose qui me retenait.

JESSIE PASSA à l'appart alors que Rae était encore en train de se changer. D'un regard, elle détecta la colère qui brûlait au fond de mes yeux. Elle ne me quittait pas depuis que Rae était rentrée la veille.

— Tu as l'air... en rogne, remarqua-t-elle.

— C'est le cas.

— J'en déduis que tu ne lui as rien dit.

— Non.

Mais c'était de plus en plus dur à chaque heure qui passait.

— Je suis fière de toi. Mais je pense aussi que tu devrais arrêter d'y penser, dit-elle.

Comme si j'allais faire ça. Je me sentais insulté qu'elle ne puisse pas être honnête avec moi — sa famille.

— Je pense — commença-t-elle, mais elle s'interrompit lorsque Rae entra dans la pièce et elle changea rapidement de sujet. Je pense qu'on doit faire sortir Kayden de sa grotte, reprit-elle. Elle est malade depuis des semaines. Elle est forcément guérie.

— Je suis d'accord, dit Rae. On passera par son appart pour l'embarquer avec nous.

Mon humeur s'améliora légèrement à l'idée de voir Kayden. Je ne l'avais pas revue depuis que nous avions mis fin à notre arrangement, et je me surprenais à penser à elle constamment, et à me demander si elle n'avait besoin de rien pendant sa convalescence. Je lui avais apporté de la soupe, un prétexte pour passer du temps avec elle, mais elle ne m'avait même pas laissé entrer.

— On fait comme ça, dit Jessie. Et au fait, tu es super sexy.

— Toi encore plus, répondit Rae.

— Eh-hem, toussai-je en enlevant une poussière imaginaire de mon épaule.

— Quoi ? demanda Rae avec un regard vide.

— Moi aussi je suis sexy, pas vrai ? demandai-je en leur lançant mon plus beau regard de séducteur.

— Tu veux entendre que tu es sexy de la bouche de ta sœur ? s'étonna Rae, incrédule.

— Mais non, idiote, répliquai-je. De la part de Jessie.

— Dis-lui qu'il est sexy, qu'on puisse y aller, soupira Rae. Sinon il va passer la soirée à râler.

— Je ne râle pas, protestai-je. Ça, c'est toi.

Jessie me regarda des pieds à la tête.

— Je te trouve sexy, Rex, dit-elle.

— Ah, merci beaucoup, répondis-je en sentant mon ego flatté par ses mots même si son compliment n'était pas sincère.

— On peut y aller maintenant ? demanda Rae en sortant de l'appartement et en commençant à marcher sans m'attendre.

— La ferme. J'arrive, grommelai-je.

– OUVRE CETTE FOUTUE PORTE ! cria Jessie en tambourinant contre la porte. On sait que tu es là, ma poule !

— Elle va vraiment avoir envie de venir ouvrir maintenant..., murmura Rae, sarcastique.

— Je m'en fiche, répliqua Jessie. Elle ne sait même pas que tu as passé dix jours à New York. Il faut vraiment qu'on parle, toutes les trois.

Je sentis la colère se remettre à bouillir en moi.

Rae tenta le coup et s'approcha de la porte :

— Kay, c'est nous. Tu es vraiment malade au point de ne pas pouvoir ouvrir la porte ?

Kayden ouvrit enfin brusquement la porte. Elle portait un

pantalon de jogging et un t-shirt. Ses cheveux étaient rassemblés en chignon et elle n'était pas maquillée. Elle semblait beaucoup plus mince que la dernière fois que je l'avais vue — elle était maigre. Elle ouvrit la bouche pour parler, puis son regard se posa sur moi. Une expression de panique passa sur ses traits, mais elle la masqua rapidement.

— Tu as failli casser ma porte, dit-elle.

— C'est ce que je comptais faire, mais Rae m'a arrêtée, répliqua Jessie. Tu es toujours malade, alors ?

— Tu n'as pas l'air malade, remarqua Rae. Juste fatiguée.

— Je me sens beaucoup mieux, répondit Kayden en refermant un peu la porte pour se cacher de notre vue. J'ai vraiment été mal pendant un moment. Je me suis encore reposée ces derniers jours pour être certaine d'être guérie.

— Tu avais quoi ? demanda Jessie.

— La grippe, répondit Kayden. Et puis une bronchite.

— Mince, dit Rae. Je comprends qu'on ne t'ait pas vue.

— Ouais..., murmura Kayden. Je vous inviterais bien à entrer, mais je n'ai pas encore nettoyé l'appartement depuis ma maladie. Je ne voudrais pas que vous tombiez malades.

— Pas grave, dit Rae. En fait, on passait te chercher. On sort, et tu viens avec nous.

— Ouaip, ajouta Jessie. Habille-toi.

Je n'avais pas encore prononcé un mot. En la voyant devant moi, je me sentais pétrifié.

— Euh..., hésita Kayden en regardant quelque chose derrière son épaule.

— Tu viens avec nous, ordonna Jessie. Ne cherche pas d'excuse.

— Bon, ça ne vous ennuie pas si je me change rapidement ? demanda Kayden.

— Pas du tout, répondit Rae.

— J'aime mieux ça, répliqua Jessie. On t'attend ici.

— Très bien, dit Kayden. Je serai prête dans un quart d'heure.

KAYDEN AVAIT l'air d'une reine de beauté, comme si elle venait de sortir du salon de coiffure. Ses longs cheveux brillants retombaient en cascade sur ses épaules, et elle portait une petite robe moulante qui mettait ses jambes incroyables en valeur. Elle ressemblait à miss Univers.

Je ne pouvais détacher mon regard d'elle.

Une fois dans le bar, nous commandâmes nos boissons et nous nous installâmes à une table dans un coin de la pièce. J'étais assis en face de Kayden, et je devais me forcer à lever les yeux et à observer les clients dans le bar pour cesser de la fixer.

— Où est Zeke ? demanda Jessie.

— Il arrive bientôt, répondis-je. Rochelle finissait tard ce soir.

Jessie jeta un coup d'œil à Rae, qui lui rendit furtivement son regard avant de baisser les yeux.

C'était quoi, ça ?

— Kayden sirotait son verre et elle ne croisa pas une seule fois mon regard. Elle restait silencieuse, observant la foule sans participer à notre conversation.

— Tu as perdu beaucoup de poids, remarqua Jessie. Il faut que tu te remettes à manger, et vite.

— Ou alors c'est le régime le plus efficace du monde, plaisanta Rae.

— Ouais, je sais, répondit Kayden d'une voix faible. Chaque fois que je mangeais, je vomissais.

— C'est nul, dit Jessie en grimaçant. Désolée, ma poule.

— Ce n'est rien, dit Kayden. C'est fini maintenant.

L'attention de Jessie se porta sur un mec installé au bar.

— Ooh... il est sympathique.

— Ouais, c'est vrai, dit Kayden en suivant son regard.

— Je pense à aller l'aborder, continua Jessie. Mais je suis coincée entre vous.

— Et bien, je vais me lever, dit Kayden. Mais seulement parce que je vais aller le draguer.

Sans un mot de plus, elle se leva et se dirigea vers l'homme assis au bar. Elle lui fit un sourire amical et lança une plaisanterie, puis elle s'assit auprès de lui et commença à discuter.

Aïe.

Putain, ça piquait.

— Bordel, dit Jessie. Vous avez vu ça ?

— Je sais, renchérit Rae. Rester enfermée presque trois semaines l'a sûrement rendue un peu dingue. La disette ultime.

— Je pourrais être jalouse, reprit Jessie, mais je suis trop impressionnée pour ressentir autre chose.

— Maintenant que j'y songe, je ne crois pas avoir déjà vu Kayden draguer un mec comme ça, dit Rae en touillant son cocktail avant de boire une gorgée.

— Faut croire qu'il la branche vraiment, dit Jessie. Tant mieux pour elle.

Je continuai à fixer Kayden alors qu'elle flirtait avec le bel inconnu. Elle dit quelque chose, et il éclata de rire puis commanda deux verres pour eux.

Mon ventre se remplit d'acide.

Je me sentais mal.

Genre, plus mal qu'avec une grippe et une bronchite.

— Ça va, Rex ? s'enquit Jessie.

Je me retournai vers elles et tentai de masquer mon chagrin.

— Ouais. Cette bière est pas pour moi. Trop douce, dis-je en la repoussant avec une grimace, même si elle était en réalité très bonne.

— Ah, je déteste quand ça arrive, remarqua Rae. Gâcher huit balles.

— Ouais...

Je refusai de regarder à nouveau Kayden. Ça ne me ferait que du mal.

— Zeke est là, dit Jessie en le repérant à l'entrée du bar. Et Rochelle aussi...

Rae baissa les yeux sur son verre et en vida la moitié d'un trait.

Zeke et Rochelle commandèrent leurs boissons au bar avant de nous rejoindre à la table.

Zeke s'assit en premier, et Rochelle s'installa après lui. Rae et Jessie se serrèrent contre moi.

— Salut, quoi de neuf ? demanda Zeke.

— Rien de spécial, répondis-je. On traîne...

— Salut tout le monde, nous salua Rochelle. Comment était New York ? demanda-t-elle en se tournant vers Rae.

Rae resta silencieuse si longtemps qu'elle semblait ne pas avoir entendu la question. Elle serra son verre entre ses mains et ouvrit la bouche, mais aucun son n'en sortit.

Je la regardai avec intérêt. Je ne croyais pas avoir déjà vu ma sœur perdre ses mots.

— C'était bien, finit par répondre Rae sans lever les yeux de son verre. Mais je suis contente d'être rentrée.

Jessie l'observa avec une expression de pure tristesse, puis elle s'éclaircit la gorge.

— Kayden est là, dit-elle en pointant dans sa direction. En train de se dégotter un joli bout de mec.

— Oh vraiment ? demanda Zeke avec intérêt. Je ne l'ai pas vue depuis des semaines.

— Moi non plus, ajouta Rochelle.

— Tant mieux pour elle, ajouta Zeke. Cette grippe a dû être sévère. Quand es-tu rentrée ? demanda-t-il à Rae.

Rae semblait révoltée par l'attention qu'il lui portait. Si je ne savais pas à quel point ils étaient proches, j'aurais pu penser qu'elle le détestait. Ils s'étaient déjà vus depuis qu'elle avait appris ses sentiments pour elle, et elle ne s'était pas comportée différemment avec lui alors, donc je savais que ça n'était pas lié.

— Hier, répondit-elle d'une petite voix.

— L'appart était sans dessus-dessous ? taquina Zeke.

— Euh, non, répondit Rae sans rebondir sur sa moquerie.

— Tout va bien, Rae ? demanda Zeke en levant les sourcils, surpris.

— Ouais, répondit-elle d'une voix faible. Je crois que j'ai attrapé ce qu'avait Kayden..., ajouta-t-elle en se touchant la gorge, comme pour vérifier si elle était enflée.

— Je peux vérifier si tes ganglions sont enflés..., proposa Zeke en se penchant sur la table.

— Ne me touche pas ! s'exclama Rae en donnant presque une tape sur la main de Zeke.

Tout le monde s'immobilisa, surpris par la dureté de son ton.

Jessie fut la seule à ne pas sembler surprise.

— J'ai fait une coupe à un gamin hier, et j'ai manqué lui couper une oreille, déclara-t-elle rapidement.

La conversation continua sur le sujet, détournant l'attention de Rae ; mais je ne cessai pas d'y penser pour autant. Jessie nous parla de son jeune client remueur, puis du beau mec qu'elle avait reçu après lui. Rochelle se blottit contre Zeke et posa son visage dans son cou, le câlinant comme s'ils étaient entre eux. Zeke se tourna vers elle et déposa un petit baiser sur ses lèvres en souriant.

À ce moment, Rae me poussa presque.

— Lève-toi, Rex, réclama-t-elle. J'ai besoin d'aller aux toilettes.

Elle me donnait souvent des ordres, mais le ton de sa voix était différent de d'habitude. J'obéis immédiatement, car son besoin semblait vraiment pressant.

Rae s'éloigna à toute vitesse, comme si elle se retenait de courir.

Jessie la regarda s'éloigner, puis continua à raconter des anecdotes de travail, même si elles n'étaient pas très intéressantes. Elle semblait parler juste pour remplir le silence.

J'essayais de deviner ce qui pouvait contrarier Rae — parce que clairement, quelque chose n'allait pas.

— Rex, il se passe quoi avec Rae ? me demanda soudainement Zeke. On dirait que quelque chose ne va vraiment pas. Il s'est passé quelque chose à New York ?

— Pas que je sache. Mais bon, elle me dit rien, répondis-je avec un accent de colère.

Zeke remarqua ma tension mais ne me posa pas plus de questions.

— Peut-être que quelqu'un devrait aller voir si elle va bien, proposa Rochelle.

— J'y vais, dit Jessie en se levant immédiatement.

Je commençais à être à bout de patience, et je voulais vraiment obtenir des réponses. Ma sœur m'avait menti sur où elle était pendant dix jours, et maintenant elle se comportait de manière vraiment étrange. C'était quoi, le truc ? Était-elle enceinte ?

Papa l'avait-il contactée ? Mais que pouvait-elle bien me cacher ?

— Non. Je vais y aller, déclarai-je.

— C'est bon, dit rapidement Jessie. Je suis sa meilleure amie —

— Et je suis son frère, répliquai-je en me levant et en me dirigeant vers les toilettes, faisant de mon mieux pour ne pas observer Kayden qui parlait toujours au mec assis au bar. Elle était déjà repartie en chasse, alors que je n'avais même pas encore dragué une seule femme.

Je m'approchai du couloir menant aux toilettes, et heureusement, il n'y avait pas de queue. J'ouvris la porte des toilettes des femmes. Comme je m'y attendais, Rae se tenait devant le miroir. Elle agrippait le lavabo et fixait le robinet.

Et elle pleurait.

Elle ne sanglotait pas. Seules quelques larmes roulaient au coin de ses yeux et coulaient sur ses joues. Elle se concentrait sur sa respiration pour rester calme. Elle me fit penser à une bombe sur le point d'exploser, et je vis qu'elle faisait tout son possible pour ne pas perdre ses moyens. En entendant la porte se fermer, elle leva les yeux et me vit dans le reflet du miroir.

Son expression devint paniquée.

— Bordel, tu fais quoi ici ? lança-t-elle.

Toute ma colère s'était évanouie en voyant Rae pleurer. Je l'avais rarement vue verser une seule larme. Au lieu de se laisser aller à la tristesse, elle restait forte et gardait la tête haute. Pour qu'elle craque à ce point, il devait se passer quelque chose d'énorme. C'était obligé.

— Je voulais voir si ça allait..., dis-je.

— Ça va, répondit-elle sèchement en prenant un carré de papier pour essuyer les larmes autour de ses yeux. J'ai toujours des allergies en cette saison.

C'étaient des conneries, et je le savais. Elle le savait aussi.

Je m'approchai d'elle et m'appuyai contre le mur. Je croisai les bras et la regardai intensément, sans me formaliser que nous nous trouvions dans des toilettes pour femmes. Heureusement, nous étions seuls.

— Putain Rae, qu'est-ce qui se passe ? demandai-je doucement. D'abord, tu me mens en disant que tu pars dix jours à New York, et maintenant tu te mets à pleurer sans raison.

Elle ouvrit brusquement les yeux et me regarda d'un air terrifié.

— Quoi ? demanda-t-elle.

— Oui, je sais que tu n'étais pas vraiment à New York. Tu m'as menti — encore. Mais je suis prêt à l'oublier si tu me donnes une putain de bonne raison.

Clairement, je savais la vérité, donc elle n'essaya pas de nier.

— Comment as-tu su ? demanda-t-elle à voix basse.

— Je suis sorti dans un bar avec Tobias et je t'ai vue avec Ryker.

Elle pâlit.

— Pitié, dis-moi que tu ne t'es pas remise avec lui.

— Non, répondit-elle en baissant à nouveau les yeux vers le lavabo.

— Alors, pourquoi étais-tu avec lui ?

— Il a réalisé que je dormais dans un hôtel en face de COLLECT, répondit-elle après avoir cherché ses mots un moment. Il m'a suivie pour me demander pourquoi je vivais avec une valise. On a bu un verre et on a discuté. C'est tout.

Au moins, elle ne sortait pas avec lui. J'étais vraiment soulagé.

— Mais pourquoi restais-tu dans un hôtel ? repris-je.

Elle ferma les yeux comme si elle ne voulait pas me répondre.

— Rae, tu vas me donner une raison valable, sinon je vais faire de ta vie un enfer.

— Rex, je comprends que tu sois en colère. Mais je ne suis pas encore prête à parler de la raison pour laquelle j'ai menti pour New York. S'il te plaît... sois patient avec moi.

— Non, lâchai-je brusquement. Et pourquoi pleures-tu, là ? Pourquoi t'es-tu précipitée dans les toilettes ? Que s'est-il passé qui t'a tant dérangée pour que —

Je m'arrêtai net en réalisant la réponse. Juste avant que Rae se lève, Zeke avait embrassé Rochelle. Et avant ça, Rae et Jessie se comportaient de manière étrange avec Rochelle. Venais-je de résoudre le mystère ?

— Zeke, dis-je.

Elle se redressa et lâcha le lavabo.

— Putain de merde ! m'écriai-je. Zeke te plaît !

Je mis mes mains sur ma tête, ahuri d'avoir découvert son secret. C'était la seule explication possible, même si cela avait l'air fou.

Elle ne nia pas.

— Parle moins fort, demanda-t-elle.

— Mais comment ? repris-je à voix basse. Depuis quand ?

—Je ne sais pas... il y a quelques semaines

Mon cœur battait si fort que je l'entendais dans mes tympans.

— J'arrive pas à y croire..., murmurai-je. Mais ça n'explique pas pourquoi tu as menti à propos de New York.

Elle finit de s'essuyer les yeux et jeta la serviette dans la poubelle avant de me répondre :

— Écoute, j'avais juste besoin de m'éloigner un peu. Comme tu habites avec moi, il passe tout le temps. J'avais besoin d'un peu de temps pour cesser de penser à lui. Je n'allais pas y arriver s'il était constamment sur mon canapé. Alors... j'ai essayé de prendre mes distances.

— Pourquoi essaies-tu de l'oublier ?

— À cause de Rochelle, idiot. Elle est très sympa, et Zeke est fou d'elle. Tu crois que je ne me sens pas terriblement mal de penser à lui de cette manière ? Ça craint, sur tellement de niveaux. Il est avec Rochelle, et rêver de lui fait de moi une salope. Tout comme penser à lui constamment...

— Tu rêves de lui ?

Elle n'ajouta rien.

Et je me doutais de la raison. Un moment de gêne passa entre nous.

— Je pensais que c'était simplement un béguin, une attirance physique, et qu'elle passerait si je ne le voyais pas pendant un moment.

— Et j'en déduis que ça n'a pas fonctionné ?

— Non. En le voyant avec Rochelle à l'instant, je me suis sentie... vraiment mal.

Je n'aurais jamais pensé que Rae puisse éprouver des sentiments pour Zeke, mais elle était devant moi, en train de me confier que son cœur était brisé pour cet homme qu'elle ne pouvait avoir.

— C'est incroyable. C'est arrivé après que tu aies appris ses sentiments passés ?

— Non. Ça a commencé avant. Je ne suis pas exactement sûre du pourquoi ou du comment... mais quand tu m'as dit qu'il avait été amoureux de moi, ça a simplement empiré les choses.

C'était une situation digne d'une série télé.

— Alors... tu es amoureuse de lui ? demandai-je.

— Je ne sais pas... C'est un sentiment très fort. Mais je ne peux pas le nier. Et ça me bouffe.

Si Zeke l'apprenait, il allait s'évanouir. J'avais entendu de sa bouche qu'il se voyait prêt à épouser Rae. Ce n'était pas une chose qu'on disait à propos de n'importe qui.

— Tu devrais lui en parler, dis-je.

— Ne sois pas ridicule, répliqua-t-elle en plissant les yeux.

— Je suis sérieux, Rae. Vu ses sentiments pour toi, il sera ravi de l'apprendre.

— Tu n'oublies personne ? demanda-t-elle d'une voix haineuse. Rochelle ? La femme qu'il aime.

— Ouais, mais —

— Mais rien du tout. Il est amoureux d'une autre. Et Rochelle est géniale. J'ai manqué ma chance lorsque je suis sortie avec Ryker. Fin de l'histoire.

— Tu ne peux pas comparer Rochelle avec toi, Rae.

— C'est censé vouloir dire quoi ?

— Je sais qu'il avait des sentiments plus forts pour toi que ce qu'il éprouve pour elle.

— Tu ne peux pas dire une chose pareille, répondit Rae en secouant la tête. Et même si tu as raison, ça n'a pas d'importance. C'est du passé. Maintenant, nous sommes dans le présent. Et dans le présent, il sort avec Rochelle depuis six mois.

— Il pourrait rester avec elle toute sa vie sans jamais ressentir pour elle ce qu'il a ressenti pour toi.

Son regard s'adoucit un instant, avant de redevenir dur.

— Rex, ça n'a pas d'importance. Je ne lui en parlerai pas.

— Mais —

— Je l'aime, et je ne lui ferai jamais une chose pareille. Tu imagines la position dans laquelle il se trouverait ? Il ne saurait pas comment réagir. Et même s'il n'était pas amoureux de Rochelle, ce qui est le cas, cela ne ferait que gâcher notre amitié. Rochelle ne m'apprécierait plus, et je ne pourrais pas l'en blâmer, et elle ne voudrait plus que je fréquente Zeke. Rien de bon ne pourrait en résulter.

Clairement, elle avait pris sa décision et je n'allais pas l'en faire changer. Je ne voulais pas lui parler de la demande en mariage de Zeke. Ça ne ferait qu'empirer la situation.

— Mais alors, quelle est l'alternative ? demandai-je.

— Je vais l'oublier, dit-elle d'une voix résolue, comme si elle souhaitait également se convaincre. Je vais sortir avec des mecs, et essayer de me trouver un copain valable. Peut-être que je rencontrerai un mec parfait et que j'oublierai vraiment Zeke pour de bon.

Je savais déjà que ça ne fonctionnerait pas.

— Je pense vraiment que tu devrais lui dire, insistai-je.

— Et ben, je ne suis pas d'accord.

— Laisse-moi te poser une question, dis-je en me rappuyant contre le mur. Lorsque tu as rencontré Ryker, tu aurais préféré savoir que Zeke était amoureux de toi ? Aurais-tu préféré qu'il t'en parle ?

Elle me regarda longtemps sans répondre.

— Alors ? insistai-je.

— Je ne sais pas.

— Au final, Ryker a été une énorme erreur. Peut-être que Zeke aurait pu te faire gagner du temps.

— Rochelle n'est pas une conne, contrairement à Ryker. Et je ne savais pas ce qui allait arriver avec Ryker. Il n'y avait aucun moyen de prévoir comment j'aurais réagi.

— Mais les choses se seraient peut-être passées différemment si tu avais eu toutes les informations en main.

— Peut-être... mais à l'époque, je n'avais pas ces sentiments pour lui.

— Mais si tu avais appris ce qu'il ressentait, ce serait peut-être arrivé.

— On peut jouer avec des « et si » toute la soirée, remarqua-t-elle en s'adossant au mur en face de moi, mais ça ne changera rien. Je ne vais pas lui en parler, Rex. Rochelle est géniale. Et je ne suis pas digne d'être l'amie de Zeke si je fais quoi que ce soit qui vienne se mettre en travers de leur relation.

Dans n'importe quelle autre situation, j'aurais probablement été d'accord avec elle. Mais pas là. Zeke et Rae étaient deux personnes tellement similaires, c'en était effrayant. Même moi, je pouvais les imaginer passer leurs vies ensemble, heureux dans leur routine tranquille d'intellos tous les jours. Et pourtant, je n'étais pas un mec romantique.

— Tu as intérêt à ne rien dire à Zeke, menaça-t-elle.

Je soutins son regard.

— Je suis sérieuse, Rex. Ça ne te concerne pas.

Mais je ne pouvais penser qu'à la rapidité avec laquelle Zeke s'était précipité dans sa relation avec Rochelle. Il avait même admis qu'il n'était pas remis de Rae lorsqu'il s'était mis avec elle. Et je le soupçonnais de ne pas vouloir la demander en mariage pour les bonnes raisons non plus.

— D'accord, finis-je par dire.

— Merci. Je ne veux pas y retourner. Je ne veux pas être assise et faire semblant que je m'amuse pendant qu'il lui fourre la langue dans la gorge.

Je ne voulais pas y retourner non plus. Kayden serait encore en train de draguer ce mec, en train de rire autour de leurs verres. Ou pire, peut-être qu'ils seraient déjà partis. Peut-être qu'il l'avait déjà ramenée chez elle.

Quelle nuit merdique.

JE N'ARRIVAIS PAS à décider quoi faire.

D'un côté, j'avais envie de cracher le morceau à Zeke. Il avait le droit de savoir qu'il avait une chance avec Rae, s'il était toujours intéressé. Et Rae ne semblait pas juste avoir le béguin pour lui. C'était bien plus fort. Assez fort pour la pousser à vivre dans une chambre d'hôtel pendant dix jours pour essayer de l'oublier.

Mais je me sentais aussi mal à l'idée de dire quoi que ce soit. Rae m'avait demandé de me taire, et c'était un coup bas pour Rochelle. C'était une femme très sympa qui ne méritait pas de se faire briser le cœur. Mais en même temps, ainsi allait la vie. Parfois, elle nous faisait souffrir.

Et puis, cela pourrait tout gâcher pour Zeke. Sa relation avec Rochelle allait sûrement marcher. Il avait déjà acheté la bague, demandé sa main à son père, prévu sa demande en mariage. Si je lui disais la vérité, j'allais tout foutre en l'air pour lui.

Et lui et Rae ne resteraient peut-être pas ensemble toutes leurs vies. Peut-être qu'ils réaliseraient rapidement qu'ils étaient mieux en tant qu'amis.

Et Zeke aurait perdu une personne qui le rendait heureux.

Je n'arrivais pas à décider.

Chaque fois que je prenais une décision, je changeais d'avis. De nouvelles réflexions venaient toujours se contredire, et je ne savais pas quoi faire.

J'aurais aimé que quelqu'un puisse me conseiller.

Rae resta vautrée sur le canapé toute la semaine suivante. Elle allait travailler et rentrait à la maison. Elle ne faisait absolument rien d'autre. Elle n'emmenait pas Safari courir dans le parc et elle ne rangeait même pas l'appartement. Elle laissait la vaisselle s'entasser dans le lavabo, et ne faisait tourner une lessive que lorsqu'elle n'avait plus de vêtements propres.

C'était bizarre.

Je n'aimais pas voir Rae comme ça. Sale et bordélique. Je comprenais mieux pourquoi habiter avec moi était insupportable.

J'arrivais à un point où j'eus besoin de lui demander comment elle allait. Elle voulait probablement être seule, mais puisque je vivais ici, c'était impossible.

— Tu es sûre que ça va ?

— Oui, très bien, répondit-elle en se blottissant dans sa couverture, en train de lire sur son Kindle sur le canapé du salon.

— Tu n'as pas l'air.

— Je suis juste un peu fatiguée dernièrement...

— Il n'y a rien à manger dans l'appart, la vaisselle déborde, et tu n'as pas nettoyé depuis plus d'une semaine.

— Ouais...

Elle n'avait même pas assez d'énergie pour m'envoyer balader.

Putain, c'était pire que ce que je pensais.

— C'était comment, de revoir Ryker ? demandai-je.

— Il est très déprimé par la mort de son père, dit-elle en haussant une épaule. Sa personnalité taquine a complètement disparu. J'ai de la peine pour lui...

— Ouais, moi aussi.

Je lui en voudrais toujours pour ce qu'il avait fait à Rae, mais je le plaignais d'avoir perdu un parent. Lorsque Rae et moi avions perdu notre mère, nous avions été dévastés. Et même si notre père était parti depuis longtemps, cela avait rendu son absence encore plus réelle.

— Mais il ira mieux avec le temps, repris-je. Nous vivons tous des coups durs. Il faut un peu de temps pour se relever.

— Ouais...

Les cheveux rassemblés en un chignon désordonné, elle portait le même pyjama dans lequel je l'avais vue toute la semaine. Chaque fois que Zeke avait voulu me voir, je m'étais assuré de le rencontrer hors de l'appartement pour que Rae n'aie pas à le voir. Mais au fond de moi, je ne pouvais m'empêcher d'imaginer ce que leur couple pourrait donner. Zeke serait plus que jamais présent dans nos vies, et ils seraient tous les deux avec des personnes géniales. Ils seraient heureux, et je n'aurais pas à voir Rae déprimer sur le canapé tous les jours.

Mais si je disais la vérité à Zeke, choisirait-il Rochelle ?

Ou Rae ?

– EST-CE QUE TOUT VA BIEN ? me demanda Zeke, assis en face de moi dans le bar, en train de manger des ailes de poulet.

Nous venions de terminer un match de basket que j'avais

lamentablement perdu. Je n'avais pas la tête à la partie. Je ne cessais de penser à l'information cruciale en ma possession. Étais-je un mauvais ami en ne lui disant pas ? Ou en le lui disant ? Dans tous les cas, j'avais l'impression de merder.

— Je suis juste préoccupé, répondis-je finalement.

— Par quoi ?

— Le travail, tout ça...

— Rae va mieux ? Elle était vraiment bizarre au bar la semaine dernière.

— Ouais... elle devait avoir ses règles.

Zeke abandonna rapidement le sujet et son regard se porta sur la télévision dans le coin de la pièce.

— Alors... bientôt la demande en mariage ? demandai-je.

— Ouais. Je n'arrive pas à croire que je serai fiancé la semaine prochaine. C'est dingue, hein ?

Zeke semblait heureux, alors il valait probablement mieux que je me taise. Mais si je changeais d'avis par la suite, ce serait pire. Si je lui en parlais alors qu'il était fiancé à Rochelle, je serais vraiment un ami merdique.

— Ouais... c'est dingue, répondis-je, ajoutant mentalement « surtout que tu ne la connais que depuis six mois ».

Zeke remarqua mon ton sarcastique.

— Je n'aime pas insister, mais tu as vraiment l'air d'avoir quelque chose sur le cœur. Tu as tiré la tronche toute la semaine.

— Je tire pas la tronche, lâchai-je d'un ton sec.

Mais c'est vrai que j'avais été préoccupé. Je ne cessais de me demander si Kayden avait couché avec ce mec du bar, et en plus, je m'inquiétais pour ma sœur.

— Si, clairement. Tu es bizarre, Rae est bizarre, Jessie est bizarre... même Kayden. J'ai presque l'impression que vous savez une chose que j'ignore. Alors, tu ne vas vraiment rien me dire ?

Zeke était plus observateur que je ne le pensais.

Je trouvais ironique d'avoir cette conversation là où Zeke m'avait confié ses sentiments pour Rae. En fait, nous étions même installés à la même table.

— Bon d'accord, il se passe quelque chose..., commençai-je.

Zeke essuya la sauce sur ses doigts et m'accorda toute son attention.

— C'est assez énorme, et je ne sais même pas par où commencer. Je me suis tâté à t'en parler toute la semaine. Quoi que je fasse, je ne suis pas un bon ami.

— Comment ça ?

— Je suis un con de t'en parler. Mais je suis aussi un con si je ne t'en parle pas...

— Wow... ça devrait être intéressant, dit-il en posant ses coudes sur la table. Vas-y, crache le morceau.

— Voilà... Quand Rae est partie soudainement aux toilettes la semaine dernière, je l'ai suivie pour savoir si elle allait bien. C'est à ce moment qu'elle m'a expliqué ce qui se passait.

Zeke me regarda fixement sans rien dire.

— En gros, elle m'a dit qu'elle avait des sentiments pour toi.

Elle n'est pas vraiment partie à New York. Elle est restée dans un hôtel près de son travail, juste pour s'éloigner un peu de toi et essayer de t'oublier. Et quand elle t'a vu avec Rochelle au bar, elle a craqué et elle est partie pleurer dans les toilettes...

Zeke n'eut aucune réaction. Immobile comme une statue, il semblait encore essayer de comprendre mes paroles. Il avait presque l'air en état de choc. Après presque une minute de silence, il ouvrit enfin la bouche :

— Je... comment... Je ne comprends pas, balbutia-t-il. Rae a des sentiments pour moi ? demanda-t-il avec une expression hébétée.

Je hochai la tête.

— Pour moi ? répéta-t-il en pointant son torse.

J'acquiesçai à nouveau.

Ses yeux s'écarquillèrent de surprise.

— C'est ce qu'elle a dit ? demanda-t-il d'une petite voix.

— Oui. Elle a dit qu'elle rêvait de toi, et qu'elle n'arrivait pas à te sortir de sa tête.

— Je... commença-t-il, mais il perdit à nouveau ses mots et se passa la main dans les cheveux. Depuis quand ?

— Quelques semaines. Elle dit qu'elle ne sait plus exactement quand ça a commencé. Et puis... Rochelle lui a dit que tu avais été amoureux d'elle.

— Quoi ?

— Et lorsque Rae l'a appris... ses sentiments sont devenus plus forts. Alors elle a du mal à être près de vous en ce moment... pour des raisons évidentes. Elle se sent coupable parce que tu es avec Rochelle, et elle voudrait ne pas ressentir ça. Elle aime beaucoup Rochelle, et elle souhaite que ça fonctionne entre vous deux.

— Elle sait ce que je ressens pour elle ? demanda-t-il, et je ne pus ignorer qu'il venait d'utiliser le présent.

— Ouais, répondis-je. Elle est venu me poser des questions, et je lui ai plus ou moins tout avoué.

Je savais que Zeke ne m'en voudrait pas. Je n'avais parlé qu'après que Rochelle ait révélé son secret.

— Je n'arrive pas à y croire..., murmura-t-il en se passant la main dans les cheveux, semblant incapable de rester tranquille.

— Moi non plus.

— Pourquoi ne m'en a-t-elle pas parlé ? Rae n'est pas timide.

— Parce que tu es avec Rochelle. Elle ne veut pas se mettre entre vous. Elle respecte Rochelle.

— Alors, elle n'a aucune idée que tu me dis ça ?

— Non. Je ne comptais pas t'en parler, parce que tu vas demander Rochelle en mariage la semaine prochaine. Mais... je me suis aussi dit que ce serait une erreur de ne pas te le dire. Je sais que tu as eu des sentiments pour Rae, et je me suis dit que tu devais avoir toutes les informations en main avant de faire ton choix. Je suis désolé si j'ai foutu le bordel... je suis pas très doué pour ce genre de choses.

— Non. Je suis content de le savoir, dit-il fermement en reposant ses coudes sur la table.

J'attendis qu'il ajoute autre chose, qu'il me dise ce qu'il en pensait.

Mais il resta silencieux.

Je restai assis devant lui, mal à l'aise.

Zeke regardait dans le vague et se passait à nouveau la main dans les cheveux.

— Tu en penses quoi ? demandai-je.

— Je ne sais pas...

J'attendis qu'il trouve ses mots en buvant ma bière.

— J'ai toujours voulu Rae. Elle est le genre de partenaire dont je rêve. Je ne compte plus le nombre de fois où j'ai eu envie de l'attraper et de l'embrasser quand je me suis trouvé avec elle.

Je me retins de grimacer.

— Je suis amoureux d'elle depuis trois ans, par intermittence, continua-t-il. Lorsque je m'imaginais me marier, c'était toujours avec elle. Elle est la femme la plus incroyable que j'aie jamais rencontrée. Elle est magnifique, intelligente, amusante, humble et... putain, elle est parfaite.

Je bus une longue gorgée de bière pour me donner une contenance.

— Mais je suis avec Rochelle maintenant. Et elle est belle, intelligente, gentille, et elle a de nombreuses autres qualités. Nous avons beaucoup en commun parce qu'elle est médecin et qu'elle vient d'une famille de médecins. Elle est bienveillante, et elle n'a que des choses positives à dire sur toutes les personnes qu'elle rencontre. Je n'ai pas un seul reproche à lui faire.

— C'est compliqué..., reconnus-je.

— Mais elle n'est pas Rae..., soupira-t-il en se couvrant le visage.

Avais-je bien entendu ?

— Mais j'ai déjà acheté la bague, organisé le dîner, demandé sa main à ses parents... Je me suis déjà engagé. Je pensais lui proposer d'emménager avec moi immédiatement. Tout est prévu, prêt...

Je restai muet. Je ne pouvais pas prendre cette décision à sa place, même si à mes yeux, la réponse était évidente.

— Alors, que vas-tu faire ? demandai-je finalement.

— Je n'en sais foutrement rien, Rex.

— Je peux seulement imaginer à quel point ça doit être difficile pour toi, dis-je en me demandant si j'avais bien fait de lui en parler. Mais au moins, deux femmes magnifiques t'aiment, ajoutai-je avec un rire forcé.

— Je ne vois rien de drôle à la situation. Dans tous les cas, je fais souffrir quelqu'un.

— Rae ne compte pas. C'est elle qui s'est mise à avoir des sentiments pour toi alors que tu étais pris. Alors, si tu restes avec Rochelle, ne te sens pas mal pour Rae.

— Chaque fois que Rae souffrira, je me sentirai toujours mal.

Pour moi, le bon choix ne faisait plus aucun doute.

— Je dois y aller..., dit-il en se levant brutalement. J'ai besoin de réfléchir.

— D'accord. Bon courage.

— Merci. Je vais en avoir besoin, dit-il en jetant un billet sur la table avec un regard abattu.

10

Rae

MES JEANS COMMENÇAIENT À ÊTRE TROP LARGES PARCE QUE je ne mangeais pas assez. J'avais toujours envie de perdre un peu de poids, mais la démarche actuelle n'était pas saine, parce que je ne me nourrissais tout simplement pas. Chaque fois que j'imaginais Zeke en train d'embrasser Rochelle, j'avais envie de vomir.

J'étais une horrible, horrible personne.

Pendant ma pause-repas, je décidai d'aller déjeuner dans le café au bout de la rue. J'allais me forcer à prendre un repas correct. Le manque de nourriture avait ralenti mon métabolisme, et je me sentais constamment fatiguée. Je n'avais pas assez d'énergie pour être productive sans me sentir rapidement épuisée.

Je fis la queue en consultant le menu, à la recherche d'un plat qui me fasse envie. Mon ventre ne gargouillait pas comme il le faisait d'ordinaire à partir de dix heures du matin. Mais il fallait que je mange quelque chose — n'importe quoi. Le

Kickin' Blue Chicken semblait appétissant. J'allais peut-être commander ça.

— Salut.

En entendant cette séduisante voix masculine, aussi apaisante à mon oreille qu'une cascade, je me sentis aussi immédiatement misérable. Mon pouls s'accéléra et je me sentis faiblir.

Je me retournai pour faire face à Zeke. Il portait sa blouse bleue, qui mettait ses muscles et son bronzage en valeur. Ses yeux bleus ressortaient grâce à la couleur du tissu, et ses joues étaient rasées de près. J'eus envie d'embrasser sa bouche — comme toujours. Me retrouver nez à nez avec l'homme que je ne pouvais pas avoir était la dernière chose dont j'avais besoin.

— Oh, salut..., dis-je en me forçant à paraître joyeuse, mais mon ton sonna faux même à mes oreilles.

Il me regardait intensément, la chaleur coutumière absente de ses yeux. En fait, il semblait abattu.

— Bonjour, répéta-t-il, comme s'il ne m'avait pas déjà saluée.

— Tu viens déjeuner ? demandai-je en avançant dans la file.

Notre conversation n'était pas détendue comme d'ordinaire. La tension entre nous rendait notre échange étrange. Mais ça devait être dû à ma perception, parce que j'étais bêtement accro à lui.

— Ouais. Mon planning s'est allégé, alors j'ai à nouveau le temps de manger, répondit-il avec un rire forcé.

— Tant mieux si ça est arrangé.

— Que vas-tu manger ? demanda-t-il en prenant place

derrière moi dans la file, mais en laissant de l'espace entre nous.

— Le numéro douze.

— Je pense que moi aussi.

Arrivés à la caisse, nous commandâmes ensemble. Comme d'habitude, Zeke voulut payer, mais je jetai mon billet à l'employé et il l'encaissa. D'ordinaire, Zeke se serait débrouillé pour ne pas me laisser débourser un dollar, mais cette fois, il n'insista pas. Il semblait presque souhaiter que je paye mon repas.

Nous prîmes nos plateaux et nous installâmes à une table.

Je cherchais une excuse pour me débarrasser de lui. Comment pouvais-je rester assise en face de l'homme de mes rêves, à le regarder transie ? Lorsque j'étais si proche de lui, j'imaginais ses bras puissants serrés autour de moi. Et ses lèvres étaient pressées contre les miennes, douces et agressives. Je fantasmais sur ses grandes mains caressant mes cheveux et me pinçant la nuque. J'imaginais le poids de son torse musclé contre moi alors qu'il plongeait en moi, la sueur coulant de son front comme lorsque nous jouions au basket ensemble. Je l'imaginais en train de me faire l'amour et de me dire qu'il m'aimait — comme dans mes rêves.

— Tu sais, si tu dois retourner au cabinet, tu n'as pas besoin de manger avec moi..., dis-je finalement.

— Je veux manger avec toi.

— Oh... cool.

Un silence gêné s'abattit à nouveau sur la table. Zeke ne me quitta presque pas des yeux pendant notre repas, me fixant encore plus intensément que d'habitude Il mangea bien plus lentement que d'ordinaire. Il semblait aussi mal à l'aise en ma présence que moi en la sienne.

Je m'arrêtai à la moitié de mon sandwich, ne pouvant rien avaler de plus. J'avais encore un quart d'heure de pause, mais je pensais retourner travailler plus tôt. Être si proche de Zeke était une torture.

— Il faut que j'y retourne. On se voit bientôt.

— Ouais, il faut que j'y aille aussi, répondit-il sans se lever.

— Euh... à plus tard, le saluai-je en me levant avec mon plateau.

— Ouais. Passe une bonne journée.

Il me fixait intensément sans ciller.

Lorsque je ne pus plus soutenir son regard, je me retournai et allai jeter les restes de mon repas dans une poubelle. Je sentais encore la chaleur de son regard sur mon dos en sortant du restaurant. Je ne me sentis libre de sa présence qu'une fois de retour dans le labo.

Mais même à ce moment, mon cœur ne serait jamais libéré de lui.

11

Rex

Il faut que je te parle.

En voyant le message de Zeke, je sus immédiatement de quoi il s'agissait. *Je suis chez moi.*

Retrouve-moi à Mega Shake dans un quart d'heure.

D'accord. Il ne valait mieux pas avoir cette conversation avec Rae dans la pièce d'à côté.

Je sortis de l'appartement sans la prévenir et me rendit dans le snack. Zeke était déjà là lorsque j'arrivais. Notre repas était placé sur la table sur deux plateaux, parce qu'il savait ce que je commandais.

Je m'installai en face de lui et l'observai. Zeke avait l'air vide et déprimé, comme s'il souffrait énormément. Je ne l'avais pas vu ainsi depuis la mort de sa mémé.

— Quoi de neuf ? demandai-je.

— J'ai rompu avec Rochelle.

Je me tendis sur ma chaise et sentis un frisson me parcourir l'échine.

— C'est vrai ?

— C'était horrible, mon pote, répondit-il en acquiesçant. Elle a pleuré...

Je savais à quel point Rochelle aimait Zeke, après les avoir observés ensemble. Je n'étais pas du tout surpris.

— Elle était dévastée, ajouta-t-il en secouant tristement la tête.

— Tu lui as dit quoi ?

— Je lui ai dit que j'avais adoré notre temps ensemble, mais que je ressentais plus les mêmes choses... ce qui est vrai. Depuis que tu m'as parlé de Rae, je n'arrive même plus à embrasser Rochelle. Je me sens trop coupable.

— Coupable de quoi ?

— Coupable d'hésiter sérieusement entre deux femmes, répondit-il froidement. Rochelle ne mérite pas ça. C'est une femme géniale.

Je savais que Rochelle allait finir par souffrir. Je l'avais pressenti lorsque leur relation avait évolué à toute vitesse. Zeke avait été pressé de se marier... et Rochelle l'avait suivi avec enthousiasme.

— J'arrivais à peine à toucher sa main, ajouta-t-il. Je ne pouvais même pas bander.

— Le stress fait ça au corps...

— Je n'arrêtais pas de me demander comment ça serait avec Rae... Puis j'ai réalisé que j'avais tort. J'étais avec Rochelle, et je pouvais être heureux avec elle pour le restant de mes jours.

Alors j'ai décidé d'oublier Rae et de rester avec Rochelle. Mais alors... j'ai croisé Rae pendant ma pause déjeuner.

— Oh...

— Et on ne s'est pas dit grand-chose mais... je pouvais le sentir.

— Quoi ?

— L'alchimie entre nous, le désir. Le besoin d'être ensemble. Je pouvais voir la tristesse dans son regard de ne pas pouvoir être avec moi. Et... j'ai compris que j'avais besoin d'être avec elle. Même si ça ne marche pas. Sinon, je regretterai toujours de ne pas avoir essayé. Rae... est vraiment spéciale. Rochelle est géniale et parfaite mais... elle n'a pas ce quelque chose qu'a Rae.

Merde, c'était intense.

— Je me sens comme un connard d'avoir fait ça à Rochelle, continua-t-il. Je me sentais vraiment mal lorsque j'ai rompu avec elle. Mais je n'ai pas pu m'en empêcher. Depuis que tu m'as dit pour Rae, mon corps s'est réveillé. Ce n'est pas simplement que j'ai envie d'elle. J'ai besoin d'elle. Ça a toujours été elle...

— Alors... quand vas-tu lui parler ?

— Pas tout de suite, dit-il rapidement. Je viens de rompre avec Rochelle, et je l'aime toujours. J'ai besoin de prendre du temps après notre relation avant de penser à autre chose. Je ne peux pas me mettre directement avec Rae. Ce ne serait pas correct, même si j'en ai envie. Rochelle mérite ce respect. Et puis, Rae mérite d'être la seule femme dans mon cœur. Si elle apprenait que j'avais couché avec Rae le lendemain... ça la tuerait.

— Je comprends ce que tu veux dire, dis-je en hochant la tête.

— Alors... je vais prendre un peu de temps.

Lorsqu'un peu d'eau aurait coulé sous les ponts, ils pourraient enfin se mettre ensemble. Je savais que tout allait s'arranger. Pour l'instant, les deux personnes qui étaient les plus chères à mon cœur étaient au plus bas, mais ça changerait bientôt.

Ils devaient juste être patients.

12

Rae

— Regarde tous les numéros que j'ai récoltés, dit Kayden en s'asseyant à la table et en me tendant la quinzaine de numéros écrits sur des serviettes en papier.

Les yeux me sortirent de la tête.

— Merde, ma poule ! s'exclama Jessie en portant la main à sa poitrine.

— On vient de te les donner ? demandai-je en triant les papiers dans ma main.

— Ouaip, répondit fièrement Kayden.

— Ce soir ? insistai-je, incrédule.

— Ouaip, répéta Kayden. Je sais m'y prendre...

— Je ne sais pas si je trouve que tu es géniale ou une grosse salope, dit Jessie.

— Oh, je suis totalement une salope, répondit Kayden. Mais une salope très douée. Je pense que je vais commencer par appeler celui-ci, dit-elle en montrant un des numéros. Il est vraiment mignon.

Je n'avais encore jamais vu Kayden draguer un mec, et encore moins récolter quinze numéros de téléphone. Jessie était la plus extravertie de nous trois, et même elle n'avait jamais levé autant de mecs en une seule soirée.

— Et ben... tant mieux pour toi, dis-je. On dirait que tu te remets assez bien de ta grippe.

— Oh, c'est totalement fini, dit-elle sèchement. Cette grippe, c'est du passé. Je suis une nouvelle femme. Excusez-moi, j'ai une chose à faire, ajouta-t-elle en repérant une nouvelle cible assise au bar.

Elle se leva et s'approcha de l'homme en rassemblant ses cheveux sur une épaule.

Jessie se tourna vers moi, toujours choquée.

— Tant mieux pour elle, mais...

Elle ne termina pas sa phrase, ne sachant pas quoi dire.

— Ça ne lui ressemble pas, hein ? suggérai-je.

— Pas du tout. Elle est passée d'un copain tous les trois-quatre mois à un nouveau mec tous les soirs.

— Je sais...

— Je ne sais pas si on doit s'inquiéter ou pas. Je veux dire, c'est une grande fille, elle peut prendre soin d'elle.

— Oui, c'est vrai. J'espère simplement qu'elle ne s'emballe pas et qu'elle contrôle la situation. Je suis sûre que tout va bien et qu'on s'inquiète pour rien.

Peut-être avait-elle un regain de confiance en elle après sa maladie. Elle en avait probablement eu assez d'être enfermée si longtemps, et elle était prête à croquer la vie à pleine dents.

Jessie vida son verre et changea de sujet.

— Alors... Rex sait pour Zeke ? demanda-t-elle.

— Je lui ai dit.

— Et il l'a bien pris ?

— Il a été surpris, mais il n'a pas dit grand-chose.

— Il ne dirait rien à Zeke, hein ?

— Non. Ça ne serait bon pour personne, répondis-je.

Je ne m'inquiétais pas pour ça. Il ne serait pas un bon ami pour Zeke s'il lui révélait cette information.

— Il était fâché que tu aies menti pour New York ?

— Pas vraiment. Je pense qu'il a compris lorsque je lui ai expliqué pourquoi.

— N'importe qui avec un cœur comprendrait.

— Ouais. J'ai vu Zeke l'autre fois pendant ma pause déjeuner... c'était gênant.

— Pourquoi ? demanda-t-elle.

— C'était juste... pas comme d'habitude. Ça venait sûrement de moi, mais il n'était pas très bavard non plus. On était mal à l'aise tous les deux. J'imagine que mes sentiments pour lui ont mis le bordel dans ma tête.

— Et tu vois des choses qui n'existent pas, dit-elle en hochant la tête.

— Ouais, voilà.

— Je suis sûre que tu finiras pas l'oublier. Il faut simplement que tu rencontres quelqu'un de nouveau.

– JUSTE POUR INFO, Zeke va passer, dit Rex assis sur le canapé, en train de jouer à un jeu de course sur la PS4.

— Pourquoi vous ne sortez pas ? Ou vous n'allez pas chez lui ?

— Et si tu arrêtais de l'éviter comme une gamine ? demanda-t-il en sortant de la piste. C'est ton ami. Tu ne devrais pas le traiter comme un criminel.

— Je ne le traite pas comme un criminel —

— Alors sois son amie, au lieu de cette fille chelou et mal à l'aise.

— Pouah ! m'exclamai-je en lui jetant un coussin au visage. Tu es vraiment casse-couilles des fois.

— Tout le temps, rétorqua-t-il. Pas besoin de minimiser.

On frappa à la porte, et Zeke entra.

— Salut.

Mes cheveux étaient en chignon et je portais un jogging large. Si j'avais su qu'il allait venir, je me serais mieux habillée.

Zeke posa un pack de bières sur le comptoir et entra dans le salon. Il se posta à l'autre bout du canapé et me regarda, ses yeux bleus pleins d'une émotion que je ne pus décrire.

— Salut, dis-je. Rex m'emmerde, comme toujours.

— J'avoue ne pas être surpris, répondit-il.

L'intensité dans son regard me faisait me sentir plus légère, comme aspirée par ses yeux profonds.

Rex le remarqua et s'éclaircit soudain la gorge.

— J'ai essayé de battre mon record mais je me suis écrasé à cause de Rae. Elle a tout foutu en l'air, dit-il.

— Ça craint, mon pote, commenta Zeke sans me quitter des yeux. Je suis content de ne pas habiter avec ma sœur.

— Ça ne me dérangerait pas d'habiter avec ta sœur, répliqua Rex en remuant les sourcils.

— Tu veux mourir, mec ? demanda Zeke, cessant enfin de me fixer pour se tourner vers Rex.

— Allez, dit Rex. On aurait de beaux bébés ensemble.

Zeke lui donna une claque sur la nuque avant de s'asseoir sur le canapé.

— Que veux-tu faire ce soir ? demanda-t-il.

— Hm, aller aux urgences, peut-être, dit Rex en se frottant là où il l'avait frappé.

— Si tu dois voir un médecin pour ça, tu es vraiment une fiotte, rétorqua Zeke.

— Peut-être que c'est toi qui vas avoir besoin d'aller aux urgences, menaça Rex.

— Oh non, m'exclamai-je d'une voix moqueuse, je sens que je vais assister à une bataille de polochons...

Ils se tournèrent tous les deux vers moi, agacés.

Je haussai les épaules et reportai mon attention sur la télévision.

— Tu veux qu'on aille acheter à manger à Mega Shake et qu'on teste le nouveau jeu *Star Wars* ? proposa Zeke.

— Ce n'est pas une mauvaise idée du tout, dit Rex. Laisse-moi aller pisser et mettre un pull.

Rex traversa le couloir et la porte de la salle de bains se referma.

Maintenant que nous étions seuls tous les deux, je sentis à nouveau une tension entre nous. Et j'étais presque sûre de ne pas l'imaginer. Les mains posées sur ses cuisses, Zeke me regardait, redevenu entièrement sérieux. Le jeu était sur pause et le silence régnait dans la pièce. Même lorsque nous n'avions rien à faire, il nous était habituellement facile de discuter ensemble. Mais là, nous ne semblions plus savoir comment nous parler.

— Comment va Rochelle ? demandai-je, posant la première question qui me vint à l'esprit.

Je les avais vus plus amoureux que jamais la semaine dernière et j'étais surprise qu'il ne soit pas venu avec elle.

— En fait, on s'est séparés.

En entendant ces mots, je fus transie de choc. Ce n'était pas seulement mon imagination qui s'emballait. Il venait vraiment de dire ça. Pourtant, ils semblaient heureux ensemble.

— Oh. Pourquoi ? demandai-je.

— Ça n'a juste pas marché, soupira-t-il. Je pense qu'elle n'était pas la bonne pour moi, ajouta-t-il avec un nouveau regard intense, disant davantage avec ses yeux qu'avec sa bouche.

— C'est toi qui a rompu ?

Il acquiesça.

— Oh... je suis vraiment désolée.

— Merci. Mais ça va.

Je continuai à l'observer, toujours choquée par la nouvelle. Ils étaient si amoureux... Comment la situation avait-elle pu autant dégénérer ? Rochelle était toujours tellement gentille et douce. Je ne l'imaginais pas faire la moindre erreur avec lui.

— Elle a fait quelque chose ? demandai-je finalement.

— Non, répondit-il en secouant la tête. J'ai juste compris que nous allions trop vite alors que je ne voyais pas d'avenir entre nous. J'ai pensé qu'il valait mieux mettre un terme à notre histoire maintenant, plutôt que risquer de la faire souffrir davantage plus tard.

Son explication évasive ne répondait pas à ma question. Il manquait quelque chose, mais il refusait de me dire quoi. Je me levai et vins m'asseoir près de lui sur le canapé, oubliant l'effet que me faisait sa proximité. Ma cuisse contre la sienne, je passai mes bras autour de son cou.

— Je suis vraiment désolée, murmurai-je. Je sais que ça doit être difficile pour toi.

Il s'immobilisa un instant avant de serrer ma taille entre ses bras musclés. Il baissa son visage vers mon cou et j'entendis sa respiration régulière, alors que des effluves de son odeur me parvinrent, me rappelant des aiguilles de pin.

— Merci, répondit-il finalement.

Je me sentais incroyablement bien entre ses bras, comme chez moi. J'aurais pu rester ainsi éternellement, à profiter de sa chaleur naturelle. J'avais envie de caresser son dos et de sentir les muscles sous son t-shirt. Je voulais être nus sous les draps dans mon lit. Je voulais enrouler mes jambes autour de ses hanches et le sentir me pénétrer de toute sa force.

Et je me sentais coupable de toutes ces pensées. Il venait de rompre avec Rochelle, et je n'arrivais pas à penser à autre chose qu'à l'attirer dans mon lit pour réaliser mes fantasmes. Je me forçai à lâcher son cou pour m'éloigner de lui.

Même si je le désirais, j'étais aussi son amie. Alors, je me forçai à demander :

— Tu es sûr que c'est la bonne décision ?

Lorsque je relevai la tête, son regard bleu était fixé sur mon visage. Il desserra lentement ses doigts, qui agrippaient toujours ma taille.

— Rochelle était géniale, Zeke, continuai-je. C'est clairement la fille la plus super que tu nous aies jamais présentée. On l'adore tous. Peut-être que tu devrais prendre le temps d'y réfléchir.

— Non, je n'ai pas besoin d'y réfléchir, répondit-il dans un souffle à peine audible.

Pourquoi avais-je l'impression que ses mots portaient un sens qui m'échappait ?

— J'ai pris la bonne décision, reprit-il en lâchant ma taille. Je n'ai pas de doute. J'admets que je souffre, et qu'il me faudra du temps pour oublier notre relation. Rochelle est vraiment une personne exceptionnelle. Mais je sais où est ma place — et ce n'est pas auprès d'elle.

Il semblait si sûr de lui que je ne remis plus son choix en question.

— Je suis là si tu as besoin de quoi que ce soit. Même simplement de parler à quelqu'un, dis-je.

— Je sais, répondit-il avec un regard affectueux.

Tout semblait enfin comme avant. Nous étions deux amis prêts à tout l'un pour l'autre. La conversation se déroulait naturellement, et je passais du temps avec mon meilleur ami.

— Lorsqu'on s'est séparés avec Ryker, je n'ai pas vraiment discuté avec quelqu'un. J'ai juste essayé de ne pas penser à lui. Et un jour, j'ai fini par l'oublier.

— Je vais essayer de faire ça, dit-il en hochant la tête. Mais je ne pense pas avoir eu une relation aussi intense avec Rochelle que vous deux.

— J'imagine...

— Tu penses toujours à lui ? demanda-t-il en remarquant mon expression.

— Non, répondis-je automatiquement.

Depuis que j'avais découvert mes sentiments pour Zeke, je ne pensais à personne d'autre. Je ne regardais même pas les autres mecs. Quand j'avais vu Ryker quelques semaines auparavant, j'avais surtout été triste pour lui. Je n'avais pas eu envie qu'il me prenne dans ses bras ou qu'il m'embrasse. Il était simplement un homme que j'avais aimé.

— Je l'ai revu l'autre jour et je n'ai rien ressenti. C'est étrange.

— Quand l'as-tu vu ?

— Après le travail, mentis-je rapidement, nous sommes partis en même temps. Nous avons discuté un moment, et il semblait vraiment déprimé par la mort de son père. Il a un peu parlé de lui, mais c'est tout. Mais à son silence, j'ai compris qu'il souffrait vraiment. Je ne l'ai jamais vu comme ça. D'habitude, il blaguait et faisait des allusions sexuelles à tout bout de champ. Je me suis sentie mal pour lui... j'ai eu envie de le réconforter. Mais c'est tout. Rien de plus.

Zeke m'écoutait avec attention, pendu à mes lèvres.

— J'ai du mal à croire que j'ai jamais été amoureuse de lui, continuai-je. J'ai du mal à croire que je l'ai oublié. C'est juste... étrange.

— Je comprends ce que tu veux dire.

— Même si notre histoire s'est mal terminée, je ne la regrette pas. Et je m'en souviens toujours avec tendresse, même s'il m'a brisé le cœur. Je suis heureuse de ne pas être amère et de pouvoir distinguer l'homme bien en lui quand je le regarde.

— C'est parce que tu es comme ça, Rae. Tu vois toujours le bon dans les gens.

— Merci, répondis-je en souriant automatiquement à son compliment.

— C'est ce que j'aime chez toi.

Son choix de mots me fit frissonner des pieds à la tête. Je comprenais le contexte dans lequel il l'avait dit, mais je ne pouvais m'empêcher de l'entendre autrement. Je savais bien que j'étais éperdument amoureuse de Zeke, loin du béguin. C'était de pire en pire, et je constatais à quel point.

— Moi, j'aime tout chez toi, répondis-je doucement.

– IL A ROMPU AVEC ROCHELLE ? s'exclama Jessie en levant les bras en l'air, manquant de renverser son verre. Tu es sérieuse ?

— Il est célibataire ? demanda Kayden.

Sa coiffure était parfaite, et elle portait une robe presque trop courte. Elle s'était complètement mise en valeur, et tous les mecs du bar la fixaient en bavant. En comparaison, Jessie et moi avions l'air de trolls.

— Genre, complètement disponible ? renchérit Jessie. Genre, il dort tout seul cette nuit ?

— Ouais, répondis-je en sentant une vague de joie à l'idée qu'il ait quitté Rochelle, immédiatement remplacée par une culpabilité plus intense. Il a dit qu'il avait compris qu'elle n'était pas la bonne pour lui. Il ne m'a pas donné plus de détails, malheureusement.

— C'est tellement soudain, remarqua Kayden. Peut-être qu'elle a fait quelque chose mais qu'il la protège. Qu'elle l'a trompé, un truc comme ça.

— Non, dit Jessie. Zeke nous le dirait.

— J'en doute, la contredit Kayden. Il sait qu'on agresserait Rochelle.

— Je n'arrive pas à imaginer Rochelle faire une chose pareille, dis-je. Elle l'aimait. Je le sais.

Et à ces mots, je me sentis mal pour elle. Elle était probablement chez elle en train de pleurer toutes les larmes de son corps, comme moi lorsque Ryker m'avait quittée.

— C'est vrai, admit Jessie. Je le pense aussi.

— Tu as raison, accepta Kayden.

— Alors..., reprit Jessie avec un sourire malicieux, comme si elle avait une idée derrière la tête. Tu vas lui parler ?

— Absolument pas, répondis-je, horrifiée à cette idée.

— Quoi ? demanda Jessie, surprise. Après tous ces rêves, après avoir prétendu que tu étais à New York, tu ne vas pas lui avouer tes sentiments ? Tu plaisantes, j'espère ?

— Il *vient* de rompre avec Rochelle, dis-je à voix basse en me penchant vers elle.

— *Et alors* ? me répondit-elle sur le même ton, moqueuse.

— Il est célibataire depuis genre, deux jours, me défendis-je. Ça ne se fait pas.

— Pourquoi pas ? demanda Jessie en croisant ses bras sur sa poitrine. Lui parler pendant qu'il était avec Rochelle aurait été un coup de salope. Mais là, je trouve qu'il n'y a pas de problème.

— Pareil, renchérit Kayden. Moi, je lui parlerais dès maintenant.

— Même si c'est lui qui a rompu, je doute qu'il soit prêt pour autre chose, protestai-je. Je vais lui laisser du temps avant de faire quoi que ce soit. Et puis, on parle de Zeke. C'est mon meilleur ami. Si je lui avouais brusquement mes sentiments, il flipperait probablement.

— J'en doute, dit Jessie. Les mecs adorent être dragués. Crois-moi.

— Je ne vais rien faire tout de suite, répétai-je.

Après ma relation avec Ryker, je n'avais pas été prête à sortir avec quelqu'un d'autre tout de suite, encore moins un ami proche.

— Zeke est super sexy, me rappela Jessie. Genre, vraiment sexy. Si tu attends trop, c'est une autre qui l'aura.

Simplement le voir avec Rochelle me rendait jalouse. S'il se remettait à sortir avec des filles, ça me briserait le cœur. Je voulais simplement avoir l'occasion de lui dire ce que je ressentais. S'il partageait mes sentiments, tant mieux. Mais s'il cherchait quelqu'un d'autre, je soignerais mon cœur meurtri et je réussirais à l'oublier.

— C'est un risque que je dois prendre, dis-je. Je vais lui laisser un mois. Je verrai comment il se sent à ce moment-là. Et s'il va mieux, je lui dirai.

— Un mois ? demanda Jessie, incrédule. Trente jours ? Je me remets de mes ruptures plus rapidement.

— Il a été avec Rochelle pendant plus de six mois, remarqua Kayden en buvant son cocktail.

Ils s'étaient même dit qu'ils s'aimaient. Cette relation était vraiment différente de toutes les précédentes pour Zeke.

— Et puis, je ne voudrais pas qu'on soit juste des amis qui baisent ensemble pour lui remonter le moral. Je me ferais niquer, comme avec Ryker.

— Ouais, c'est clairement le bon terme, dit Jessie en gloussant.

— Quelle blague fine, grimaçai-je. Même pour toi.

— Ben, c'est vrai, dit-elle en haussant les épaules.

— Alors, dans trente jours..., murmura Kayden, songeuse. À la fin de ce mois, on va te traquer.

— Ouais, je sais, répondis-je.

De toute façon, j'aurais probablement besoin d'encouragements.

Kayden repéra un mec à l'autre bout de la pièce. Il la reluquait, et elle lui rendit son regard.

— Excusez-moi, je vais aller me faire niquer aussi, dit-elle en se levant.

— Bordel, s'exclama Jessie, c'était bien plus crade dans sa bouche que dans la mienne.

— Tu n'as pas ramené un mec hier soir ? demandai-je à Kayden, qui l'avait mentionné lorsque nous attendions Jessie.

— Si, répondit-elle, une main sur la hanche. Et alors ?

— C'est juste...

Je ne voulais pas lui dire crûment que c'était une attitude de salope, mais... dernièrement, c'était comme ça qu'elle se comportait.

— On dirait juste que tu sors avec plus de mecs que d'habitude... beaucoup plus, formula plus poliment Jessie.

— Je suis célibataire, remarqua Kayden. Je peux faire ce que je veux.

— Bien sûr, mais tu ne trouves pas que tu t'emballes un peu ? demandai-je.

Je ne souhaitais pas la blesser, mais elle semblait se jeter sur tous les mecs qui passaient. Comme si elle faisait un concours dont elle ne nous avait pas parlé.

— Ça va très bien, je te remercie, répondit-elle d'un ton acide avant de s'éloigner, sa pochette à la main. À plus tard, les filles. Je vais me faire sauter.

Jessie la regarda s'éloigner vers le prochain mec sur sa liste avant de se tourner vers moi.

— Je suis un peu inquiète..., dit-elle.

— Moi aussi.

— Il lui arrive quoi, tu penses ?

— J'en sais autant que toi, répondis-je en haussant les épaules.

13

Rae

Je ne vis pas Zeke pendant une semaine.

Maintenant qu'il était célibataire, j'étais terrifiée à l'idée qu'il ramène une autre femme, et de manquer ma chance — pour la seconde fois. Depuis son célibat, mes rêves étaient devenus incroyablement érotiques. On se sautait dessus dans tout l'appartement — mon lit, la douche... Même dans le couloir devant ma porte d'entrée.

Il me faisait jouir si souvent que je n'avais pas besoin d'un homme — ni de mon vibro.

Mais je ne me sentais plus coupable pour mes fantasmes. Il n'était plus avec Rochelle, donc techniquement, je ne faisais rien de mal. Dans l'après-midi, avant que Rex ne rentre du travail, je sortis mon vibro et imaginai Zeke torse nu sur le terrain de basket.

Une vue pareille suffisait à m'allumer pour des semaines.

Au lieu de me sentir cochonne, j'étais de plus en plus attachée à lui. J'avais l'impression d'être déjà dans une relation étrange et tordue avec lui, même s'il n'était pas au courant. Je savais que ces pensées étaient dignes d'une grosse tarée, mais ça ne me dérangeait pas d'être un peu folle quand ça concernait Zeke.

Vendredi après le travail, il m'envoya un message. *On se fait un match ?*

Je manquai de tomber de mon lit en lisant son message. Au lieu de la jouer détendue, je lui répondis immédiatement. *Volontiers. Quand ?*

Dans vingt minutes.

On se retrouve là-bas.

Ça marche.

Mon cœur accéléra avec une décharge d'adrénaline. Je me sentis électrique, et mon anxiété me rappela chacun de mes premiers rendez-vous avec un homme. Mais ce n'était pas un rendez-vous ; nous étions simplement deux amis qui allions jouer au basket.

Mais pour moi, c'était bien plus.

J'espérais qu'il enlèverait son t-shirt.

Il faisait beau — le temps était doux, avec un grand soleil.

J'avais toutes mes chances.

JE PRIS SAFARI AVEC MOI, parce que je savais qu'il rêvait de sortir dehors. Vivre dans mon appartement n'était pas l'idéal pour lui. Un jour, j'aurais une maison, et il pourrait courir dans le jardin, et chier sur la pelouse pour déclarer que c'était la sienne.

Lorsque j'arrivai sur le terrain, Zeke était déjà en train de tirer des paniers.

Et il était torse nu.

Quelle bonne putain de journée.

Il lança le ballon puis le rattrapa avant qu'il ne roule hors du terrain. Il me fit son sourire parfait, dents droites et son visage séduisant, et me salua en coinçant la balle sous son bras.

— Hé ! C'est ma personne favorite !

— Je suis ta personne favorite ? demandai-je sans pouvoir arrêter de sourire.

— Je parlais de Safari, répondit-il avec un rire sexy. Mais tu es seconde de peu, ajouta-t-il avec un clin d'œil.

Qui me fit totalement fondre.

Sérieusement, comment ne l'avais-je pas remarqué plus tôt ?

Il était sexy. Genre, de manière évidente. Il était gentil et adorable. Intelligent et bienveillant. Et son corps... wow. Il était simplement parfait. Pourquoi étais-je sortie avec tous ces ratés alors que j'aurais pu être avec Zeke ?

Quelle grossière erreur.

— Au moins je suis sur ta liste, murmurai-je une fois remise de mon émotion.

— Tu es toujours sur ma liste, Rae, dit-il en se penchant pour caresser Safari. Comment va mon bonhomme ?

Safari haletait, les yeux mi-clos, profitant du massage.

— Il avait besoin de prendre l'air. Je me suis dit qu'il pourrait faire l'arbitre, dis-je.

— Ce n'est pas juste, protesta Zeke. Il sera totalement partial.

— Contre toi ?

— En fait, contre toi, rétorqua Zeke avec un petit sourire malicieux.

Il se redressa de toute sa hauteur, le torse scintillant de sueur après son petit entraînement.

— Tu es prétentieux aujourd'hui, remarquai-je en approchant les mains de ses côtes et en me mettant à le chatouiller sans réfléchir.

— Je suis toujours prétentieux, répondit-il en riant et en se protégeant de mon attaque.

Mais son corps était tellement dur que j'avais l'impression de chatouiller de l'acier.

— On verra si tu te sens toujours aussi prétentieux quand je t'aurais botté le cul, lançai-je.

— Je me souviens distinctement que c'est ton cul qui s'est fait botter la dernière fois.

— Ben, c'était parce que —

Je me tus avant de dire quelque chose de stupide.

— J'étais un peu malade, repris-je.

— Si tu le dis...

Nous commençâmes le match et fîmes de notre mieux. Zeke était rapide, profitant de sa vitesse et de sa taille, et je ne pouvais pas faire grand-chose pour l'arrêter lorsqu'il me dépassait à tout vitesse. Il marqua un panier et me passa le ballon.

— C'est mal parti.

— Ferme-la et joue.

— Tu n'as jamais aimé perdre, remarqua-t-il en souriant.

Je dribblai et m'approchai en courant du panier. Zeke fut instantanément sur moi, son corps parfait venant bloquer tous mes lancers. Il leva les bras en l'air avant que je puisse lancer le ballon. Son torse était comme un mur — aucun moyen de le traverser.

Mais je n'avais pas vraiment envie de le traverser. Je voulais me mettre contre lui et griffer doucement son ventre et ses bras musclés. Je n'avais même pas envie de jouer au basket. Je voulais le repousser sur le dos et lui grimper dessus, ici et maintenant.

Son corps me distrayant, il me prit facilement le ballon des mains. Zeke traversa le terrain et marqua un panier.

— Non ! m'écriai-je.

— On dirait que tu vas encore te faire démonter...

— Tu as eu de la chance, répondis-je, en espérant silencieusement me faire démonter en dehors de la partie aussi.

— Être un bon basketteur n'a rien à voir avec la chance. C'est un fait.

— Passe-moi le ballon, on va voir qui est le meilleur basketteur, rétorquai-je en plissant les yeux.

ZEKE ME BATTIT — largement.

Mais pour ma défense, il m'était difficile de me concentrer lorsqu'il dévoilait son torse sexy. Pas étonnant que tous les joueurs de la NBA portent des maillots pour jouer. Sinon, ce serait beaucoup trop de foutues distractions pour tout le monde.

En vrai gentleman, Zeke ne jubila pas trop.

— Tu veux aller manger à Mega Shake ? proposa-t-il.

— Je ne dirais pas non à un burger gras, et à des frites encore plus grasses...

Il se pencha pour ramasser son t-shirt et commença à l'enfiler.

— Non !

Il s'arrêta à mi-geste et me regarda avec surprise sans comprendre le sens de mon cri.

Merde, j'avais vraiment crié ?

— J'ai cru qu'il y avait une araignée..., balbutiai-je.

Il finit d'enfiler son t-shirt, qui vint couvrir son torse et son ventre parfaits.

Je soupirai comme si je venais de perdre la source de ma joie.

— Allez, mon pote ! appela Zeke. On va manger.

Safari vint immédiatement à ses côtés.

Nous parcourûmes les quelques pâtés de maisons jusqu'au restaurant. Safari resta devant la porte, attaché à un poteau. Il était à l'ombre du store, et les clients qui passaient lui caressaient la tête.

Nous nous lavâmes les mains, commandâmes et nous installâmes à une table avec nos plateaux.

Je me répétais qu'il ne pouvait pas manger torse nu dans le restaurant, donc qu'il fallait que j'arrête d'y penser. Mais s'il passait la nuit chez moi, il aurait pu rester torse nu tout le temps... quelle idée agréable.

— Qu'est-ce qui te fait sourire ?

— Hein ? demandai-je, surprise.

— Tu as eu un grand sourire tout à coup, et je suis curieux de savoir pourquoi, répéta-t-il avant de mordre dans son burger.

— Oh... je me suis souvenue d'une blague qu'on m'a raconté aujourd'hui.

— Je ne savais pas que Jenny racontait des blagues.

— Elle a ses moments..., marmonnai-je en baissant les yeux sur mon plateau.

Zeke mangea en silence, dévorant sa nourriture après ce sport. Il arrivait tout de même à rendre l'action sexy. Il ouvrait grand la bouche et mâchait rapidement, ses yeux sur son repas. Lorsque de la sauce s'amassa à la commissure de ses lèvres, il l'essuya avec son pouce puis le lécha.

Bon Dieu, je ne pourrais pas tenir trente jours.

Je voulais lui parler tout de suite.

Et s'il me refusait, je lui proposerais probablement quand même une partie de jambes en l'air. Après des mois de rêves et de sessions avec mon vibro, j'avais besoin de tester en vrai.

— Comment ça se passe au travail ? demandai-je, simplement pour me changer les idées.

— Bien. J'ai un patient atteint d'un cancer de la peau. Mais nous avons pu enlever les tissus infectés, et il semble bien remis. Je pense que nous sommes parvenus à l'arrêter avant qu'il ne se propage.

— Tant mieux, dis-je avec enthousiasme

J'adorais l'investissement de Zeke pour son travail. Ses patients lui importaient vraiment, et il faisait toujours de son mieux pour eux. Sa paie semblait être le cadet de ses soucis. Son emploi du temps était complet des mois à l'avance parce que tout le monde savait qu'il était le meilleur dermatologue de l'état. Il n'avait pas seulement de grandes connaissances ; il possédait aussi une compassion rare.

Bordel, mais comment ne l'avais-je pas remarqué avant ?

J'aurais pu sortir avec lui quand il était amoureux de moi.

Nous serions en train de baiser à l'heure qu'il est.

Mais j'étais sortie avec Ryker à la place... l'homme qui m'avait brisé le cœur.

Zeke ne me ferait jamais une chose pareille.

La tristesse me tomba dessus soudainement, et je me sentie si déprimée que j'eus l'impression de ne jamais plus parvenir à être heureuse.

Avec son sixième sens, Zeke détecta mon humeur.

— Tout va bien ? demanda-t-il.

— Ouais, bien sûr. Je suis triste pour ton patient, c'est tout. Ça a dû être effrayant.

— Ouais, c'est assez traumatisant. Mais au moins, il va mieux. Et toi, comment se passe le travail ?

— Plutôt bien. Toujours pareil.

Il piocha quelques frites et les avala avant de demander :

— Alors... Tu vois quelqu'un en ce moment ?

— Bien sûr que non, lâchai-je sans réfléchir, et je regrettai mes mots instantanément. Je... Non. Je ne vois personne.

Il n'y avait qu'un homme que je voulais dans mon lit. Il venait de devenir célibataire une semaine auparavant, et je devais encore me retenir.

— Et toi ? finis-je par demander.

Dis non s'il te plaît.

Dis non s'il te plaît.

Dis non s'il te plaît.

— Non, répondit-il. Je passe beaucoup de temps à la maison. Je joue surtout à la console.

Oh, Dieu merci. S'il s'était maqué avec une ex pour se changer les idées, j'en aurais été malade.

— À quel jeu ? demandai-je.

— Le jeu de course auquel on joue avec Rex.

— Cool.

Il resta silencieux un moment.

— Rochelle est passée chercher ses affaires hier..., dit-il finalement.

Je me sentis immédiatement coupable de le désirer alors qu'elle souffrait autant. Elle venait de perdre le meilleur mec au monde. Personne ne pouvait bien le vivre.

— Comment va-t-elle ? demandai-je.

— Toujours pareil. Elle m'a demandé si on ne pouvait pas donner une autre chance à notre relation.

— Oh..., murmurai-je en sentant mon cœur cesser de battre.

— J'ai refusé. Et elle s'est remise à pleurer, soupira-t-il. Je me sens tellement minable de la faire souffrir. Elle ne mérite pas ça. J'aimerais... j'aimerais qu'elle puisse m'oublier.

— Non... elle ne voudrait jamais ça.

Malgré ce que Ryker m'avait fait, je ne regrettais pas notre histoire. Je l'avais vraiment aimé, et même lorsqu'il m'avait quittée, ça n'avait pas changé mes sentiments. C'était dommage que notre relation se soit terminée, mais ces quelques mois avec lui étaient meilleurs que rien du tout.

— Elle se sent peut-être très mal tout de suite, mais ça passera, repris-je. Un jour, elle se rappellera de toi avec joie. Elle a juste besoin de temps pour en arriver là.

— Est-ce ainsi que tu penses à Ryker ?

— Ouais, acquiesçai-je. Le voir souffrir autant du décès de son père me brise le cœur. Et je sais que c'est parce que je l'aimais. Lorsque tu as aimé une personne un jour, elle garde toujours une place dans ton cœur. Je m'inquiéterai toujours pour lui, et je veux le meilleur pour lui. Je ne pense plus à la manière dont il m'a faite souffrir. Je le vois simplement... comme il est.

— Je comprends ce que tu veux dire.

— Elle s'en remettra, Zeke. Ne culpabilise pas trop.

— J'imagine..., murmura-t-il.

— À moins que tu ne souhaites être avec elle...

— Non, répondit-il immédiatement. La semaine qui vient de passer m'a simplement convaincu que j'avais pris la bonne décision.

Il me regarda intensément un long moment avant de détourner les yeux.

— J'aurais juste aimé qu'elle ne le prenne pas si mal, dit-il. Elle sera toujours importante pour moi, et je veux le meilleur pour elle. Mais je ne peux plus être avec elle.

Il ne m'avait jamais dit pourquoi il avait rompu avec elle. J'espérais simplement qu'il lui avait fourni une bonne explication.

— Tu t'es simplement réveillé un matin, et tes sentiments n'étaient plus là ? demandai-je.

— J'imagine, répondit-il vaguement.

— Peut-être que c'est pour ça qu'elle le vit si mal... parce qu'il n'y a pas de raison concrète.

— Peut-être, dit-il. Mais j'ai été très clair sur le fait que mon cœur n'y était plus. Je pense qu'elle s'est emballée lorsque je lui ai dit qu'elle était ma relation la plus longue et la plus sérieuse. Je n'aurais pas dû précipiter les choses... J'aurais dû ralentir.

— Tu as fait ce qui te semblait juste sur le moment. Tu ne devrais pas le regretter.

— Mouais...

Il termina son repas et essuya ses doigts sur une serviette.

— Rochelle trouvera quelqu'un d'autre. C'est une femme géniale.

— Je sais, soupira-t-il. J'espère que ça arrivera vite.

Je terminai mes frites et me retins de trouver une excuse pour aller chez lui. C'était un lieu vraiment romantique, avec des arbres qui entourant la maison, du mobilier sombre et des tableaux lumineux sur les murs. Peut-être me verrait-il à nouveau comme davantage qu'une amie ? Je ne savais pas exactement comment y parvenir. Je ne savais même pas vraiment ce qui l'avait attiré en moi à l'origine.

— Que fais-tu aujourd'hui ? demandai-je.

— Je pensais jouer à la console en rentrant à la maison.

— Et bien, le match des Mariners est diffusé aujourd'hui. Tu veux le voir ?

Je ne voulais pas l'inviter chez moi parce que l'abruti qui me servait de frère ne savait pas débarrasser le plancher.

— C'est une très bonne idée. Tu veux aller chez moi ? proposa-t-il, comme s'il lisait dans mes pensées.

— Volontiers. Je vais passer me changer chez moi avant.

— D'accord. Mais alors, Rex va vouloir venir.

Voulait-il être seul avec moi ?

— Où est le problème ?

— Aucun problème. Je pensais simplement que tu voulais un peu d'espace.

— C'est le cas, lâchai-je. J'en ai vraiment besoin.

— Dans ce cas, tu peux te doucher chez moi et porter mes vêtements.

— D'accord..., murmurai-je, sans arriver à empêcher mon excitation de transparaître dans ma voix.

Un fantasme devenu réalité — porter son t-shirt chez lui. Peut-être que je pourrais même l'apercevoir sous la douche si je me débrouillais bien...

— Et puis, Safari adore mon jardin, ajouta-t-il.

— C'est vrai.

— Tu es prête ? demanda-t-il en empilant nos déchets.

— Absolument.

ZEKE ALLA SE doucher en premier et je restai regarder le match sur le canapé.

J'envoyai un message à Jessie. *J'ai joué au basket avec Zeke aujourd'hui, et maintenant je suis chez lui... juste nous deux.*

Les trois points apparurent immédiatement sur le fil de discussion. *Saute. Lui. Dessus.*

Je ne peux pas. C'est pour ça que je t'écris. Mes hormones font n'importe quoi. J'ai besoin que tu me fasses entendre raison.

Tu t'adresses à la mauvaise personne, amiga.

Jessie !

Chope-le, ma poule.

Tu ne m'aides vraiment pas...

Je t'aide, à te faire sauter.

Je verrouillai mon écran pour ne plus voir ses messages. Cette conversation avait l'effet inverse sur mon objectif. Je voulais mettre mon vibro à la retraite et le remplacer par Zeke à plein temps. Je regardai par la fenêtre et vis Safari assis dans l'herbé, profitant du plein air. Je savais que nous adorerions tous les deux vivre ici, si nous en avions l'opportunité.

Et voilà, je m'emballais.

Zeke apparut, vêtu d'un short et d'un t-shirt. Ses cheveux étaient encore humides et il sentait le propre, et l'homme. J'avais presque espéré le voir sortir de la salle de bains avec une serviette autour des hanches. Ça se passait ainsi dans les livres, alors pourquoi ça ne m'arrivait pas à moi ? C'était vraiment injuste. Zeke déposa une serviette et des vêtements sur le canapé.

— Tiens. Il te faut autre chose ?

— Non, c'est parfait. Merci.

— Bon. Je t'attends, dit-il en s'installant sur le canapé et en prenant sa bière posée sur la table basse.

J'entrai dans la salle de bains et refermai la porte derrière moi. Je ne m'étais encore jamais douchée chez lui. En fait, je n'étais jamais restée dormir. Même si mon appartement était petit et qu'on y était à l'étroit, c'était là-bas que tout le monde se rassemblait.

J'ouvris l'eau et me lavai. L'eau chaude m'enveloppa comme un cocon. Je remarquai l'éponge de Zeke à côté de son shampoing. Sa présence se devinait partout. Je l'imaginai dans la douche, l'eau ruisselant sur son torse puissant. Peut-être arriverais-je à penser correctement si je libérais la tension entre mes cuisses ? Me sentant coquine mais aussi excitée, je me touchai dans sa douche et l'imaginant ici avec moi.

Je jouis au bout de quelques minutes, en pensant à lui tout le temps. Je parvins à rester silencieuse, et l'eau étouffa les petits gémissements que je poussai.

Je ne m'étais jamais masturbée chez quelqu'un d'autre, mais je n'avais pas réussi à repousser la pulsion qui s'était emparée de moi.

Et je me sentis beaucoup mieux ensuite.

Une fois sèche et habillée, je retournai dans le salon.

— Tu te sens mieux ?

— Comment ?

Putain, il savait ?

— Maintenant que tu es propre, clarifia-t-il. À quoi pensais-tu ?

— Rien, je..., bégayai-je en sentant mes joues rougir. J'aime beaucoup ton shampoing.

— Head & Shoulders ?

— Ouais... Moi aussi, j'ai des pellicules.

Je m'assis à l'autre bout du canapé et rassemblai mes genoux contre ma poitrine.

— Alors, les Mariners mènent, hein ? demandai-je pour changer de sujet.

— Ouais. Ils viennent de marquer, dit-il en se tournant vers l'écran.

Maintenant que son attention n'était plus sur moi, je me remis à respirer normalement.

14

Rex

Je pensais que j'irais mieux avec le temps, mais en réalité, c'était de pire en pire.

Je n'arrêtais pas de penser à Kayden et aux mecs avec qui elle passait ses nuits. J'avais mis fin à notre arrangement parce que Zeke m'avait prévenu qu'elle risquait de s'attacher. Mais à présent, je me demandais si ce n'était pas moi qui m'étais attaché.

Si ?

Je n'avais couché avec personne depuis Kayden, et un mois était passé sans sexe. C'était ma plus longue période d'abstinence. Le fait qu'elle soit volontaire la rendait encore plus inhabituelle.

C'est pourquoi je décidai de sortir dans un bar et de me trouver une minette. J'avais peut-être simplement besoin de me remettre en selle pour oublier Kayden. Clairement, elle était déjà passée à autre chose. Je devais faire de même.

Je m'installai au bar et regardai autour de moi mais ne vis

personne qui m'intéressait. Juste une mer de jambes et de cheveux. Je fixai davantage ma bière que les clientes. Après presque une demi-heure inutile, je réglai ma note et me préparai à partir.

C'est alors que je la vis.

Kayden était vêtue d'une robe noire moulante. Ses cheveux blonds étaient lissés et elle portait des boucles d'oreilles en diamant noir. Belle comme une vision, elle rendait tout le reste du décor flou et fade.

Je ne pouvais cesser de la regarder.

Elle observait la foule dans le bar, comme si elle était à la recherche de quelqu'un. Lorsqu'elle posa les yeux sur moi, ils s'agrandirent de surprise.

Je continuai à la fixer sans savoir quoi faire. Je me sentais soudain nerveux et mal à l'aise. Nous n'avions pas réellement discuté depuis notre rupture, un mois auparavant. Ma tentative de contact lorsque je lui avais apporté de la soupe n'avait rien donné. Je n'avais pu lui parler à travers sa porte entrouverte que quelques minutes avant qu'elle ne me congédie.

Elle reprit contenance et s'approcha de moi.

— Salut.

— Salut, répondis-je.

Elle était tellement belle que j'avais envie de l'attraper par les épaules et de l'embrasser. Mais je n'osai pas et me contentai de la fixer.

— Tu es magnifique ce soir, murmurai-je finalement.

— Merci..., répondit-elle, ses joues rosissant immédiatement.

Pouvais-je lui proposer de recoucher ensemble ? Où avais-je perdu cette possibilité à l'instant où j'avais mis fin à notre arrangement ?

— C'est sympa de te voir. J'ai l'impression qu'on ne parle plus, repris-je.

— Oui, je suis d'accord avec toi. J'ai été occupée.

À se taper tous les mecs de la ville.

— Ouais...

— Alors, quoi de neuf ?

— Bah, tu sais, le travail, la routine. Je joue beaucoup à la console avec Zeke.

— Cool.

— Comment ça se passe à la bibliothèque ?

— Bien.

Un silence gêné s'installa.

J'étais sorti ce soir pour ramener une fille chez moi, mais maintenant que Kayden était en face de moi, je réalisai que je ne voulais personne d'autre. C'est elle que je voulais dans mon lit, ses jambes enroulées autour de ma taille. Je voulais l'entendre murmurer mon prénom quand je la ferais jouir.

— Je sais que c'est un peu dingue, mais —

— Salut, poupée, dit un mec séduisant en chemise en apparaissant à côté de Kayden et en passant son bras autour de sa taille. Tu es à croquer ce soir.

— Oh, merci, répondit-elle en replaçant une mèche de cheveux derrière son oreille. Toi aussi.

Je sentis de la bile me monter dans la gorge.

— Je peux t'offrir un verre ? continua le mec.

À sa manière de prétendre que je n'existais pas, il était clair qu'il me considérait comme un rival. Il avait probablement remarqué que je la reluquais aussi, et il voulait affirmer sa position.

— Ouais, volontiers, répondit Kayden. Au fait, voici mon ami Rex.

Son ami Rex.

Juste son ami.

Un mec qu'elle avait déjà oublié.

— Ravi de te rencontrer…., dis-je en tendant la main, me forçant à être poli.

— Ouais, pareil, répondit-il sèchement en me regardant comme si j'étais un insecte.

— À plus tard, Rex, me lança Kayden en s'éloignant avec le mec.

Je les regardai jusqu'à ce qu'ils disparaissent de ma vue, me sentant vraiment mal. Je n'aurais pas dû ressentir de la jalousie ou des regrets. C'était moi qui avait mis fin à notre relation avant qu'elle ne puisse devenir sérieuse. Kayden avait tous les droits de se comporter de la sorte — de vivre sa vie.

Mais je me sentais quand même au trente-sixième dessous.

JE RENTRAI à l'appartement et jetai mes clefs sur le comptoir, mais j'étais tellement perturbé d'avoir vu Kayden avec ce mec que je manquai ma cible et elles tombèrent sur le sol. Elles atterrirent sur le carrelage avec un tintement sonore.

Rae était installée à la table de la cuisine devant son ordinateur portable, probablement en train de travailler. Elle ramenait régulièrement du boulot à la maison lorsqu'elle n'avait pas eu le temps de le terminer au labo. En général, il s'agissait de calculs.

Je ramassai les clefs et les balançai sur le comptoir. Cette fois, j'y parvins.

— Qu'est-ce qui t'arrive ? demanda Rae.

— Rien.

— Il est à peine vingt et une heures, remarqua-t-elle avec son air de détective agaçante. Ça te ressemble pas.

— J'ai rien trouvé d'intéressant ce soir.

— Ouais, d'accord, répondit-elle en riant. Quand je suis sortie avec Jessie l'autre soir, j'ai vu une femme tellement belle qu'à côté d'elle, Jessie avait l'air d'un troll. Il y a beaucoup de bombes dans la ville. Tu t'es pris un râteau ?

Quasiment.

— Non, je suis resté assis au bar pendant quelques heures et je suis rentré.

— Wow... c'est déprimant.

Si elle savait.

— J'ai vu Kayden... avec un mec, dis-je avec difficulté.

Dire les mots à voix haute me faisait mal. J'aurais pu passer la nuit avec elle. Au lieu de ça, j'allais dormir seul et faire des cauchemars.

Rae soupira, comme si quelque chose la préoccupait.

— Je m'inquiète pour elle, dit-elle. Se taper un mec différent tous les soirs... ça ne lui ressemble pas. Je ne l'avais jamais vue avoir plus de deux copains par an. Et elle a dû avoir une vingtaine de partenaires le mois dernier. Elle dit que tout va bien, mais c'est difficile à croire. Juste après sa grippe, elle s'est mise en chasse et —

— Je vais me coucher. Bonne nuit.

Un mec différent toutes les nuits ? Maintenant, je me sentais vraiment malade. Je ne voulais pas en entendre davantage. Mon cœur se déchirait et j'avais envie de me jeter d'une falaise. La voir avec d'autres hommes me dégoûtait, mais savoir qu'il y en avait eu des douzaines après moi était juste cruel.

15

Rae

Un message illumina l'écran de mon téléphone alors que j'étais assise dans le labo en train de consigner des notes. Je manquai de sauter sur la table et de me mettre à danser en lisant le nom de Zeke. *Tu as faim ?*

Il m'invitait à déjeuner ! T*u as vraiment besoin de demander ?*

J'oubliais que je parle à un ventre sur pattes.

Je lui répondis avec un emoji qui faisait un doigt d'honneur. *Pizza.*

Toujours motivée pour de la pizza.

Je terminai mon projet avant de partir en pause pour retrouver Zeke dans notre pizzeria habituelle. Il était déjà assis à une table, la pizza devant lui — il savait ce que je voulais manger sans avoir besoin de demander.

— Ça a l'air délicieux, déclarai-je en m'installant en face de lui et en me servant immédiatement une part.

— J'ai failli commencer sans toi, mais je suis un vrai gentleman.

— Tu sais que ça me serait égal. Je ne t'aurais pas attendu.

— C'est vrai, reconnut-il avec un rire irrésistible.

Je l'observai en mangeant, mes cuisses serrées l'une contre l'autre. Le bleu de sa tenue de travail le rendait tellement sexy. Toutes les couleurs le rendaient sexy, mais avec le col en v de sa blouse, je pouvais voir le début de la ligne qui séparait ses pectoraux.

— Comment ça se passe au travail ? demandai-je.

— Bien. Je pense engager un autre dermato pour développer le cabinet.

— Oh, c'est cool. Peut-être aussi en ouvrir un second ?

— Non, je ne suis pas si ambitieux. En fait, je voudrais partager ma charge de travail pour avoir plus de temps libre. Actuellement, je suis tellement débordé que je ne peux pas partir en vacances. Je ne me rappelle même plus la dernière fois que j'ai pris un jour de congé en dehors des week-ends.

— C'est vrai. Prends aussi du temps pour toi.

— Ouais, c'est pour ça que je pense à engager quelqu'un. Nous recevrons plus de patients, mais ça ne devrait pas être un problème Pour l'instant, nous sommes complets neuf mois à l'avance.

— C'est dingue.

— Je sais. Personne ne devrait avoir à attendre aussi longtemps pour voir un médecin.

— Pourquoi ne vont-ils pas consulter ailleurs ?

— Je ne sais pas, répondit-il en haussant les épaules. C'est peut-être une question d'assurance.

Je le regardai avec une expression vide. Je n'avais jamais rien compris aux histoires d'assurance.

— J'accepte toutes les assurances, même celles qui remboursent peu, expliqua-t-il. Je pense que c'est pour ça.

— C'est vraiment gentil..., dis-je, me sentant tomber encore plus amoureuse de lui.

— Voilà comment je vois les choses : en grandissant, j'avais un toit, de quoi manger, une assurance santé. Et aujourd'hui, j'ai un super métier qui me permet de ne manquer de rien. Certaines personnes n'ont pas cette chance. Ce n'est pas leur faute. On ne choisit pas toujours sa situation. Alors le moins que je puisse faire, c'est de venir en aide aux personnes qui en ont besoin. Je veux dire, je suis médecin. C'est la définition de mon métier.

Je voulais lui sauter dessus. Il était tellement modeste et bienveillant. Je n'avais jamais rencontré un homme se préoccupant autant des plus démunis. Il était vraiment trop craquant, et j'étais clairement sous son charme.

— Nous avons de la chance de vous avoir, Dr Collins, dis-je en souriant.

— Et bien, merci, répondit-il avec un sourire avant de mordre dans sa pizza.

J'avais envie de le serrer dans mes bras, mais je savais que ça ne mènerait à rien de bon. Il sentirait mes tétons durs, et lorsque je chevaucherais ses hanches, il comprendrait mes intentions.

— Quoi de neuf au labo ? demanda-t-il, me distrayant suffisamment pour calmer le feu entre mes jambes.

— Je travaille sur quelques projets. Des produits biodégradables pour les consommateurs. Le plus dur, c'est trouver le bon délai de péremption. Je n'ai pas encore réussi.

— Je n'imagine pas à quel point ça doit être compliqué.

— Tout comme je ne peux pas imaginer à quel point l'école de médecine doit être compliquée.

— Pas tant que ça, en fait. Tu pourrais le faire. Un singe pourrait le faire.

— D'accord, je pourrais probablement le faire, dis-je. Mais un singe ?

— Ouais, répondit-il sérieusement. C'est comme le jeu du détective. Quelqu'un a un problème, et il faut le résoudre. Tu as plusieurs outils à ta disposition pour ça. Une fois que tu as cerné le problème, tu décides comment le résoudre. C'est assez simple.

À mes yeux, il minimisait beaucoup. Mais je n'étais pas surprise qu'une personne aussi intelligente que lui ne trouve pas l'activité si difficile.

— Tu as quelque chose de prévu ce soir ? demandai-je.

— Non. Jouer à la console.

— Tu as dû terminer ce jeu de course, depuis le temps.

— On ne peut pas vraiment le terminer, expliqua-t-il en haussant les épaules. On peut toujours améliorer son temps sur des courses. J'ai terminé le jeu de tir, par contre. Plutôt sympa. Et toi, tu as des plans ce soir ?

— Plus ou moins. Je m'inquiète pour Kayden.

Ça me travaillait depuis un moment, et j'avais décidé qu'il était temps de la confronter.

— Pourquoi ? demanda Zeke.

— Elle couche à droite et à gauche depuis quelques temps, et ça m'inquiète.

— Je ne vois pas où est le problème, répondit Zeke. Elle est célibataire, elle peut faire ce qu'elle veut.

— C'est simplement que ce genre de comportement ne lui ressemble pas.

— Il me semble que personne ne trouverait rien à dire s'il s'agissait d'un homme, remarqua-t-il en levant une épaule. Mais comme c'est une femme, on présume qu'elle a un problème.

J'adorais le fait que Zeke soit féministe. C'était un vrai gentleman et il se comportait toujours de manière galante, mais pour lui, les femmes étaient ses égales. C'était peut-être ce que je trouvais de plus sexy chez lui.

— Ce n'est pas du tout ce que je voulais dire, expliquai-je.

— Alors, y a t-il une chose que tu ne me dis pas ?

— Non... mais son changement de comportement soudain a commencé après sa grippe. C'est le jour et la nuit, un changement tellement soudain qu'on avait du mal à y croire, Jessie et moi. Je me demande plutôt si c'est elle qui ne nous dit pas quelque chose.

— Ça ne coûte rien de lui poser la question.

— Je veux dire, si elle va vraiment bien et qu'elle a juste eu envie d'un changement, tant mieux pour elle. Mais je la connais depuis toujours, et j'ai l'impression que quelque chose ne va pas.

— Tu la connais mieux que personne, acquiesça Zeke, donc tu dois probablement avoir raison.

— Je vais aller la voir après le travail. J'espère simplement qu'elle le prendra bien. La dernière fois que j'ai essayé de lui en parler, elle était un peu sur la défensive.

— C'est une réaction naturelle, dit-il. Tu sais, quand quelqu'un te remet en question.

— Ouais...

J'avais terminé ma troisième part de pizza, et j'étais rassasiée. Je n'aurais pas pu avaler une autre bouchée même si on m'avait proposé de l'argent.

Zeke m'observait depuis sa place, avec ses beaux yeux bleus lumineux. J'adorais lorsqu'il me fixait, parce que ça me permettait de faire de même. Je décelais de la sagesse en plus de la beauté sur ses traits. Avec sa mâchoire carrée et ses lèvres douces, il était un vrai fantasme. Il était célibataire et complètement disponible, mais je ne pouvais rien faire pour qu'il soit mien. Pas la moindre foutue chose. Je devais attendre encore un peu par respect pour notre amitié.

Mais qui eut pensé qu'être une bonne amie pouvait être si difficile ?

KAYDEN OUVRIT LA PORTE, maquillée et coiffée comme si elle était sur le point de sortir.

Même si nous étions lundi.

Qui sortait draguer un lundi soir ? En général, j'étais vautrée devant ma télé en pyjama, en train de déprimer de devoir attendre toute une semaine avant le week-end prochain.

— Oh, salut. Ça va ? demanda-t-elle en m'invitant à entrer, encore pieds nus. Quoi de neuf ? Il s'est passé quelque chose avec Zeke ?

— Non. Mais les trente jours ne sont pas encore écoulés.

— Très bien, répliqua-t-elle en levant les yeux au ciel. La règle des trente jours est stupide, et tu le sais très bien.

— Tu sors ? demandai-je en m'asseyant sur le canapé.

— Ouais, tu veux venir ?

— Non. En fait, j'espérais qu'on pourrait parler.

Kayden remarqua immédiatement le ton de ma voix. Elle me regarda, soupçonneuse, sachant qu'une discussion désagréable s'annonçait.

— Parler de quoi ? demanda-t-elle.

Je savais qu'elle allait me détester, mais je me forçai à parler :

— En ce moment, tu sors tout le temps et tu te tapes plein de mecs... et je suis toujours un peu inquiète. J'ai l'impression qu'il se passe quelque chose dont tu ne me parles pas.

— Tu y réfléchis beaucoup trop, Rae, répondit-elle en riant. Je ne suis pas un de tes projets scientifiques à analyser.

— Je ne t'analyse pas. Mais on se connaît depuis nos cinq ans. Tu as toujours été la même personne. Et là, soudainement... tu as changé. Je me demande juste s'il ne se passe pas quelque chose de sérieux.

— Je n'ai pas changé, protesta-t-elle. J'ai juste pris confiance en moi, et j'aime séduire. C'est tout.

Elle était sur la défensive, et je savais qu'elle cachait quelque chose. Mais je ne voyais pas du tout ce qu'elle voudrait garder secret.

— Ça m'est égal que tu sortes et que tu t'amuses. En fait, c'est plutôt le nombre de mecs avec qui tu couches qui m'inquiète.

— Tu peux parler, se moqua-t-elle. Tu as déjà couché avec des tas de gars rencontrés dans des bars.

— Bien sûr, répondis-je. Et je n'en ai pas honte. Mais ce n'était pas un mec différent tous les soirs. Avant Ryker, j'avais eu cinq partenaires en un an. C'est raisonnable. Mais ce que tu fais... c'est inquiétant.

— Tu es en train de me traiter de salope ? siffla-t-elle.

— Non. Je n'ai jamais employé ce mot.

— Tu le sous-entends assez clairement.

— Écoute-moi, dis-je en baissant la voix pour qu'elle reste calme. Si tu fais ça simplement parce que tu en as envie, très bien. Je ne t'en parlerai plus. Mais si c'est parce qu'il t'est arrivé quelque chose, quelque chose de mal, alors je pense qu'on devrait en parler. C'est tout. Kayden, il s'est passé quelque chose dernièrement.

Elle me regarda fixement, et je vis la colère lentement recéder en elle. Son regard s'adoucit, et je retrouvai la Kayden que je connaissais, mon amie.

J'avais tapé juste.

Elle resta silencieuse et posa les yeux sur son verre de vin sur la table basse.

— Kayden, tu sais que tu peux tout me dire. Tu as toujours été là pour moi. Laisse-moi être là pour toi.

— Tu vas être en colère..., soupira-t-elle en serrant ses mains l'une contre l'autre.

— Pourquoi serais-je en colère ?

— Parce que j'ai fait quelque chose qui ne se fait pas trop à une amie.

— Je te promets de ne pas être en colère, dis-je sans avoir la moindre idée de ce dont elle pouvait parler.

— Tu ne peux pas me promettre une chose pareille.

— Sincèrement, ce que tu as fait, ça m'est vraiment égal. Ce qui m'importe actuellement, c'est toi. Je ne vois pas ce que tu pourrais dire qui changerait ça. Même si tu avais couché avec Ryker, même si ça me ferait mal, je ne serais pas en colère, parce que ce n'est pas l'important tout de suite. Seulement toi.

— Rae, je ne ferais jamais ça, murmura-t-elle avec un regard triste.

Mon cœur se desserra, soulagé. Je n'étais plus amoureuse de Ryker, mais si une de mes amies avait couché avec, j'aurais été dévastée.

— Je sais. Mais quoi que tu aies fait, ça ne peut pas être pire. Alors dis-moi.

— Très bien...

J'attendis en silence qu'elle trouve ses mots.

— C'est difficile d'en parler... alors je vais juste le dire.

— D'accord.

— Je suis amoureuse de Rex depuis des années maintenant.

J'entendis ses mots mais je n'arrivai pas à comprendre leur sens. C'était une confession énorme — gigantesque. Je ne me doutais absolument pas qu'elle avait le béguin pour mon frère. Elle me regardait, et je sus que je devais dire quelque chose.

— Oh..., soufflai-je.

— J'espérais qu'il finirait par me regarder comme je le regardais. Mais bien sûr, il ne me voyait que comme une amie. Alors j'ai fait quelque chose de vraiment stupide et... je lui ai demandé de m'apprendre quelques trucs au lit. Je pensais qu'il aurait envie d'être avec moi si on couchait ensemble assez longtemps, dit-elle en gardant le regard baissé, n'osant pas croiser le mien. Mais il a rompu avec moi il y a un mois. Il n'a pas dit pourquoi. Juste que notre arrangement était terminé. Et... ça a vraiment fait mal.

Elle ferma les yeux, et je vis des larmes rouler sur ses joues.

Mon choc provoqué par sa nouvelle se dissipa face à sa tristesse. Je m'approchai d'elle sur le canapé et la pris dans mes bras, la serrant contre moi pour consoler ma meilleure amie au monde.

— Kayden...

— Je sais que je ne devrais pas pleurer, sanglota-t-elle contre mon épaule. Je sais que j'aurais dû m'y attendre. Mais... je l'aime vraiment, Rae.

— Je sais, Kay, dis-je en lui frottant le dos.

Je n'avais pas besoin de remettre en question ses sentiments. La voir ainsi devant moi, le cœur brisé, était une preuve suffisante. Je n'eus pas l'occasion de trop réfléchir à tout ce qu'elle venait de me révéler, mais j'étais surprise de ne pas m'en être rendu compte, surtout si cela durait depuis si longtemps. Jessie n'en avait pas la moindre idée non plus.

— Je suis désolée d'avoir couché avec Rex. Je sais que c'est ton frère et tout...

— Ne t'inquiète pas pour ça, répondis-je en lui frottant toujours le dos.

Je ne lui en voulais pas du tout. Elle n'avait pas joué avec mon frère. C'était elle qui était amoureuse, et lui qui ne partageait pas ses sentiments.

— Il savait ce que tu ressentais ? demandai-je au bout d'un moment.

— Je ne pense pas, murmura-t-elle. J'imagine que je le lui ai bien caché.

— Alors, quand tu étais malade... ?

— J'étais juste déprimée.

— Oh, ma chérie..., dis-je en la serrant plus fort.

— Si je sors beaucoup ces derniers temps, c'est pour essayer de me consoler... de l'oublier. Je ne veux pas qu'il sache à quel point il m'a fait souffrir, parce que ça lui serait probablement égal. Et j'espérais qu'en rencontrant d'autres hommes, je l'oublierais. Mais rien ne semble fonctionner...

— Je sais à quel point c'est dur. Crois-moi Kay, vraiment.

Parvenir à oublier Ryker avait été la chose la plus difficile que j'avais eu à faire. Il était l'amour de ma vie, l'homme avec qui je pensais passer le restant de mes jours. Lorsque j'imaginais le visage de mon mari, je voyais celui de Ryker. Mais lorsque je lui avais avoué que je l'aimais, il m'avait brisé le cœur. Il m'avait jetée comme une vieille chaussette et il était passé à autre chose, me laissant mordre la poussière. Les trois mois suivants avaient été insoutenables.

—Je sais bien, Rae. Et je suis désolée que tu comprennes.

— Je sais que tu souffres, mais je ne crois pas que coucher à droite et à gauche t'aidera à te sentir mieux, Kayden. Je pense que tu dois faire face à ces émotions, même si c'est très douloureux, et lentement arriver à oublier.

—Je sais..., renifla-t-elle en s'essuyant les yeux.

— Et lorsque que tu te sentiras mieux, tu rencontreras quelqu'un de vraiment spécial et tu tomberas amoureuse. Rex aura manqué la chance de sa vie, et tu seras heureuse auprès de quelqu'un qui te mérite.

—J'espère que tu es médium, acquiesça Kayden.

—Je n'ai pas besoin d'être médium pour savoir que ça va arriver. Tu mérites le meilleur. Et un jour, tu l'auras.

Elle avait enfin cessé de pleurer. Elle s'assit et me regarda avec un regard suppliant.

— Ne dis rien à Rex, d'accord ?

Je ne répondis rien.

— Rae, insista-t-elle.

— Je pense que tu devrais lui dire ce que tu ressens. Je te jure qu'il n'en a pas la moindre idée.

— Comment le sais-tu ?

— Crois-moi, je le sais. Rex est vraiment dense pour ce genre de trucs. C'est un gars intelligent, mais lorsqu'il s'agit de comprendre les émotions et les attitudes des gens qui l'entourent, il est complètement aveugle. Il a cru ce que tu lui as dit, et il croit que tu ne penses pas du tout à lui.

— Je ne sais pas...

— Si tu veux avoir une chance d'être avec lui, je pense que tu devrais lui parler. Tu ne sauras pas ce qu'il en pense avant de le faire.

— Je souhaite qu'il veuille être avec moi de lui-même, dit-elle en secouant la tête. Je veux qu'il me séduise et qu'il essaie de me conquérir. Je ne veux pas simplement être une fille avec qui il couche. Je veux qu'il m'aime comme je l'aime. Si je dois lui dire ce que je ressens pour que ça arrive... alors ce n'est pas réel.

— Je comprends... mais Rex ne sait rien de tout ça.

— Et je n'ai pas envie d'avoir à lui dire. Je sais qu'il ne partage pas mes sentiments. Tout le monde serait mal à l'aise. Au moins, on peut être amis maintenant. Heureusement, ça n'a jamais changé. Alors s'il te plaît, ça reste entre nous, d'accord ?

— D'accord.

Devant la souffrance de mon amie, j'acceptai. Je voulais l'aider, mais je ne savais pas comment. Même si je comprenais sa position, je ne pensais pas qu'elle faisait le bon choix. Si Rex pensait qu'ils avaient juste couché ensemble sans engagement, il ne chercherait jamais à savoir s'il ressentait quelque chose de plus. Il fallait être direct avec lui pour obtenir une réponse de sa part.

— Merci. Et encore une fois, je suis désolée, renifla Kayden.

— Ne t'excuse pas, Kayden. Je suis contente que tu m'aies enfin parlé. Je veux t'aider à aller mieux, maintenant que je peux enfin.

— Merci, Rae, dit-elle en souriant pour la première fois. Tu es vraiment une bonne amie.

— Meilleure amie, la corrigeai-je. Et tu n'as pas besoin de me remercier.

16

Rae

JE RESTAI CHEZ KAYDEN QUELQUES HEURES. AU LIEU DE sortir, nous regardâmes des films sur son canapé. Elle enfila son pyjama et parut redevenir la Kayden que je connaissais, une fille réservée qui préférait la compagnie de ses amis proches à celle de beaux inconnus.

Lorsque je rentrai à l'appartement, Rex était installé dans le salon en train de regarder un match de basket. Plusieurs bouteilles de bières vides trônaient sur la table devant lui, et il était avachi comme un légume dans le canapé.

Je ne pouvais plus le regarder en face. Je n'arrivais pas à croire qu'il avait couché avec ma meilleure amie pendant si longtemps — et qu'il l'ait si bien caché.

Et je n'arrivais pas à croire qu'il ait couché avec une de mes meilleures amies.

J'entrai dans le salon et croisai mes bras sur ma poitrine.

— C'est quoi ton problème ? demanda Rex en me jetant un coup d'œil avant de reporter son attention sur l'écran.

Je remarquai alors à quel point il semblait déprimé. Lorsqu'il était rentré hier soir, il était de très mauvaise humeur. Et elle ne s'était apparemment pas améliorée.

— Je pourrai te demander la même chose, répondis-je.

— Je suis fatigué. C'est quoi, ton excuse ?

J'en ai marre de tes conneries, pensai-je.

— Tu es bizarre depuis l'autre soir. Il se passe quelque chose ?

— Non, répondit-il avant de boire une longue gorgée de bière.

Je savais qu'il était inutile d'insister. Il ne me dirait rien.

— Bonne nuit, alors, dis-je.

— Tu étais où ?

— Chez Kayden.

Sa réaction fut discrète, mais ses épaules se contractèrent légèrement et il déplaça son poids dans le canapé. Et surtout, il leva les yeux vers moi.

— Vous avez fait quoi ? demanda-t-il. Vous êtes sorties ? Elle s'est trouvé un autre mec ?

Ça faisait beaucoup de questions pour quelqu'un qui était censé ne pas y penser.

— Non, répondis-je. On est restées chez elle devant la télé. Pourquoi tu demandes ?

Son humeur s'améliora légèrement. Son regard s'éclaircit, et ses traits s'apaisèrent. Il répondit en se retournant vers l'écran de télévision :

— Par politesse.

— Mais tu n'es jamais poli, remarquai-je.

— Comme ça, alors.

— Ou alors, parce que tu es curieux ? insistai-je.

— Je ne sais pas, répondit-il en haussant les épaules.

Maintenant que je repensais à nos dernières conversations, il s'était toujours montré particulièrement intéressé chaque fois que ça concernait Kayden. Il demandait toujours si elle sortait avec nous, et il était brutalement parti se coucher lorsque j'avais mentionné qu'elle couchait à droite et à gauche. Peut-être la situation n'était-elle pas celle que Kayden et moi imaginions.

Peut-être.

J'APPELAI Zeke en sortant du travail. Je ne cherchais pas une excuse pour l'appeler. Il était un de mes meilleurs amis, et j'avais besoin de dire cette nouvelle énorme à quelqu'un.

Il décrocha immédiatement.

— Ça fait longtemps.

— Tu as terminé le travail ?

— Je suis rentré. Je viens de sortir de la douche.

Mince. J'avais manqué le spectacle.

— Il faut que je te parle, j'ai une nouvelle incroyable. Je peux passer ? demandai-je, en priant pour qu'il soit encore en serviette quand j'arriverais.

— Bien sûr. La porte est ouverte.

— D'accord. À très vite.

— Je vais commander une pizza. Tu dois mourir de faim, taquina-t-il.

— Bien vu, répondis-je en souriant.

Sa simple blague m'avait donné chaud. Nos taquineries me semblaient beaucoup plus à du flirt depuis que je le voulais dans mon lit.

LA PIZZA ÉTAIT DÉJÀ LÀ lorsque j'arrivai. Malheureusement, Zeke ne portait pas de serviette, mais un jean et un t-shirt avec un col en v. L'ouverture n'était pas aussi prononcée que celle de sa blouse de travail, mais je pouvais tout de même voir la définition des muscles autour de sa clavicule.

— Alors, quelle est la grande nouvelle ? demanda-t-il en sortant une bière du frigo et en me la tendant après l'avoir ouverte.

J'ouvrais toujours mes bières, et je trouvai étrange qu'il l'ait fait pour moi. Je pris la bouteille mais ne la portai pas à mes lèvres. Je savais qu'une fois que je lui aurait annoncé la nouvelle, lui non plus n'aurait plus la tête à boire.

— Rex n'est jamais sorti avec une fille appelée Bonnie, commençai-je.

Zeke déposa une part de pizza dans son assiette mais ne la toucha pas.

— Comment ça ? demanda-t-il.

— Hier soir, Kayden m'a dit qu'elle et Rex avaient couché ensemble pendant un moment. En gros, ils ont été copains de baise.

Vu l'expression ahurie de Zeke, il n'en avait pas la moindre idée.

— Tu es sérieuse ?

— Totalement.

— Tu es certaine ?

— Kayden n'inventerait pas ça.

Visiblement ébranlé, il passa la main dans ses cheveux encore humides, tel un top modèle sortant de la piscine.

— Wow... c'est incroyable, murmura-t-il.

— J'ai cru comprendre que ça a duré un moment, quelques mois.

— Je n'arrive pas à croire que Rex soit assez stupide pour coucher avec une amie.

En entendant son commentaire, l'espoir niché au creux de ma poitrine mourut. Alors, ne voudrait-il jamais sortir avec moi parce que nous étions bons amis ? Notre attirance valait-elle la peine de mettre notre amitié en péril ?

— Je n'arrive pas à croire que je ne m'en sois jamais rendu compte. Ils semblent tellement naturels ensemble, dit-il.

— Je n'arrivais pas à y croire non plus. Kayden m'a expliqué que c'est pour ça qu'elle couche avec tous les mecs qu'elle rencontre.

— Pourquoi ?

— Elle est amoureuse de lui, expliquai-je patiemment. Elle m'a dit qu'elle l'aimait depuis des années. Elle espérait que s'ils avaient une relation physique, il la considérerait comme davantage qu'une amie. Mais un jour, il a brutalement mis fin à leur accord.

— Elle est amoureuse de lui depuis tout ce temps ?

J'acquiesçai.

— Et personne ne savait ?

— Je ne pense pas. Elle a vraiment le cœur brisé. Je lui ai dit de se concentrer à aller mieux au lieu de se taper tous les mecs de Seattle.

— Les mecs de Seattle seront déçus, dit-il en riant.

Je plissai les yeux.

— Pas moi, ajouta-t-il rapidement. Je ne regarde pas Kayden de cette manière. Je ne l'ai jamais fait. Rex est au courant ?

— Non. Il n'en a pas la moindre idée.

— J'imagine que ça ne me surprend pas.

— Elle m'a demandé de ne rien dire, et je vais respecter sa décision... mais j'ai remarqué que Rex était déprimé, dernièrement. Il ne parle pas et il semble triste. Je me demande parfois si ça a un rapport avec elle. Peut-être qu'il vit aussi mal la séparation qu'elle.

— Peut-être. Je me rappelle en avoir parlé avec lui, lorsque je pensais que c'était une fille appelée Bonnie. Je lui ai conseillé de mettre fin à leur relation avant que les choses ne deviennent sérieuses. Il risquait de la faire souffrir. Mais il ne semblait pas avoir envie d'arrêter de la voir.

— Peut-être qu'il n'en avait pas envie.

— Mais il ne voulait vraiment pas qu'elle s'attache... ce qui me fait penser qu'il n'a pas de sentiments sérieux pour elle.

Malheureusement.

— Je pense que je vais lui en parler quand même, dis-je.

— Tu es sûre de vouloir faire ça ?

— Ouais. Je veux qu'il comprenne à quel point il a fait souffrir mon amie en choisissant de se servir d'elle. Et s'il a vraiment des sentiments pour elle, je veux qu'il comprenne qu'elle ressent la même chose et qu'il n'est pas trop tard.

Zeke hocha silencieusement la tête.

— Elle ne veut pas qu'il sache parce qu'alors, il ne viendra vers elle que parce que je lui en aurais parlé. Elle dit qu'elle saura que ses sentiments sont réels s'il vient de lui-même. Mais ce qu'elle ne comprend pas, c'est que Rex est vraiment obtus sur ce genre de choses. Il ne sait pas bien interpréter les émotions des gens. Des fois, il faut vraiment lui épeler les choses. Et même alors, il ne comprend pas toujours entièrement.

— C'est vrai, acquiesça Zeke en prenant une bouchée de pizza. Alors, je dois faire comme si je ne savais rien ?

— Jusqu'à ce que je parle à Rex.

— Préviens-moi lorsque tu le feras. Parce que j'ai deux mots à lui dire sur le sujet, dit-il d'un ton menaçant.

Je me sentis mal pour mon frère.

— Je suis son meilleur ami. Il aurait dû m'en parler, ajouta Zeke.

— Kayden est ma meilleure amie et elle ne m'en a pas parlé non plus. Donc on fait une belle équipe, tous les deux.

— On fait toujours une belle équipe, dit-il en reprenant une bouchée, comme si la phrase qu'il venait de prononcer ne m'avait pas faite fondre.

Mais peut-être que j'étais juste tellement accro que toutes ses paroles m'allumaient et me donnaient espoir.

– IL FAUT que je te parle, déclarai-je en éteignant la télévision dans le salon.

— Tu sais quoi ? dit Rex en me lançant un regard noir. J'en ai assez que tu viennes tout le temps me faire chier.

— En venant dans mon salon ?

— Tu n'as pas besoin d'éteindre la télé, se défendit-il. Je regarde le match.

— Il y a toujours un match qui passe, Rex. Tu ne peux pas tous les voir, dis-je en m'asseyant sur l'autre canapé.

— Alors dépêche-toi de cracher le morceau, que je puisse m'y remettre.

— Je suis au courant pour toi et Kayden.

Je décidai d'être directe et de ne pas tourner autour du pot. Je ne savais pas comment commencer cette conversation, et ce n'était pas la pire des manière. De toute façon, nous serions mal à l'aise.

L'expression de Rex ne changea pas, ne trahissant aucune émotion.

— C'est à dire, qu'on est amis ? demanda-t-il finalement.

— Que vous avez été copains de baise pendant un long moment et que tu y as mis fin.

— Uh...

La peur put se lire sur les traits de Rex. Ses yeux s'écarquillèrent et il ne respira plus pendant presque dix secondes. Ne trouvant aucun mensonge à me servir pour se sortir de la situation, il resta assis en silence, extrêmement mal à l'aise.

— Hmm..., marmonna-t-il.

Je le laissai mariner encore un peu, pour le punir.

— Je vais être sincère avec toi, même si Kayden m'a demandé de ne pas le faire. Parce que je pense qu'il est possible qu'elle soit plus pour toi qu'une fille avec qui tu as baisé. Si elle couche avec autant de mecs en ce moment, c'est parce que tu lui as brisé le cœur. Elle était amoureuse de toi avant que vous ne couchiez ensemble. Elle t'aime depuis des années. Elle pensait que s'il se passait quelque chose entre vous, votre relation évoluerait peut-être et deviendrait sérieuse. Lorsque tu y as mis fin, elle a été dévastée. Elle est *toujours* dévastée.

En entendant mes mots, toute la tension quitta son corps. Il leva les yeux vers moi, et je n'y lus qu'une immense tristesse — et de la culpabilité.

— Elle t'a dit ça ? murmura-t-il. Elle t'a dit qu'elle était amoureuse de moi ?

— Oui. En pensant que je ne te le répéterais pas.

Il s'assit au fond du canapé et fixa l'écran noir, reflété dans l'abysse de ses yeux. Il était choqué par ce que je venais de lui apprendre.

— Alors pourquoi m'en as-tu parlé ? demanda-t-il finalement.

— Pour une de deux raisons. À toi de décider laquelle.

Il me regarda avec un regard surpris.

— Si tu ne ressens rien pour elle, repris-je, c'est pour que tu culpabilises à mort. C'était vraiment stupide de ta part, Rex. Tu n'aurais pas dû coucher avec ma meilleure amie et te servir d'elle comme ça. Elle mérite mieux et tu le sais.

La culpabilité était claire sur son visage.

— Ou alors, peut-être que tu la vois comme plus qu'une partenaire de sexe, et dans ce cas, je te le dis pour que tu lui proposes un vrai rencard et pour que vous puissiez voir où ça vous mène. Maintenant, à toi de décider pour quelle raison je te le dis.

Rex ne dit rien pendant un long moment. Sept minutes passèrent dans un silence total, au cours desquelles il ne me regarda presque pas. Il restait stoïque comme une statue, ses pensées cachées au fond de son regard. Je le lisais facilement d'habitude, mais à cet instant, il était une énigme complète.

— Rex ? insistai-je.

— Je réfléchis.

— Pardon, je ne t'avais jamais vu réfléchir avant. Je ne savais pas que ça ressemblait à ça.

Je n'aurais pas dû le vanner à ce moment, mais je ne pus m'en empêcher. Je lui en voulais d'avoir couché avec Kayden. C'était un miracle qu'ils soient encore amis.

Il ne répliqua pas, probablement parce qu'il était trop préoccupé.

— Elle sait que tu m'en as parlé ? demanda-t-il.

— Non.

— Alors, pourquoi le fais-tu ?

— Je te donne une chance de changer les choses.

— Changer les choses ?

— Je t'ai vu déprimer dans l'appart tout le mois dernier. Tu n'es pas toi-même ces derniers temps. Je ne t'ai pas vu ramener de fille non plus depuis tout ce temps, et tu as l'air misérable. Alors je me demande si c'est à cause de Kayden, et si tu en as seulement conscience.

Il posa ses coudes sur ses genoux sans répondre.

— Alors ? insistai-je.

— Alors quoi ?

— C'est ce que tu ressens ?

— Je ne sais pas..., murmura-t-il en pinçant l'arête de son nez.

— Comment ça, tu ne sais pas ?

— Juste, j'en sais rien, d'accord ? Je n'ai pas ressenti des émotions aussi complexes depuis... jamais, en fait.

— Si tu décides de tenter le coup avec elle, ne lui dis pas que je t'ai parlé. Elle a été très claire : elle veut que tu viennes à elle de toi-même parce que tu as envie d'être avec elle, et pour aucune raison. Si elle sait que je t'ai parlé, elle va penser que tes sentiments ne sont pas sincères.

— D'accord.

— Tu as bien compris ? répétai-je. Je prends un risque pour toi, rappelle-t'en.

— Pourquoi fais-tu ça ?

— Parce que je te connais, Rex. Je sais que tu as du mal à interpréter les émotions des gens. Je me suis dit que t'expliquer la situation t'aiderait à décider quoi faire. Je sais que tu n'es pas un connard et que tu ne l'aurais pas volontairement faite souffrir. Alors, tu vas arranger les choses — d'une manière ou d'une autre.

— Et ben... merci.

Je me levai, sachant qu'il n'en parlerait pas davantage.

— Alors, tu vas parler à Zeke? me demanda-t-il soudain. Je suis sûr que tu sais qu'il est célibataire.

— Je ne compte pas lui mettre la pression alors qu'il vient de rompre avec Rochelle. Ce n'est pas le bon moment, et je suis sûre que la rupture est trop fraîche. Je lui en parlerai quand je penserai qu'il est prêt,.

— Bonne idée, approuva-t-il.

17

Rex

Rae avait lâché une bombe, et même plusieurs jours plus tard, je ne m'en étais pas remis. Non seulement Kayden ressentait davantage que de l'amitié pour moi — elle était amoureuse de moi depuis des années.

Maintenant, en repensant à la tension évidente entre nous, je compris en rétrospective ce qui se passait alors. Elle était nerveuse en ma présence, ressentant une attirance dont je n'avais pas la moindre idée. Elle me voyait comme plus qu'un ami, et lorsque je sortais avec des filles sous ses yeux, ça la faisait souffrir.

Je comprenais maintenant pourquoi elle avait pleuré ce soir-là dans le bar lorsque je l'avais invitée à dîner.

Parce que j'avais pris le numéro de deux filles alors qu'elle était là.

Putain, je me sentais con.

Comment n'avais-je pas remarqué ce qu'elle ressentait pendant tout ce temps ? Chaque fois que nous avions couché ensemble, je m'étais simplement dit qu'elle était bonne au pieu. Je n'avais jamais imaginé qu'elle éprouvait davantage que le plaisir de nos deux corps enlacés ensemble lui procuraient.

Pas la moindre putain d'idée.

Dernièrement, j'avais été déprimé de voir Kayden draguer plein de mecs. Chaque fois que je la voyais, elle était avec un gars différent. Et Rae m'avait rapporté qu'elle en changeait trop vite pour qu'elle puisse suivre le compte.

Mais maintenant que je connaissais la vraie raison de son comportement, je comprenais l'étendue des dégâts que j'avais causés.

Elle couchait à droite et à gauche pour essayer de m'oublier. Pour réparer son cœur brisé et avancer.

C'était entièrement de ma faute.

Je savais que j'étais jaloux lorsque je la voyais avec d'autres hommes. Lorsque je l'avais vue dans le bar avec un mec en train de lui baver dans les chaussures, j'étais tellement déprimé que j'étais rentré me coucher à vingt et une heures. Je n'avais même pas essayé de trouver une fille ni d'appeler une de mes régulières. J'avais voulu me retrouver seul et me morfondre sur mon sort.

Cela signifiait-il que je l'aimais ?

L'amour était un sentiment compliqué que je ne le comprenais pas vraiment. Je savais que j'aimais Rae parce qu'elle était ma sœur et de ma famille. je savais que j'aimais Zeke parce qu'il était mon meilleur ami, et presque comme de ma famille. Mais l'amour romantique... je n'avais aucune expérience dans ce domaine.

Mais si j'avais été amoureux, il me semblait que je le saurais. Et puisque je ne savais pas, je présumais que la réponse était non.

Mais je ressentais quelque chose.

Je n'aurais pas été autant déprimé si je ne l'avais vue que comme une amie. Je n'aurais pas été jaloux des mecs qui entraient dans son lit si elle n'était pas importante pour moi. Je ne me détesterais pas autant de la faire souffrir si je n'en avais réellement rien à foutre.

Il y avait quelque chose.

Devais-je lui en parler ?

Devais-je discuter avec elle ?

Que dirais-je ?

Je ne le saurais qu'une fois que j'aurais arrêté de faire dans mon froc et que j'agirais.

LORSQUE JE FRAPPAI à sa porte, j'étais terrifié.

Et si un mec était là ?

Et si je devais le voir partir, le sourire aux lèvres ?

Lui mettrais-je un pain dans la figure sur place ?

Kayden entrouvrit la porte. Elle portait un jean et un t-shirt, probablement sa tenue de travail de la journée. Elle avait tressé ses cheveux blonds, et à son regard éteint, je compris qu'elle n'avait pas eu une bonne nuit de sommeil depuis longtemps.

Maintenant que je savais ce qu'elle ressentais vraiment, je pus discerner le désespoir qui brûlait dans ses yeux. Elle était déprimée et avait le cœur brisé, et on aurait dit que son appartement avait été dévasté. Elle avait perdu cinq kilos depuis notre rupture, et elle n'avait pas la physionomie pour se le permettre. Elle était déjà fine comme une brindille.

Elle s'éclaircit la gorge avant de parler :

— Salut. Tout va bien ?

Non. Rien n'allait.

Si un mec était là, j'allais craquer. La jalousie était en train de me dévorer, et je me sentais prêt à devenir le dernier des connards.

— Ouais..., marmonnai-je. Tu es occupée, là ?

— Non. Que se passe-t-il ?

— Je peux entrer ?

— Hum, bien sûr, répondit-elle en m'ouvrant sa porte.

Je n'étais toujours pas sûr de ce que j'allais lui dire. Il aurait été tellement plus simple qu'elle puisse lire dans mes pensées pour déterminer ce que je voulais vraiment.

En passant le seuil, je remarquai à quel point elle flottait dans son jean au niveau des hanches et de la taille. J'essayai de ne pas la regarder trop longtemps et j'entrai dans le salon et m'assis sur le canapé. À cette place exacte, elle m'avait chevauché comme une amazone. À quelques mètres de cet endroit, c'était là qu'elle m'avait sucé la première fois. Je me demandais si elle avait effacé ces souvenirs avec d'autres mecs. Si c'était le cas, j'allais me sentir malade.

Elle s'assit sur l'autre canapé et me regarda, clairement mal à l'aise à cause de ma visite impromptue.

— Alors... Quoi de neuf ? demanda-t-elle.

Je frottai mes paumes l'une contre l'autre en essayant de trouver quelque chose à dire. Je pensais à plusieurs options, mais aucune n'était bonne. Je me décidai pour la vérité, du moins les parties dont j'étais certain.

— Je déteste te voir avec d'autres mecs. L'autre soir, quand cet abruti a passé son bras autour de ta taille, ça ne m'a pas plu.

L'expression de Kayden changea, et elle sembla enfin vivante. Elle parut ahurie, comme si c'était la dernière chose qu'elle s'attendait à entendre. Elle resta pétrifiée sur place, choquée.

— Je sais que tu sors avec de mecs ces derniers temps parce que Rae l'a mentionné, repris-je, et... ça me dérange. Je n'arrive pas à dormir, parce que je n'arrête pas d'y penser. Quand je t'imagine avec d'autres hommes, ça... me fait mal, continuai-je en fixant le sol, parce que je n'arrivais pas à croire ce que j'étais en train de dire. Je sais que c'est moi qui ai mis fin à notre arrangement. À l'époque, je pensais que ça me convenait. Mais tu me manques. Ça me manque de ne plus parler avec toi. J'ai voulu arrêter parce que je pensais que c'était la chose à faire. Je ne voulais pas que tu t'attaches à moi. Mais... je crois que je me suis attaché à toi.

Elle prit une brusque inspiration, comme si elle s'était retenue de respirer jusque-là.

Je ne la regardais toujours pas, trop mal à l'aise.

— Je ne suis pas sûr de ce que je veux, Kayden. Tout ce que je sais, c'est que je ne veux pas que tu fréquentes quelqu'un d'autre. Je n'ai couché avec personne depuis toi, donc tu n'as pas à t'inquiéter pour ça de mon côté.

Je sentis son regard perçant me dévisager.

Je levai les yeux.

Je découvris une expression que je n'avais jamais vue sur son visage. Elle était à la fois stupéfaite et fascinée.

— Tu n'as couché avec personne d'autre ? murmura-t-elle.

Je secouai la tête.

— Juste moi ? demanda-t-elle en pointant vers sa poitrine.

— Je n'ai eu envie d'être avec personne d'autre, Kayden, acquiesçai-je. Le jour où je t'ai apporté de la soupe, c'était juste une excuse pour te voir. Mais tu m'as accueilli comme si tu ne voulais rien avoir à faire avec moi. Et puis lorsque je t'ai vue avec le reste du groupe, tu étais toujours en train de draguer des gars... et je n'avais toujours pas envie d'être avec qui que ce soit d'autre. Je n'ai aucune idée de ce que je veux, mais je suis certain de ce que je ne veux pas.

Elle serra ses bras contre sa petite poitrine, comme si elle avait froid.

— Peut-être que c'est trop tard, continuai-je. Peut-être que tu préfères continuer à faire ce que tu fais. Mais si ça t'intéresse... on pourrait peut-être sortir ensemble un soir, un truc dans le genre ?

Je n'arrivais pas à croire que je venais de lui proposer un rencard. Je n'avais jamais fait ça, pas de manière romantique. Mon cœur tambourinait dans ma poitrine, parce que j'étais terrifié à l'idée qu'elle refuse. Peut-être qu'elle avait été amoureuse de moi mais qu'elle ne voulait plus de moi après la manière dont je l'avais faite souffrir.

— J'adorerais, répondit-elle, et sa voix se brisa d'émotion à la fin.

— Alors... pas d'autres mecs ?

Je n'étais pas habituellement exclusif, mais je voulais être sûr d'être le seul homme dans sa vie à ce moment.

— Pas d'autres mecs, murmura-t-elle.

Je me sentis immédiatement mieux. Tout le poids qui pesait sur mes épaules disparut instantanément, et je me sentis enfin en paix. En la regardant devant moi sur le canapé, je sentis mon désir grandir. Je ne m'étais pas retrouvé seul avec elle depuis plus d'un mois. Et elle ne se trouvait à présent qu'à quelques centimètres.

Je m'approchai d'elle et passai mon bras autour de sa taille. Comme avant, cela me parut naturel, comme si sa taille était faite pour mon bras. Je la serrai contre moi et appuyai ma tête contre la sienne.

— Ça m'est égal si les autres sont au courant pour nous, dis-je. Si ça ne leur plaît pas, ça m'est égal.

Je devais prétendre ignorer que Rae savait, et je me sentis un peu malhonnête. Mais Zeke n'était pas au courant, et je devais lui dire avant que Rae ne le fasse.

Elle fit enfin un sourire, un sourire magnifique. Les traits de son visage s'adoucirent, la tristesse laissant la place à sa joie. Elle me regarda comme je l'avais déjà vue faire des centaines de fois, mais je n'avais jamais vraiment remarqué ce qu'il y avait dans ses yeux. Mais cette fois, je remarquai.

Et je remarquerai toujours.

18

Rae

— Ce mec est en train de te mater, dis-je.

Je l'avais remarqué en train de jeter des coups d'œil à Jessie avant de se mettre à la fixer directement. Il ne semblait pas pouvoir détacher son regard d'elle plus de quelques minutes. Il était son genre : la peau mate, des cheveux sombres et des yeux couleur chocolat.

— Où ça ? demanda Jessie en la jouant cool, se penchant vers moi contre le bar.

— À ta droite.

— Dis-moi quand il ne regarde pas, dit-elle en terminant son troisième verre.

J'étais déjà à mon quatrième.

— C'est bon, maintenant.

Elle regarda rapidement dans sa direction, le détailla et retourna la tête vers moi, le tout en un mouvement fluide et discret.

— J'aime ce que je vois, souffla-t-elle.

Je commençais à être sérieusement ivre. Je voyais flou et je me sentais de plus en plus désinhibée.

— Tu vas y aller ? demandai-je.

— Non. Je vais la jouer cool un petit moment.

Je ne questionnai pas sa stratégie. Elle savait ce qu'elle faisait.

— Et toi, tu vois quelqu'un qui te plaît ? demanda-t-elle.

— Zeke n'est pas là. Donc non, je ne vois personne qui me plaise, répondis-je sans me donner la peine de regarder autour de moi.

— Ma poule, lève un mec pour la soirée. Qui sait dans combien de temps Zeke sera prêt pour une nouvelle relation ? Tu devrais en profiter un peu en attendant. Tu as déjà assez attendu comme ça.

Je n'avais pas baisé depuis quatre mois, et l'abstinence me pesait.

— Peu importe à quel point je suis chaude. Zeke est le seul homme dont j'ai envie. Je te répondrais la même chose même si le bar était plein de Chippendales, répondis-je.

— Putain, tu es vraiment accro.

— Je sais, soupirai-je en m'avachissant sur le bar. Il est tellement sexy, Jessie. Genre, tu ne te rends pas compte.

— J'ai des yeux, répliqua-t-elle. Si, je comprends.

— J'ai juste envie de l'attraper et de l'embrasser. J'ai envie de le chevaucher toute la nuit. Comment n'ai-je pas remarqué avant à quel point il est putain de parfait ?

— Je me le demande, répondit-elle en haussant les épaules. Bon, je vais passer à l'attaque. Et à mon avis, je ne vais pas revenir. Tu pourras rentrer toute seule sans problème ?

— Je suis une grande fille, dis-je en levant les yeux au ciel. Ne t'en fais pas pour moi.

— Tu es sûre ? Tu as l'air bien partie pour te la coller ce soir.

— Je sais me servir d'un téléphone. Sérieusement, vas-y. Et jouis une fois pour moi.

— Promis, dit-elle en m'embrassant la joue avant de s'éloigner.

Elle s'approcha de sa proie en se déhanchant, lui sourit, et je sus que le mec était déjà conquis.

Je commandai un autre verre. Je devais faire un peu tache dans le décor assise seule au bar, mais ça m'était égal. J'étais heureuse que Jessie se soit trouvé un étalon pour la nuit. Le seul étalon qui m'intéressait était probablement en train de jouer à la console chez lui.

— Salut, je suis Paul, déclara un mec qui apparut de nulle part en me tendant la main.

— Salut Paul, je suis Rae, répondis-je en serrant sa main.

— Un joli prénom pour une jolie fille.

Quelle réplique.

— Je peux t'offrir un verre ? demanda-t-il.

— Non, dis-je en levant celui dans ma main. J'en ai déjà bu trop.

— Alors, je peux m'asseoir ici et te regarder boire celui-ci ?

Il avait l'air gentil. Je me sentis un peu coupable de le rejeter.

— Je vais être sincère avec toi. Je suis accro à un autre mec en ce moment. Je ne cherche personne.

— Alors, pourquoi n'es-tu pas avec lui ?

— Il ne sait pas que j'existe...

— Et si je t'aidais à l'oublier, dans ce cas ? Tu peux rentrer avec moi, et d'ici demain matin il sera sorti de ta tête.

Et une autre réplique.

— Merci pour la proposition, mais je ne suis pas intéressée. Mais merci d'être venue me parler.

— Bon, à une prochaine, Rae.

— Bonne soirée, Paul.

Il s'éloigna et je continuai à boire mon verre, toujours misérable Je sentis l'alcool infecter mon corps et m'embrouiller encore davantage. Je n'avais plus conscience du temps et mes paupières tombaient toutes seules. Lorsque je cherchai Jessie, je ne parvins pas à la trouver. Mais aussi, je n'étais plus tout à fait sûre de la reconnaître.

Je savais que je devais m'en aller avant de faire quelque chose de vraiment stupide. Alors je sortis dans la rue et, faisant tout de même quelque chose de stupide, j'appelai Zeke.

Après quelques sonneries, il décrocha :

— Salut, goinfre.

— Voilà..., articulai-je péniblement. Je suis complètement bourrée... et je ne sais pas où je suis. Alors —

— J'arrive. Tu es dans quel bar ?

Je me retournai et plissai les yeux pour déchiffrer l'enseigne.

— Voodoodoodoo...

— Voodoo ? demanda-t-il en riant.

— Je ne sais pas... mais il y a beaucoup de O.

— Je serai là dès que possible. Tu es dehors ?

— Ouaip. Je porte une petite robe, comme une pute.

— J'adore quand tu es bourrée, dit-il en riant.

— Pour pouvoir profiter de moi ? demandai-je avec espoir, mourant d'envie de sentir ses lèvres sur ma peau.

— Tentant, mais malheureusement je suis un mec trop bien pour ça.

Je n'arrivais pas à déterminer s'il plaisantait ou non.

— Ne bouge pas. J'arrive bientôt.

ZEKE GARA sa Jeep près du trottoir et ouvrit la portière passager.

— Tout va bien, dis-je, mais je manquai de m'étaler dans le caniveau en essayant de monter dans la voiture.

Zeke eut pitié de moi et ne rit pas. Il me prit par la hanche et il me hissa sur le siège comme si je ne pesais rien. Il protégea ma tête puis fit entrer mes jambes dans le véhicule. Il alla même jusqu'à attacher ma ceinture de sécurité.

— Je ne suis pas un enfant.

— Mais tu marches comme Bambi. Donc tu es pire qu'un enfant, répondit-il en souriant avant de fermer la portière.

Il démarra et roula facilement dans le trafic nocturne. Il ne me posa pas de questions sur ma soirée.

Je savais qu'il me ramenait chez moi, mais je ne voulais pas aller là-bas.

— On pourrait aller chez toi ?

— Pourquoi ? demanda-t-il sans quitter la route des yeux.

— Je n'ai pas envie d'avoir affaire à Rex. En général, il me joue des tours quand je suis bourrée.

— Comme la fois où il t'as versé du beurre fondu dessus pendant que tu dormais ?

— Ouais.., marmonnai-je.

Je n'oublierais jamais à quel point mes cheveux avaient été collants ce matin-là.

Zeke éclata de rire.

— Tu dois admettre que c'était assez drôle, dit-il.

Je lui lançai un regard mauvais.

— D'accord, dit-il en mettant son clignotant. On va aller chez moi le temps que tu décuves.

Il roula jusqu'à chez lui près de la côte en prenant une petite route. Il y avait de l'herbe et des arbres devant sa maison, et la lumière de son porche était allumée. Il entra dans le garage et referma le portail avant de m'aider à sortir du véhicule et à entrer dans la maison.

— Tu veux un thé ? proposa-t-il. Ça m'aide quand je suis bourré, en général. Ça passe tout seul avec un peu de miel.

— Non merci, répondis-je en m'appuyant contre le mur pour enlever mes chaussures à talons.

Toutes les petites lanières me rendaient la tâche impossible. Je ne parvins qu'à tirer dessus et à manquer me tordre la cheville.

Zeke remarqua mon souci et s'agenouilla près de moi pour m'aider. Il me tint la jambe pour que je ne perde pas l'équilibre pendant qu'il retirait une chaussure. Puis il défit la seconde avant de libérer mon pied. Malgré les muscles qui couvraient son corps, il me touchait avec délicatesse. Ensuite, il se redressa de toute sa taille et me regarda, ses yeux bleus soudain intenses.

Je savais que je n'étais pas dans mon état normal et que je devais rester aussi logique que possible. Mais, je n'avais pas envie d'être logique. J'avais passé toute la soirée dans un bar, et je n'avais réussi à penser qu'à lui. Je ne voulais pas dormir dans mon lit avec un gros chien. Je voulais partager mon lit avec lui.

Mes yeux se posèrent sur sa bouche, et mon désir prit le dessus. Je voulais poser mes mains sur lui, sentir ses mains partout sur moi. Il me restait si peu d'inhibitions qu'elles étaient pratiquement inexistantes, et à ce moment, l'embrasser ne me paraissait pas être une mauvaise idée.

Alors je le fis.

Je passai mes bras autour de son cou et pressai ma bouche contre la sienne, comme je l'avais fait des centaines de fois dans ma tête. J'effleurai ses lèvres avant de les unir vraiment aux miennes. Elles étaient douces et pleines, comme je m'y attendais.Dès l'instant que nous fûmes en contact, je ressentis l'alchimie dont je rêvais. J'avais du mal à réaliser que je ne rêvais pas, alors que j'étais en train de flotter sur un petit nuage plus haut que le ciel.

J'agrippai son cou et sentis son pouls puissant sous mes doigts. Même son cou était musclé. Je pouvais sentir sa force se dégager de tout son physique. Je descendis le long de ses épaules et appréciai leur force solide.

Mais ce n'était rien comparé à l'effet que me faisait sa bouche contre la mienne.

Zeke me rendit lentement mon baiser, comme s'il s'y était attendu. Il était tout en retenue, et semblait s'empêcher de faire ce qu'il voulait vraiment. Mais sa résistance céda et il prit mon visage entre ses mains tièdes et me poussa contre le mur. Une fois bloquée, il m'embrassa plus fort, son torse dur pressé contre ma poitrine. Il souffla dans ma bouche et me donna un peu de sa langue, faisant passer notre baiser à la vitesse supérieure, ce dont je rêvais depuis des semaines.

Je le voulais entre mes jambes, ici et maintenant. Je voulais dégrafer son jean pour qu'il puisse me prendre sur place dans l'entrée. J'avais tant attendu de posséder cet homme magnifique que je ne pouvais patienter plus longtemps. Il m'importait peu que ce soit une idée totalement stupide. Mon impatience prit le dessus.

Mais Zeke se détacha de moi.

Il s'éloigna et s'éclaircit la gorge Je pouvais voir le désir et le regret lutter dans ses yeux. Il fit un autre pas en arrière et toussa encore.

Je sentis une vague de rejet intense me traverser. Ce baiser était fantastique, même si j'étais torchée, et je ne voulais pas qu'il se termine. Je ne voulais pas que Zeke me rejette simplement parce qu'il me considérait comme une amie. S'il acceptait de me donner une autre chance, je pourrais l'amener à me voir autrement.

— Je vais aller faire ce thé..., marmonna-t-il en s'éloignant vers la cuisine.

Je voulais me laisser glisser au sol et ne jamais me relever. Mais le carrelage était froid et je portais une robe très courte. J'entrai dans le salon et m'affalai sur le canapé. Je voulais m'endormir et oublier cette soirée. Je n'aurais jamais dû appeler Zeke.

Le seul réconfort à la situation était que je l'aurais probablement oubliée le lendemain matin.

Dieu merci.

Je fermai les yeux un instant. Je dus m'assoupir parce que Zeke me fit sursauter en réapparaissant.

Il posa la tasse fumante sur la table et me regarda avec inquiétude en s'asseyant au bord de la table.

J'essayai de me redresser, mais j'étais trop faible.

— Je suis désolée...

— Ce n'est rien, Rae.

— Je suis juste vraiment bourrée...

— Tu n'as pas à t'expliquer. Ce n'est pas très important.

— Si, c'est important, protestai-je.

Ce baiser n'était pas motivé que par mon désir. Il signifiait bien plus.

— Je peux l'oublier si toi aussi, dit-il.

Il me proposait un échappatoire, parce qu'il était un homme bien. Mais je ne voulais pas d'un mec bien.

— Je ne veux pas l'oublier..., murmurai-je.

Son regard s'adoucit.

Je me calai dans le fond du canapé et tapotai la place à côté de moi.

— Viens près de moi, l'invitai-je.

Il y réfléchit un instant, puis retira ses chaussures et s'installa près de moi.

Je glissai immédiatement mon bras autour de son cou et ma jambe sur sa taille, faisant exactement ce que je souhaitais bien qu'il ait mis fin à notre baiser.

Il ne me repoussa pas. Il tira la couverture posée sur le dossier du canapé et nous recouvrit. Puis il passa son bras autour de ma taille et m'attira plus près contre lui, son visage à seulement quelques centimètres du mien.

C'était le paradis.

Et peut-être même meilleur que ce baiser.

J'avais fantasmé sur un moment pareil au travail. Je nous avais imaginés allongés ensemble sur le canapé devant la télé pendant que la pluie tombait doucement sur la terrasse. J'imaginais Safari allongé par terre, les yeux fermés. C'était ce que je souhaitais pour tous les jours de ma vie.

Lorsqu'il changea de position, je pus sentir la définition de sa queue à travers son jean, juste contre ma hanche. Elle était épaisse, longue et grosse. Exactement ce que j'espérais qui ce cachait dans ce jean. Il devait savoir qu'il bandait. Son érection était trop grosse pour qu'il l'ignore.

Ce qui signifiait qu'il avait envie de moi.

Il me désirait toujours.

Il y avait de l'espoir.

— Zeke, tu es tellement sexy, murmurai-je.

Je n'aurais jamais osé dire un chose pareille si je n'avais pas bu trois Long Island et deux lemon drops.

— Je trouve que c'est toi qui est vraiment sexy, Rae, répondit-il de sa voix grave.

— Mais je te trouve vraiment, vraiment, sexy. Genre, putain.

Ses yeux me sourirent, mais sa bouche resta immobile.

— J'ai pensé à toi sous la douche ce matin. Tu peux faire mieux ?

— Oui, je peux, répondis-je en sentant ma chatte se contracter immédiatement. Parce que je pense à toi toutes les nuits.

Son regard devint brûlant et il me serra un peu plus fort. Il pressa son visage contre le mien mais ne m'embrassa pas.

— Qu'est-ce que tu me fais ? murmura-t-il d'une voix rauque.

— Pas assez du tout.

Il effleura ma joue de ses lèvres et plaça un baiser sur mon front.

— Ferme les yeux et repose-toi.

C'était la dernière chose dont j'avais envie.

— Je ne suis pas comme ça, normalement..., marmonnai-je.

Il me regarda sans comprendre.

— Je ne me jette pas sur les mecs comme ça. Quand je suis sortie au bar avec Jessie, je n'arrivais pas à te sortir de ma tête.

Je n'ai jamais autant désiré quelqu'un que je ne pouvais pas avoir.

Il me caressait lentement les cheveux et il semblait vouloir encore m'embrasser.

— Tu peux m'avoir, Rae, murmura-t-il. Mais pas ce soir.

— Pourquoi ?

— Parce que tu ne t'en rappelleras pas demain matin.

JE ME RÉVEILLAI avec une migraine terrible.

Heureusement, deux cachets d'aspirine étaient posé sur la table près d'un verre d'eau. Je les mis au fond de ma gorge et descendis le verre d'eau presque d'un trait. En me redressant, je sentis la douleur résonner dans ma tête avec chacun de mes mouvements.

Putain, il s'était passé quoi hier soir ?

Zeke entra dans le salon avec une assiette à la main. Il la posa sur la table, et je découvris une omelette aux légumes.

— Ta nuit a été difficile, dit-il.

— Ouais... j'avais compris, répondis-je en prenant l'assiette. Merci pour le petit-déjeuner. C'est très gentil.

— Bien sûr, dit-il en s'asseyant à côté de moi sans me quitter des yeux.

— Quoi ? demandai-je en avalant la nourriture.

— Comment te sens-tu ?

— Pas au top.

— Tu te rappelles de quelque chose de hier soir ? demanda-t-il en me fixant toujours.

— Pourquoi ? J'ai fait quelque chose de stupide ? demandai-je en engloutissant la moitié de l'assiette avant de le regarder.

— Non, répondit-il en soutenant mon regard. Tu m'as appelé et tu m'as demandé de te ramener. Je ne savais pas si tu t'en souvenais.

— En fait, non. Mais je m'en suis doutée en me réveillant sur ton canapé.

— Il s'assit au fond du canapé et attendit que je termine mon petit-déjeuner.

— Désolée d'avoir dormi sur ton canap' hier.

— Ce n'est pas un problème. Tu sais que mon canapé est toujours là pour toi quand tu en as besoin.

— Merci, répondis-je en souriant. Bon, je vais appeler un Uber et te laisser tranquille, ajoutai-je en me levant pour aller poser l'assiette vide dans l'évier.

Je me penchai et commençai à enfiler mes chaussures.

— Je peux te ramener, dit Zeke qui m'avait suivie, vêtu d'un jogging et d'un t-shirt des Mariners.

— Non, ça va. Tu as déjà assez fait pour moi.

J'avais envie de le prendre dans mes bras, mais je me sentis soudain mal à l'aise. Je l'avais déjà appelé pour qu'il vienne me chercher la veille. Clairement, mes sentiments pour Zeke dirigeaient mon comportement.

— Tu es sûre ? Vraiment, ça ne me dérange pas, insista-t-il.

— Oui, ça va. Je vais probablement passer chez Jessie pour qu'elle me raconte sa soirée. On se voit plus tard.

— D'accord, répondit-il sans insister davantage. On déjeune ensemble demain ?

— Oui, volontiers, répondis-je en sentant une onde de joie me traverser.

Ma journée était toujours meilleure lorsque je le voyais le midi.

— Je t'enverrai un message pour te dire où on se retrouve.

— D'accord. À plus tard.

— À plus tard, dit-il.

Il me regarda partir avant de refermer la porte.

19

Rex

Zeke se glissa sur la banquette en face de moi après avoir commandé une bière à la barmaid. L'assiette d'ailes de poulet était déjà sur la table. Il en prit une poignée et les grignota comme si tout était normal.

— Alors... Rae a dormi chez toi hier soir ? demandai-je à grand-peine en me forçant à ne pas prendre un ton accusateur.

Lorsque Rae m'avait dit qu'elle avait passé la nuit chez lui, je n'avais pas eu le droit de poser de questions à cause de mon accord avec elle. Mais putain, je comptais bien tirer les vers du nez à Zeke.

— Ouais, répondit-il en prenant une autre poignée d'ailes de poulet.

— C'est tout ? Tu ne comptes rien ajouter ?

Il cessa de mâcher et répliqua en me regardant dans les yeux :

— Si, dès que tu m'auras parlé de Kayden.

Je la fermai immédiatement.

— Ouais, Rae m'a raconté, dit-il d'un ton accusateur. Pas toi. Rae.

— Laisse-moi t'expliquer —

— Ouais, tu ferais mieux.

Je lui racontai toute l'histoire depuis le début jusqu'à maintenant.

— Et tu pensais que c'était une bonne idée ? demanda-t-il en me regardant gravement.

— Elle s'est offerte à moi. Quoi, j'étais censé refuser ?

— Oui, débile.

— Parce que tu réagirais comme ça si Rae se jetait sur toi.

— Je l'ai fait hier soir, rétorqua-t-il.

— Ouah, attends..., m'exclamai-je en mettant immédiatement le sujet de Kayden de côté. Il s'est passé quoi ?

— Elle m'a dragué hier soir. Elle était vraiment bourrée, et vraiment moins inhibée. Elle m'a embrassé et j'ai mis fin au baiser. C'est vraiment tout ce qui s'est passé.

— C'est tout ? m'exclamai-je en tapant mes poings sur la table. Tu as eu ton premier baiser avec Rae.

— Non, pas du tout.

— Alors tu l'avais déjà embrassée ? Demandai-je, sentant mes narines frémir.

— Non, répondit-il, un peu agacé. Mais celui-là ne compte pas.

— Putain, si, ça compte.

— Non, pas si elle ne s'en souvient pas.

— Oh... elle avait oublié le matin en se réveillant ?

— Elle était complètement torchée, mon pote, acquiesça-t-il. Je n'allais pas aller plus loin alors qu'elle était dans cet état. J'étais flatté, bien sûr. Même dans mes rêves les plus fous, je n'aurais jamais imaginé que Rae —

Il s'interrompit en remarquant mon expression irritée.

— Je me suis dit qu'on ne devrait pas commencer comme ça. Puisqu'elle ne s'en rappelle pas, c'est encore plus simple. On peut continuer comme ça, et quand je serai prêt, je passerai à l'action.

— Et ce sera quand ?

— Bientôt, répondit-il simplement.

— Tu es séparé de Rochelle depuis presque un mois maintenant. Je pense que tu as assez attendu.

— Ouais, je pense aussi. Mais je veux que ça se passe au bon moment, tu sais ?

— Je suis sûr que Rae attend le bon moment aussi.

— Ouais, tu as probablement raison.

— C'est marrant, dis-je. Vous avez tous les deux des sentiments l'un pour l'autre, et vous l'ignorez tous les deux.

— Je sais qu'elle a des sentiments pour moi, corrigea-t-il.

— Ouais, mais elle n'a pas la moindre idée de tes sentiments pour elle.

— Et j'aimerais que ça reste comme ça, dit-il. Tu ne lui as rien dit, n'est-ce pas ?

— Non. Et c'est pour ça que tu devrais me pardonner pour ne pas t'avoir parlé de Kayden.

— Tu m'as menti pendant six mois, dit-il avec un regard mauvais. Il va falloir un peu plus que ça pour que je te pardonne.

— Oh, allez. C'était une situation compliquée.

— Tu aurais quand même pu m'en parler même si c'était très compliqué. Et maintenant, il se passe quoi ? Vous êtes ensemble ? demanda-t-il en posant une poignée de frites dans son assiette avant de les arroser de ketchup.

— Je l'ai invitée à dîner. Je ne dirais pas qu'on est ensemble... mais en tout cas, on n'est avec personne d'autre.

Zeke me lança un de ses regards que j'avais reçus toute ma vie.

— Ça veut dire que vous êtes ensemble.

— Non, pas vraiment. Mais on traîne ensemble de manière exclusive.

— Comme un couple.

— Putain, non. On couche pas ensemble.

— Ah bon ? demanda-t-il, surpris.

— Non. On veut s'y prendre différemment cette fois.

— Ouais, comme un couple, remarqua-t-il avec un air satisfait.

— Putain, ferme-la, mon pote.

— Je te dis juste comment sont les choses. Ce n'est pas de ma faute si tu ne veux pas le voir de cette manière.

En pensant à ce qu'il définissait comme un couple, je réalisai que je pouvais m'en servir contre lui.

— Alors vous êtes en couple, Rae et toi.

— Comment ça ?

— Vous ne voyez personne d'autre. Vous avez des sentiments l'un pour l'autre, mais vous ne couchez pas ensemble. Bam ! Vous êtes un couple.

Il réfléchit en grignotant des frites.

— Bon, j'imagine que tu n'es pas avec Rae, dit-il finalement.

— Dans tes dents, enfoiré.

— Mais est-ce que ça compte vraiment si elle n'est pas au courant ? demanda-t-il. Parce qu'elle ne sait pas encore ce que j'éprouve pour elle. Donc... je pense que tu te trompes.

Il m'avait coincé.

— Bordel...

— Désolé, mon pote. Tu auras peut-être plus de chance la prochaine fois.

J'ARRIVAI DEVANT chez Kayden avec un bouquet de fleurs. Je les avais vues dans la vitrine en me rendant chez elle, et je voulais lui faire bonne impression. Je n'aimais pas trop penser à mes autres premières impressions.

Lorsqu'elle ouvrit la porte, elle me fit le plus grand sourire que j'avais jamais vu.

— Oh, wow. Elles sont magnifiques, dit-elle en portant le bouquet à son nez. Merci beaucoup...

En voyant à quel point ce simple geste la rendait heureuse, je me sentis comme une merde. J'aurais pu la traiter bien mieux dès le début, si j'avais seulement fait quelques efforts. À la place, j'avais été un connard et lui avait piétiné le cœur.

— De rien. Tu es prête pour aller dîner ?

— Ouais, dit-elle en allant déposer les fleurs dans un vase rempli d'eau avant de prendre sa pochette.

Elle portait un legging et une blouse longue qui mettait ses belles courbes en valeur. La couleur complimentait sa peau, et comme toujours, elle était parfaite.

Je savais que je devrais le lui dire.

— Tu es... vraiment... ouais, marmonnai-je.

Je ne pouvais pas faire mieux. J'étais nerveux parce que je n'avais jamais fait ça avant, et je me sentais déjà mal d'avoir tout gâché au début de notre histoire.

Elle sembla comprendre que je ne pouvais pas faire plus.

— Merci, répondit-elle. Tu es magnifique, comme toujours.

Elle pouvait le dire, alors pourquoi pas moi ?

— Merci.

Nous allâmes dans un restaurant italien situé à quelques pâtés de maisons de son appartement. C'était un endroit coquet mais pas trop chic. Je ne voulais pas que notre premier rencard soit trop intense ; j'étais déjà assez mal à l'aise comme ça. La nervosité tendait mes épaules, et Kayden devait aussi être un peu gênée.

Elle regardait son menu, son regard plongé dans les sélections.

Comme n'avais pas très faim, je choisis le premier nom sur la liste.

Une fois que le serveur fut venu prendre nos commandes, nous nous retrouvâmes seuls tous les deux.

Avant c'était elle qui était mal à l'aise en ma présence, mais les rôles avaient été inversés.

— Comment s'est passé le travail ? demandai-je.

— Bien. Mais je pense que je vais bientôt partir.

— Pourquoi ?

— Le directeur a dit que la bibliothèque allait fermer dans l'année. La ville n'a plus les moyens de la financer. Les gens ne vont plus à la bibliothèque. Tout est numérique de nos jours.

— Wow, je suis vraiment désolé.

— Ce n'est pas grave, répondit-elle en haussant les épaules. Je trouverai un autre emploi. J'ai le temps d'y réfléchir.

— Je suis quand même désolé pour toi. Je sais que tu adores travailler là-bas.

— Et bien, j'adore être entourée de livres toute la journée. Mais je peux toujours faire ça chez moi.

Je voulais dire quelque chose pour la réconforter, mais je ne trouvai rien.

— Comment ça se passe au Hippie Bowling ?

— Bien, répondis-je. Les affaires marchent bien depuis la réouverture il y a quelques mois. Je croyais que c'était un effet de mode, mais maintenant, je crois que ça sera toujours comme ça.

— C'est super, Rex, dit-elle en me faisant un sourire qui me montrait qu'elle était fière de moi.

J'aimais ce sourire.

— Merci. Je suis vraiment content que Zeke et Rae m'aient aidé. Je n'en serais pas là sans eux.

— Ce sont vraiment des amis géniaux. Ça ne fait aucun doute.

— Pourquoi tu n'ouvrirais pas ta propre librairie ? repris-je après avoir réfléchi. Tu sais, un café-librairie. Cette ville est pleine d'étudiants qui ont besoin du Wi-fi et de café.

— Oh, je ne sais pas. Je ne suis pas vraiment une femme d'affaires.

— Moi non plus, dis-je. Ce n'est pas aussi dur que ça en a l'air.

— Je n'ai pas vraiment envie de servir du café à des clients, répondit-elle en haussant les épaules. Vraiment, ce sont seulement les livres qui m'intéressent.

— Tu pourrais engager des personnes pour ça. Tu n'aurais qu'à gérer la boutique, organiser des séances de dédicaces, décorer et décider quels livres commander, ce genre de choses. Ça peut être une petite boutique, pas forcément quelque chose d'énorme.

— Cela me semble tout de même ambitieux, même si elle est petite.

— Accorde-toi un peu plus de crédit, Kayden. Je suis certain que tu pourrais le faire, et très bien.

Lorsqu'elle se lançait dans quelque chose, elle réussissait

toujours. Elle manquait d'assurance, mais ça ne signifiait pas qu'elle était incompétente.

— J'y réfléchirai, répondit-elle avec un sourire modeste. Il faudra que je trouve quelque chose bientôt...

Une idée me traversa l'esprit, une idée assez folle.

— Et si tu travaillais pour moi ? demandai-je.

— Au Hippie Bowling ? demanda-t-elle avec un petit rire.

— Pourquoi pas ? Tu pourrais être manager et gérer la boutique. Et puis, on pourrait se peloter dans le bureau..., ajoutai-je en remuant les sourcils.

—Je ne connais rien au bowling, dit-elle en riant plus fort.

— Moi non plus. Et puis ça pourrait être temporaire, le temps que tu décides ce que tu as vraiment envie de faire.

— C'est vrai. Et bien, merci pour la proposition.

— Bien sûr. Mais j'attends de toi que tu te plies en quatre... si tu vois ce que je veux dire.

— Bien sûr que je vois, Rex, répliqua-t-elle en levant les yeux au ciel. Je n'en attendais pas moins de ta part.

APRÈS LE DÎNER, nous allâmes manger une glace puis je la ramenai chez elle. Le début de la soirée avait été un peu étrange à cause de tout ce que nous avions traversé. Je n'avais pas arrêté de penser à tous les mecs qu'elle avait ramenés chez elle, même si je tentais de ne pas le faire. Rien de tout ça ne serait arrivé si je m'étais sorti la tête du cul plus tôt.

Je fus surpris que nous nous amusions autant alors que nous nous connaissions depuis si longtemps. J'avais l'impression de la redécouvrir entièrement, d'une manière nouvelle. Elle était toujours un peu tendue en ma présence, mais à la fin de la soirée, elle était décontractée et elle-même.

Je ne savais pas quand je m'étais autant amusé pour la dernière fois.

Je la ramenai devant sa porte et sentis ma queue durcir dans mon jean. Passer la soirée avec elle m'avait donné envie de terminer la nuit de manière inoubliable. Mais une version différente de moi-même me retenait. Je lui avais proposé un rencard parce que je voulais davantage qu'une relation physique. Si je voulais bien faire les choses, il fallait que l'on aille lentement.

— Merci d'avoir dîné avec moi, dis-je.

— Merci de m'avoir invitée..., répondit-elle en me fixant comme si elle attendait que je l'embrasse.

J'avais envie de la prendre dans mes bras, mais je trouvais que même ça, c'était trop sexuel. Je ne voulais pas qu'elle pense que je n'allais pas la rappeler. J'étais là pour un bout de temps. Mais je voulais aussi que les choses aillent aussi lentement que possible.

— J'aimerais qu'on recommence, dis-je.

— Moi aussi.

— Je t'appellerai demain.

Elle ne put masquer sa surprise à cette phrase.

— Tu veux entrer ? demanda-t-elle.

Putain, plus que tout au monde.

— J'aimerais que les choses se passent différemment cette fois, dis-je.

Elle acquiesça.

— Je n'ai pas envie de simplement baiser, continuai-je. Je veux plus.

— Moi aussi.

— Alors... allons doucement.

— D'accord.

Un baiser ne devrait pas être trop intense, si ? Je la pris dans mes bras et ressentis immédiatement l'aise de retrouver notre intimité familière. Elle avait des hanches féminines et une jolie taille fine. Elle était un peu différente entre mes bras avec le poids qu'elle avait perdu, mais elle était toujours parfaite.

Je pressai mon front contre le sien et restai ainsi, oubliant le baiser parce que cette étreinte était tout aussi bonne. Je fermai les yeux et sentis les battements de son cœur contre ma poitrine. Son rythme cardiaque était agité, comme si l'émotion la submergeait.

Je la serrai plus fort contre moi et je sentis ma respiration accélérer tandis que mon désir montait. Je n'avais pas su apprécier notre relation à sa juste valeur par le passé, mais ça n'arriverait plus jamais. Ce n'était qu'après avoir perdu Kayden que j'avais pris conscience qu'une femme formidable m'aimait. J'avais été trop stupide pour m'en rendre compte avant, mais je le savais à présent.

— Ça m'a manqué..., murmura-t-elle contre mon t-shirt.

Je serrai sa taille plus fort et posai mon menton sur son crâne. Nous restâmes ainsi dans le couloir, dans les bras l'un de l'autre. Je me sentais si bien, simplement à la tenir dans mes bras, sans faire attention au temps qui passait.

— Ça m'a manqué aussi.

20

Rae

Je mis la robe que Jessie m'avait laissé lui emprunter et des chaussures noires à talons assorties, puis me donnai de la peine avec ma coiffure. Je passais rarement du temps à m'apprêter, mais ce soir, je mis le paquet. Je bouclai mes cheveux et vaporisai une tonne de gel pour qu'ils ne bougent pas de la soirée — et avec un peu de chance, jusqu'au lendemain.

J'en avait marre d'attendre pour faire le premier pas avec Zeke.

Totalement marre.

J'étais dingue de lui, et mon obsession ne faisait qu'empirer. Lorsque j'avais déjeuné avec lui la veille, je voulais sauter par-dessus la table et lui monter dessus comme s'il était à moi. Lorsque j'avais dormi chez lui, j'avais voulu me réveiller nue dans son lit.

Je ne pouvais pas garder ces sentiments pour moi plus longtemps.

S'il me rejetait, aïe. Mais sinon... je finirais peut-être la nuit chez lui.

— Putain, tu es superbe ! s'exclama Jessie en entrant dans la chambre et en me détaillant de la tête au pieds. J'étais sûre que cette robe t'irait à merveille. Tes seins sont magnifiques, et tes jambes font des kilomètres.

Un commentaire pareil aurait été étrange de la part de n'importe qui d'autre que Jessie ou Kayden. Mais comme elles étaient mes meilleures amies, elles pouvaient me dire tout ce qu'elles voulaient.

— Merci, répondis-je.

— J'en déduis que tu te lances ce soir ? demanda-t-elle en s'asseyant sur mon lit et en me regardant me maquiller devant le miroir sur la commode.

— Ouaip, répondis-je en appliquant une couche de gloss sur mes lèvres et en retouchant ma coiffure. Pour le meilleur ou pour le pire.

— Ben, il aura du mal à te dire non, ça c'est sûr.

Kayden frappa à la porte et entra. Elle me fit un énorme sourire en me voyant.

— Salut. Bordel, Rae est revenue au top.

— Ça te plaît ? demandai-je en tournant sur moi-même et en prenant la pose.

— Ouais. Mais tu sais à qui ça plaira vraiment ? demanda Kayden. Ce beau gosse, Zeke.

— Tant mieux, je l'espère, répondis-je. Bon, je dois changer quelque chose ?

Jessie m'observa attentivement puis secoua la tête.

— Tu es parfaite, dit-elle.

— Plus que parfaite, ajouta Kayden. Si Zeke ne veut pas de toi, il est forcément gay.

— Je suis assez certaine qu'il ne l'est pas, dis-je. Donc j'ai toutes mes chances.

— Alors, allons-y, déclara Jessie en s'emparant de ma bouteille de parfum et en vaporisant ma robe.

— Hum, Jessie ? demandai-je en repoussant sa main.

— Il faut t'assurer de sentir bon partout, me rappela-t-elle. Hé, ça fait quatre mois de négligence là-dessous. Qui sait ce qui s'est passé pendant cette période d'isolation.

— Elle va très bien, mais merci de t'en inquiéter, répliquai-je.

— Tu t'es rasée ? demanda Kayden.

— Même mieux, répondis-je. Je me suis épilée ce matin — des pieds à la tête.

— Alors, c'est le moment de passer à l'action, dit Jessie en levant le pouce. Parce que même si Zeke te rejette, on va s'assurer que tu ne finisses pas seule ce soir.

ZEKE ET REX étaient déjà là lorsque nous arrivâmes au bar. Ils étaient installés à une des tables hautes, leurs bières posées sur des sous-verres. Le match passait à la télévision, et leurs regards étaient fixés sur l'écran.

— Rae, rentre en premier pour que Zeke te voie bien, dit Jessie.

— Et remue les fesses, ajouta Kayden. Bien fort.

— Je sais marcher, merci, sifflai-je.

— Ouais, ben, marche de manière sexy, dit Jessie.

— Bon, OK, je ne sais pas trop faire ça. Mais je peux essayer.

Je me déhanchai en m'approchant de la table, ma pochette sous le bras.

Lorsque Zeke me vit approcher dans sa vision périphérique, il se tourna et me dévora des yeux. Au lieu de me faire son sourire habituel, son regard s'assombrit considérablement. Il laissa ses yeux se promener librement sur mon corps, détaillant mes lèvres maquillées et descendant le long de ma robe courte jusqu'à mes talons noirs.

Bouche bée, il me fixait sans rien dire.

Je pensai que j'avais réussi mon coup.

Rex me regarda avec indifférence, comme d'habitude. Lorsque son regard se posa sur Kayden, il devint identique à celui de Zeke.

— Putain, bébé. Tu veux me provoquer une crise cardiaque ? demanda-t-il en sifflant doucement.

— Une crise cardiaque ? demanda Kayden.

— Ouais, répondit Rex. Tu sais, parce que tout mon sang vient de descendre ailleurs.

J'étais trop occupée à mater Zeke pour m'inquiéter de ce que racontait mon frère. Zeke aimait me voir dans ma robe, mais j'aimais encore plus le voir. Il portait un t-shirt vert sombre qui moulait ses pectoraux. La définition de ses bras se devinait sous le tissu. J'avais envie de sentir ses mains puissantes partout sur mon corps. Il portait un jean taille basse sombre qui tombait bas sur ses hanches, et je ne pouvais m'empêcher de penser aux courbes descendant plus bas.

Le fait qu'il n'essaie même pas d'être sexy le rendait encore plus désirable. Il ne se coiffait pas. Il se séchait les cheveux avec une serviette en sortant de la douche, et c'était tout. Il était assez sexy pour figurer sur un calendrier de pompiers mais sans posséder l'arrogance des personnes conscientes de leur charme.

Putain, il était parfait.

Zeke continuait de me fixer, sans me saluer comme il le faisait d'ordinaire.

Je ne dis rien non plus. Je ne trouvais plus mes mots.

Le reste du groupe discutait normalement.

— Je sais que c'est bizarre pour tout le monde, dit Rex en passant son bras autour de la taille de Kayden, mais oui, Kayden et moi, on est ensemble. On comprend que ça pourrait mettre en danger notre amitié et le groupe. Mais on en a envie tous les deux, et on espère que vous saurez l'accepter.

Je ne détachai pas mon regard de Zeke.

— Très bien, mon pote, répondit-il sans se tourner non plus.

— Tu comptes nous regarder, à un moment ? demanda Rex.

Je soupirai avant de me tourner vers mon frère.

— Félicitations. Tu as une petite copine. Tant mieux pour toi.

— Oh là, personne n'a parlé de petite copine, dit Rex. On traîne juste ensemble.

— De manière exclusive, compléta Zeke. C'est ta petite amie. Admets-le.

— Il a raison, dit Kayden. Je suis ta petite amie, et tu as intérêt à me traiter comme telle.

— D'accord, très bien, dit immédiatement Rex.

— Déjà dominé ! s'exclama Jessie en riant.

— Je ne suis pas dominé, répliqua Rex.

— Bien sûr que si, mon pote, dit Zeke. Mais tu sais quoi ? Ce n'est pas grave. Les mecs ne sont jamais plus heureux que lorsqu'ils sont dominés par une femme.

— Vraiment ? demanda Rex, surpris.

— Oh, ouais, dit Zeke avant de se tourner vers moi. Je peux t'offrir un verre ?

— Volontiers, répondis-je en sentant des papillons voleter dans mon ventre. Un lemon drop.

— Je reviens tout de suite, dit Zeke avant de s'éloigner vers le bar situé de l'autre côté de la pièce.

Dès qu'il fut assez loin pour ne plus nous entendre, Jessie se tourna vers moi avec un sourire suffisant.

— Il te bave dessus, ma poule, me dit-elle.

— Ah oui ? demandai-je en me sentant rougir.

— Il est resté bouche bée quand il t'a vue entrer, ajouta Jessie. Il ne savait plus quoi dire.

Kayden et Rex discutaient ensemble à voix basse sans faire attention à nous.

— Il était plutôt silencieux, hein ? dis-je.

— C'est parce que tout son sang est descendu alimenter son énorme bite. Il ne pouvait probablement même plus réfléchir.

— Chut... Sois cool, soufflai-je en le voyant revenir avec mon verre.

— Oh, ça va, protesta Jessie. Comme si Zeke ignorait qu'il est bien monté.

— Qu'en sais-tu ? demandai-je.

— Regarde-le, répondit-elle en haussant les épaules. Des fois, ça se voit, c'est tout.

— Il faudra que tu m'apprennes ce petit talent à l'occasion.

— Ha ! s'exclama-t-elle. J'emporterai mes secrets dans la tombe.

Zeke revint à la table et déposa le lemon drop devant moi.

— Et voilà. Je t'en ai pris un aussi, Jess, ajouta-t-il en lui tendant un verre.

— Aww, merci. Tu es vraiment gentil, dit Jessie en buvant une gorgée à la paille.

— Et Kayden, alors ? demanda Rex. Tu ne lui as pas pris de verre ?

— Je pense que c'est son *petit ami* qui devrait aller lui chercher un verre, remarqua Zeke avec un regard dur.

— Oh, merde, souffla Rex. Je n'y avais même pas pensé.

Zeke lui fit un signe de tête en direction du bar, et Rex sembla comprendre ce qu'il voulait dire.

— Oh, ouais, dit-il. Tu veux boire quoi ? demanda-t-il à Kayden.

— Je prendrai aussi un lemon drop, répondit Kayden. Et merci.

— J'arrive tout de suite, dit Rex en allant vers le bar.

Maintenant qu'il n'y avait plus de distractions, les yeux de Zeke ne quittaient plus mon visage. Il ne me regardait pas comme d'ordinaire. Son regard était intense — presque désespéré.

Ou peut-être que je prenais mes désirs pour des réalités.

— Tu es magnifique, me dit-il, son regard descendant vers mes cuisses, juste là où la robe se terminait, quelques centimètres au-dessus du genou.

— Merci. Toi aussi, répondis-je.

— Je ne pense pas que c'est comparable, mais je te remercie.

Je bus une gorgée de mon verre, simplement pour me donner une contenance. Il me rendait soudain nerveuse. J'avais à la fois chaud et froid en même temps. Je ne pouvais m'empêcher de m'imaginer en train de dévorer sa bouche, de sucer sa lèvre inférieure avant d'effleurer sa langue de la mienne. Je voulais sentir ce corps magnifique sur le mien dans l'obscurité de sa chambre et entendre la tête de lit frapper contre le mur alors qu'il me pilonnait comme si sa vie en dépendait.

Il fallait vraiment que j'agisse. Il était hors de question que je rentre seule sans lui ce soir.

Il fallait juste que je décide comment faire.

LES MECS s'installèrent près de l'écran pour regarder la fin du match. Le score était à égalité et c'était la dernière prolongation. La plupart des hommes dans le bar étaient rassemblés autour de la télévision pour assister au dénouement de cette partie serrée.

— Alors, tu vas te lancer ? me demanda Kayden.

— Oh oui, répondis-je. Je ne sais juste pas comment m'y prendre.

— Dis-lui simplement que tu veux aller chez lui, proposa Jessie, et ta-dam ! C'est gagné.

Je ne pouvais pas simplement me jeter sur lui sans une sorte de discussion.

— Zeke est mon ami, alors c'est plus compliqué que ça, dis-je. Je pensais lui dire que je craque sur lui depuis quelques mois et que j'aimerais aller plus loin. Et si ça lui dit... je le ferai.

— Trop de blabla, déclara Kayden.

— Je suis d'accord, ajouta Jessie. Les histoires d'amour, c'est bien mieux quand les gens la ferment.

— Ben, ce serait vraiment bizarre si je l'embrassais et qu'il n'en avait pas envie, dis-je.

Faire quelque chose de stupide pourrait mettre en danger notre amitié, et elle était vraiment chère à mon cœur.

— Ferme-la, dit Jessie. Il te bavait dessus.

— C'est clair, renchérit Kayden. Il ne cherchait même pas à le cacher.

— Mais quand même... je ne devrais pas faire de suppositions.

En fait, je cherchais surtout une excuse parce que j'étais nerveuse. J'avais déjà abordé des mecs, et faire le premier pas ne me posait pas de problème. Mais il était le premier qui était vraiment important. Il n'était pas juste un mec canon. C'était le mec le plus sexy, gentil et incroyable du monde.

— Quand il revient, lance-toi, me pressa Jessie. Kayden et moi, on ira au bar pour vous laisser tranquille.

— D'accord. C'est parti, dis-je avant de vider mon verre.

Je me tournai vers là où Zeke et Rex étaient installés. Une brune se tenait près de Zeke et n'arrêtait pas de lui parler. Elle portait une robe bleue ultra-moulante et était clairement magnifique.

— Ça ne veut rien dire, commenta Jessie qui lisait en moi comme dans un livre ouvert.

Mais leur conversation se prolongea. Zeke éclata même de rire à un de ses commentaires. Le match était terminé, et pourtant il continuait à parler avec elle.

Je commençai à devenir nerveuse. Venais-je de manquer ma chance ?

— Ça ne veut toujours rien dire, déclara Kayden. Il est simplement poli.

— Les filles, ne faisons pas semblant d'ignorer qu'elle est magnifique, lâchai-je. Il n'est pas juste poli.

Elle et Zeke s'écartèrent un peu de la foule et continuèrent à discuter. Il était tourné dans ma direction, mais il ne leva pas les yeux vers moi. Sa bière à la main, il continuait à écouter la fille. Il ne semblait pas prêt de revenir avec nous.

— Putain, mais pourquoi ça m'arrive toujours ? gémis-je en me soutenant à la table. Il ne me plaît pas quand je pourrais l'avoir, et maintenant que je pourrais, il ne me veut plus.

— On ne sait toujours pas —

Jessie s'interrompit en voyant la femme toucher le biceps de Zeke.

— OK... tu as peut-être raison, admit-elle.

Je n'étais pas simplement en colère par jalousie. J'étais aussi en colère de ne pas avoir agi lorsque je le pouvais. Au lieu d'attendre pour m'assurer que Zeke ait pu oublier Rochelle, j'aurais dû simplement me lancer.

Maintenant, j'étais emplie de regrets.

— Excusez-moi, dis-je en m'éloignant.

Alors que je quittai la table, Zeke leva les yeux vers moi. Son regard clair perça le mien, tandis que la femme continuait de presser son corps attirant contre le sien. Je fis mine de n'en avoir rien à faire et avançai vers le couloir dans lequel se trouvaient les toilettes.

Malheureusement, une file de femmes attendait leur tour, appuyées contre le mur. Je ne pouvais pas retourner dans la salle, alors je m'appuyai contre le mur près des toilettes des hommes pour tenter de trouver un peu d'intimité et pour essayer de rassurer mon cœur terrifié.

Tu n'as aucun droit d'être jalouse.

Ça va aller.

Un de perdu, dix de retrouvés.

Mais aucun autre ne m'intéresse. C'est lui.

Bon Dieu, venais-je vraiment de perdre la meilleure chose qui aurait pu m'arriver ?

Je le voulais tant.

Je sentis des larmes me piquer les yeux, et l'humidité tiède me fit me sentir encore plus mal. J'avais pleuré lorsque Ryker m'avait quittée parce qu'il m'avait brisé le cœur. Mais je n'avais encore jamais pleuré pour un homme que je n'avais pas eu. Cela ne fit que me convaincre que mes sentiments pour Zeke étaient plus forts que tout ce que j'avais déjà pu ressentir.

Et c'était vraiment terrible.

Putain, je me sentais désespérée.

Je pris une grande inspiration et stoppai mes larmes. Je devais retourner avec les autres et prétendre que tout allait bien. Si je me laissais pleurer, mes yeux allaient rougir et gonfler. Et tout le monde verrait que quelque chose n'allait pas.

Alors que je passai mes doigts sous mes yeux pour enlever le maquillage qui avait coulé, Zeke entra dans le couloir. Il scrutait la foule, comme s'il cherchait quelqu'un. Puis son regard se posa sur moi, sa cible.

Un battement silencieux passa entre nous. Je priai pour qu'il ne remarque pas mes paupières gonflées. J'espérai qu'il ne voyait pas à quel point j'étais dévastée simplement parce qu'une femme l'avait touché. Clairement, j'étais complètement accro à lui. J'espérais simplement que ce n'était pas évident pour lui.

Il s'approcha lentement de moi, prenant son temps malgré la détermination dans son regard. Il vint contre moi et me pressa contre le mur. Son torse se posa contre ma poitrine, nos bouches à seulement quelques centimètres l'une de l'autre.

Je ne savais pas ce qui se passait, mais je crois que ça me plaisait.

Il entrelaça ses doigts avec les miens et pressa mes mains contre le mur en se serrant plus fort contre moi.

À présent, je n'arrivais plus à respirer.

Il effleura ses lèvres des miennes, jouant presque avec moi. C'était le calme avant la tempête, la pause avant le grand saut. Il recommença avant de finalement plonger et m'embrasser fermement sur la bouche.

Oh mon Dieu.

Il suça ma lèvre inférieure avant de bouger sa bouche contre la mienne. Chacun de ses gestes était déterminé, magique. Il souffla dans ma bouche avec une intensité égale à la mienne. Son torse se soulevait à chacun de ses soupirs et un gémissement bas s'échappa de ses lèvres.

Je cherchai à me libérer de son emprise parce que je voulais le toucher, passer mes mains sur son corps musclé. Mais il ne me laissa pas bouger. Il me pressa plus fort contre le mur et m'embrassa plus intensément.

J'étais sa prisonnière. Sa propriété. Sa femelle.

Et je le savais.

Il serra mes doigts plus fort en m'embrassant dans ce couloir sombre, sans s'inquiéter des personnes qui passaient autour de nous. Ses lèvres étaient collées aux miennes et son énorme bosse frottait contre mes hanches à travers son jean.

Était-ce un rêve ?

Le baiser ne s'arrêtait pas. Zeke ne ralentissait pas et l'intensité restait la même. Ses lèvres étaient brutales, et j'eus l'impression de n'avoir jamais embrassé personne avant lui. Notre étreinte était unique — parfaite.

Il finit par se détacher de moi et pressa son visage contre le mien.

— Rae, je suis à toi, murmura-t-il. Et tu as toujours été mienne.

DÈS QU'IL eut fermé la porte d'entrée, ses lèvres furent à nouveau contre les miennes. Il m'embrassa aussi intensément qu'avant, et cette fois, il me souleva par les fesses et m'attira contre son torse. Il me porta ainsi jusqu'à sa chambre.

Je n'étais jamais entrée dedans avant, mais je ne pris pas la peine de détailler la pièce. La lumière était éteinte, et il me déposa sur le matelas doux.

Il retira immédiatement son t-shirt et le laissa tomber au sol.

Oh bordel.

Tellement parfait.

Et à moi. Tout à moi.

Magnifique, parfaitement défini. Ses muscles roulaient à chacun de ses mouvements. Il agrippa ma cheville et me retira doucement mon talon, avant de faire de même avec la suivante. Lorsque mes pieds furent nus, il les plaça contre son torse et se pencha pour embrasser ma cheville.

Je ne considérais pas ma cheville comme une zone érotique jusque-là, mais il changea cela.

Il fit la même chose avec l'autre en pressant mes pieds contre son ventre puissant. Je sentis le rythme de son cœur battre contre mon talon.

Je plantai mes orteils dans sa peau, me délectant de sa chaleur. Putain, il était tellement sexy que je ne m'en remettais pas. Ma chatte était déjà trempée, et je voulais son énorme bite en moi — le plus vite possible.

Sans enlever mes pieds de sa poitrine, il défit son jean et le laissa glisser jusqu'à ses chevilles. Il retira ses chaussures et ses chaussettes puis finit d'enlever son pantalon. Il resta en boxer, dont le noir mettait sa belle peau pâle en valeur. Il passa le doigt sous l'élastique en me dévisageant intensément de ses yeux bleus.

Enlève-le.

Allez, enlève ça.

Il le fit descendre le long de ses hanches musclées et son énorme queue apparut, fièrement dressée.

— Oh, wow..., murmurai-je en me mordant la lèvre.

Il finit d'enlever le boxer et se tint nu devant moi. Sa lubrification avait humidifié le bout de son gland et il luisait, m'hypnotisant.

Je n'avais jamais été aussi heureuse d'être en vie.

Il fit glisser ses mains le long de mes cuisses jusqu'à mes hanches. Il remonta le tissu de ma robe jusqu'à mon ventre, révélant mon nombril. Mes pieds étaient toujours fermement posés contre son torse.

Il passa les doigts sous l'élastique de mon string, et le baissa d'un mouvement sec jusqu'à mes genoux. Il le laissa là pour ne pas déplacer mes pieds. Puis il déplaça ses mains jusqu'à mes fesses et les agrippa brutalement et me tira vers le bord du lit.

— À moi, grogna-t-il.

Il s'agenouilla devant le lit et plaça mes jambes sur ses épaules, ma culotte toujours étirée entre mes jambes. Il approcha son visage de mon sexe et chatouilla mon clito de sa langue.

— Oh mon Dieu..., gémis-je en me cambrant automatiquement et en serrant le drap autour de moi. La réalité était meilleure que tous mes fantasmes. Il savait vraiment s'y prendre, et il était sexy à crever. Dire que j'aurais pu faire ça toutes les nuits depuis des années si j'avais simplement ouvert mes yeux, putain...

Il aspira mon clito dans sa bouche et lui donna des coups de langue agressifs, avant de glisser le long de mon entrée puis de me pénétrer avec la pointe de sa langue, mêlant nos deux humidités. Il n'avait pas besoin de faire trop d'efforts concernant les préliminaires, parce que j'étais déjà au bord de l'orgasme. En fait, j'étais bouillante depuis que je l'avais vu dans le bar.

En le regardant, occupé entre mes jambes à me manger avec tant d'enthousiasme, je manquais de jouir. J'en avais envie, mais je voulais attendre qu'il soit en moi. Je savais que ça arriverait vite après près de quatre mois sans sexe.

Après m'avoir soigneusement dévorée, Zeke se redressa, sa grosse queue dure comme la pierre. Il fit passer ma robe par-dessus ma tête, révélant mes tétons durs et pointus. Il prit chacun de mes seins dans sa bouche, et je sentis sa queue pressée contre ma fente trempée.

Je devais rêver. C'était beaucoup trop bon pour être réel.

Je passai dans mes cheveux, comme je rêvais de le faire depuis si longtemps, puis griffai son dos, sentant la définition de chaque muscle. Il était parfait, si fort, si viril. Je fermai les yeux pour me délecter des sensations délicieuses qu'il me procurait.

Il m'embrassa sensuellement sur les lèvres avant de se redresser, sa queue toujours pressée contre ma chatte brûlante.

Je prenais la pilule et je m'étais faite dépister. Je savais que Zeke aussi. Je n'eus pas besoin d'avoir la même conversation qu'avec Ryker lorsque nous étions devenus exclusifs. C'était différent avec Zeke, et je voulais le sentir peau contre peau.

Il devait penser la même chose, car il ne se pencha pas pour prendre une capote dans le tiroir de sa table de chevet. Il prit la base de sa queue dans la main et pointa son gland épais devant mon entrée.

— Attends... Tu crois qu'on devrait ralentir un peu ? demandai-je d'une petite voix.

Après tout, nous venions de nous mettre ensemble et nous étions déjà au lit.

Il me regarda avec la même expression brûlante, semblant penser que c'était une idée ridicule.

— Si tu veux..., murmura-t-il tout de même.

— Pas du tout. Mais je ne veux pas que tu penses que je suis une salope.

— Je ne pense pas ça, Rae, répondit-il avec un petit sourire. Mais je compte bien faire de toi une salope — la mienne, acheva-t-il en faisant pénétrer mon gland dans ma chatte étroite.

Je rejetai la tête en arrière et serrai les draps.

— Oh mon Dieu, putain, c'est trop bon..., gémis-je dans un murmure incohérent.

Je sentis sa bite épaisse me remplir alors qu'il me pénétrait plus profondément. J'étais tellement mouillée qu'il glissa en moi sans problème jusqu'à la garde.

Je n'avais pas ressenti un tel plaisir depuis si longtemps que j'avais oublié à quel point c'était bon. Son membre était tellement gros que c'était un peu douloureux, mais cette gêne n'était rien en comparaison du plaisir intense qu'il me procurait.

— Zeke..., gémis-je en agrippant ses poignets, sentant son pouls agité sous mes doigts.

Son regard redoubla d'intensité en m'entendant prononcer son nom.

— Tu n'imagines pas combien de fois je me suis branlé en t'imaginant dire mon nom comme ça..., murmura-t-il.

Il commença à donner de petits coups de reins, tout en maintenant mes genoux pour garder mes jambes écartées. J'étais sur un petit nuage, et je n'arrivais pas à organiser mes pensées avec ce dieu vivant en moi.

— J'aimerais te voir te branler un jour, dis-je sans réfléchir.

Il commença à bouger en moi. Nous pouvions entendre le bruit de friction que faisait sa queue à chaque va-et-vient.

J'allais jouir d'un moment à l'autre. Je sentais l'orgasme monter.

Et c'était tellement pitoyable que j'étais gênée.

J'essayai de lutter contre la vague que je sentais naître au creux de mes entrailles tandis qu'il continuait à me pilonner doucement. Nous venions à peine de commencer et j'étais déjà en train de tenter de repousser le feu dans mon bas-ventre. Je le sentis naître dans mes entrailles et descendre en moi. Irrépressible, il s'intensifia et déferla sur moi.

L'orgasme fut si fort que je hurlai.

— Oh mon Dieu...

L'expression de Zeke devint encore plus intense alors qu'il observait le plaisir sur mon visage. Il me pilonna plus fort et me pénétra de toute la longueur de sa queue incroyable pour décupler mon plaisir.

Je plantai mes ongles dans ses avants-bras et bougeai avec lui le long de son énorme membre.

— Zeke... wow.

Je laissai la vague de plaisir me traverser, jusqu'à ce qu'il n'en reste plus qu'un fourmillement sensible entre mes jambes.

— Tu n'as encore rien vu, bébé.

Il se retira de moi et je me sentis immédiatement vide. Il me retourna prestement sur le ventre, me chevaucha et me pénétra brutalement, toute la douceur d'un instant auparavant oubliée. Il me maintenait bloquée sous lui, son torse contre mon dos. Il me baisait brutalement, et j'entendais son souffle dans mon oreilles. Ses hanches venaient claquer contre mon cul à chacun de ses coups de boutoir, et mon clitoris frottait contre les draps, me faisant atteindre un plaisir encore plus intense.

Il était couvert de sueur, et mes fesses qui venaient à sa rencontre se retrouvèrent également trempée. Mais peu importait que nous soyons fatigués ou en nage ; nous étions entièrement absorbés l'un par l'autre, et rien d'autre n'avait d'importance.

— Ta chatte est aussi bonne que je l'imaginais, murmura-t-il.

Je passai mon bras en arrière pour l'agripper par la hanche et l'attirer plus profondément en moi. Je sentais un nouvel orgasme s'annoncer, et ça ne me surprenait même plus.

— J'ai vraiment hâte de sentir ta semence en moi, gémis-je.

Il s'arrêta un instant, puis me cloua au matelas d'un coup de rein puissant en soufflant :

— Putain, Rae...

Le ton de sa voix et sa queue plus dure que jamais me firent partir. Je jouis à nouveau, et ma chatte pulsa et se contracta autour de son membre. La vague de plaisir fut si puissante que je crus ne plus jamais redescendre sur terre.

Putain, c'était tellement bon.

Rien de meilleur.

— Donne-moi tout, Zeke.

— Ça arrive, me souffla-t-il à l'oreille tout en ralentissant le rythme.

Il s'inséra entièrement en moi jusqu'à la garde, et sa queue pulsa en moi lorsqu'il explosa.

— Putain..., gémit-il alors qu'il giclait sa semence au fond de mes entrailles. Putain, oui !

Il enfouit son visage dans mon cou et tenta de reprendre sa respiration tandis que nos transpirations se mélangeaient. Je sentis sa queue ramollir lentement en moi. Nous restâmes ainsi un long moment, à nous remettre de ce que nous venions de vivre.

— Je suis désolée d'avoir joui si vite..., murmurai-je, embarrassée d'être si sensible. C'est que —

— Tu jouiras toujours vite avec moi — et plus d'une fois.

LORSQUE J'OUVRIS les yeux le lendemain matin, ma tête reposait contre le torse puissant de Zeke. Mon bras était passé autour de sa taille musclées, et je pouvais sentir sa peau tiède sous mes doigts. Il me fallut tout de même un moment pour réaliser que je ne rêvais pas. J'étais réellement nue dans le lit de Zeke, entre ses bras après une nuit de sexe inoubliable.

Je me tournai vers lui, et il me rendit mon regard avec des yeux endormis. Son bras était passé autour de mon épaule et ses grands doigts caressaient mes côtes. Il était vraiment sexy au réveil.

J'avais rêvé de cet instant si souvent que je craignais que ce soit mon imagination qui me joue des tours.

— Est-ce réel ? murmurai-je.

— Ouais, répondit-il en me caressant les cheveux. Ou sinon, c'est le meilleur rêve de toute ma vie.

Il posa sa tête contre mon épaule avec un soupir satisfait. Les grandes fenêtres de sa chambre donnaient sur son jardin. La brume matinale bloquait la visibilité ; on ne pouvait distinguer la haie arrière. Je n'étais pas sûre de l'heure, mais il semblait être l'aube.

— Tu embrasses vraiment bien, dis-je sans réfléchir.

— J'espère que tu me trouves aussi doué dans d'autres domaines, répliqua-t-il avec un petit sourire.

— Oh oui, dis-je rapidement. Mais j'étais en train de repenser à notre premier baiser...

— C'était sympa, hein ? demanda-t-il en déposant des petits baisers tièdes sur mon bras.

Je n'avais pas envie d'avoir cette conversation, mais elle devait avoir lieu. J'avais trop souffert par le passé parce que j'avais fait des suppositions.

— Alors hier soir... c'était juste du sexe ? Demandai-je sans parvenir à masquer la crainte de ma voix. Non, n'est-ce pas ? Parce que —

— Je suis à toi, Rae, dit-il en embrassant mon épaule. Et tu es mienne.

Je sentis le soulagement m'envahir.

— Et bien, j'aimerais te dire quelque chose. Je ne veux pas que tu penses qu'il s'agissait simplement d'une pulsion physique. J'ai commencé à avoir des sentiments pour toi il y a quelques mois, et c'est le cas depuis...

Il ne réagit pas, comme s'il ne s'agissait pas d'une nouvelle information.

Pourquoi n'était-il pas surpris ? Pas du tout ?

— Rochelle m'a dit que tu avais été amoureux de moi, poursuivis-je. En l'apprenant, je suis devenue encore plus accro. Si je ne t'en ai pas parlé à l'époque, c'est uniquement parce que tu étais avec Rochelle.

— Rae, Rex m'a tout raconté il y a environ un mois, finit-il par dire.

Je sentis un creux se former dans mon ventre. Mon frère m'avait trahie ? Il avait tout balancé à Zeke ?

— Comment ? m'exclamai-je.

— Tout a changé lorsqu'il m'en a parlé. Rochelle est géniale, et j'étais heureux avec elle. Mais dès que je t'ai eue en tête, je n'ai plus réussi à t'oublier. J'ai voulu être avec toi pendant si longtemps... je ne pouvais pas manquer ma chance. Je n'ai jamais plus regardé Rochelle de la même manière, et ça a marqué la fin de notre couple. C'est la raison pour laquelle j'ai rompu avec elle.

— À cause de moi ? Je ne voulais pas que ça arrive. C'est pour ça que je ne t'en ai pas parlé..., marmonnai-je en sentant une intense culpabilité m'envahir.

— Je sais. Mais je suis content de l'avoir appris. Le mois qui vient de passer m'a confirmé que j'avais pris la bonne décision. C'est différent avec toi. C'est... c'est comme être à la fois avec sa meilleure amie et avec la fille la plus sexy de la terre. Parfois je veux t'embrasser, et à d'autres moment je n'arrive pas à cesser de rire à une de tes blagues. Je suis vraiment à ma place.

Sa décision était prise, et rien ne changerait ce qui s'était passé. Il n'était plus avec Rochelle, et même si je me sentais coupable, les choses resteraient ainsi.

— Pourquoi ne m'en as-tu pas parlé ? demandai-je finalement.

— Je voulais attendre un moment pour me remettre de ma rupture avec Rochelle. Je sais que j'ai fait le bon choix en la quittant, mais elle a été importante pour moi, et je voulais être seul et prendre le temps de l'oublier avant de venir vers toi — par respect pour vous deux.

— Oh...

— Mais en voyant ton expression lorsque Theresa était en train de me parler, j'ai compris que je devait arrêter dc traîner des pieds et agir.

— Qui est-ce ?

— Une patiente.

Je ne l'appréciais toujours pas. Elle n'avait pas à tripoter le bras de son médecin.

— Alors, au lieu de tout t'expliquer, reprit-il, je t'ai simplement embrassée. Et ça a plutôt bien fonctionné.

Putain, ouais.

Il vint s'allonger sur moi et écarta mes jambes en glissant ses hanches entre elle. Il se pencha vers moi et s'arrêta à quelques centimètres de mes lèvres.

— Et nous voilà..., murmura-t-il.

— Nous voilà...

Il appuya son gland contre mon entrée, sa queue déjà épaisse et gonflée.

Je passai mes bras autour de son cou et le regardai dans les yeux en sentant son membre m'étirer en me pénétrant progressivement. Je n'avais jamais autant pris mon pied. Mon esprit flottait sur un petit nuage.

Il s'immobilisa une fois entièrement en moi, profitant de la sensation de ma chatte chaude. Il gémit doucement en me sentant m'élargir lentement pour accueillir sa taille impressionnante. Zeke était diablement sexy, et il savait vraiment s'y prendre au lit. Il était agressif et autoritaire, bien loin du gentleman que je connaissais — et j'adorais ça.

Il n'était plus seulement mon ami, et ce depuis longtemps. Pour moi, il était l'homme le plus sexy de la Terre, celui à qui appartenait mon cœur ainsi que le reste de mon corps. Je me sentais en sécurité auprès de lui, plus que jamais auparavant dans ma vie.

— Tu es encore mieux que dans mes rêves, murmurai-je.

— Et toi, tu es encore mieux que ma main, me taquina-t-il en embrassant le coin de ma bouche et en me donnant un puissant coup de reins.

JE PASSAI la porte de l'appartement, Zeke sur mes talons. Nous étions dimanche soir et je devais travailler le lendemain.

Malheureusement.

Rex était dans la cuisine, en train de sortir une pizza du micro-ondes. Il nous lança un regard gêné.

— Vous êtes là..., marmonna-t-il.

— Ne t'inquiète pas, je ne reste pas, répliquai-je.

Je portais la même robe et les talons depuis vendredi soir. Je ne portais pas de sous-vêtements parce qu'ils étaient trop trempés.

Difficile d'imaginer une situation plus gênante.

— Je passe juste chercher des vêtements et Safari, dis-je en m'éloignant vers ma chambre.

Je culpabilisai un instant de laisser Zeke seul avec Rex. Clairement, ce moment allait être difficile. Mais ils étaient des meilleurs amis, et ils allaient devoir dépasser leur gêne.

— Comment s'est passé ton week-end ? demanda Zeke.

— Pas mal, répondit Rex. Et le tien ?

— Super, répondit Zeke.

Putain, c'était tendu. Je fourrai des affaires dans un sac.

— Tu as vu Kayden ? demanda Zeke.

— On a été pique-niquer à la plage hier, répondit Rex.

— Ça devait être sympa.

— Ouais, c'était cool, dit Rex.

J'attachai la laisse au collier de Safari et revins dans l'entrée pour éviter à Zeke une plus longue conversation aussi gênante.

—Je suis prête, déclarai-je.

— Tu reviens quand ? demanda Rex.

— Quand je n'aurais plus de vêtements propres, répondis-je immédiatement.

Je comptais rester auprès de Zeke et chez lui autant que possible. Je voulais être dans ses bras, dans son lit à tous moments. Je voulais porter son t-shirt et son boxer chez lui. Je voulais voir Safari courir dans le jardin.

Zeke prit le sac et le posa sur son épaule.

— Bon, à plus tard, dit-il à Rex.

— D'accord..., répondit Rex, visiblement mal à l'aise.

Cette gêne n'avait aucune raison d'être;je ne comprenais pas l'attitude de mon frère.

— Rex, arrête d'être bizarre, dis-je. Je couche avec Zeke. Ce n'est pas si extraordinaire.

— Il me faudra un peu de temps pour m'y faire, déclara Rex en mordant dans sa pizza. Je savais que ça arriverait, mais maintenant que ça y est… c'est bizarre.

— Et ben, habitue-toi, parce que cet arrangement va durer un très long moment, répliquai-je.

Zeke sourit jusqu'au oreilles en m'entendant parler.

— Tu l'as entendue, dit-il. Je serai là *un très long moment.*

— Ferme-la et allez-y, dit Rex en levant les yeux au ciel.

Zeke ouvrit la porte et me prit la main. Je tenais la laisse de Safari dans mon autre main, et il semblait se douter d'où nous allions puisque Zeke était là. Zeke me regarda en coin, son sourire toujours en place.

— Quoi ? demandai-je.

— Ça m'a plu, ce que tu as dit.

— Qu'on sera ensemble longtemps, toi et moi ?

— Ouais.

— Je ne prendrais pas le risque de mettre notre amitié en danger si je ne pensais pas que ça puisse durer pour toujours.

Il cessa de marcher et son sourire s'évanouit. Il me fixa comme s'il ne savait plus quoi dire.

— C'est vrai ?

— Ouais.

— Moi aussi, je pense que ça pourrait durer pour toujours, dit-il en hochant la tête.

Mon cœur cessa de battre un instant en entendant ces mots. Nous ne nous étions pas engagés, nous ne nous étions même pas dit que nous nous aimions, mais ces mots semblaient néanmoins signifier quelque chose de très fort. Je ne savais pas ce que notre couple allait donner car nous n'étions ensemble que depuis quelques jours ; mais au fond de moi, je savais que cette relation était différente de toutes mes précédentes.

Nous ne saurions pas où ce chemin nous mènerait avant de l'emprunter. J'avais hâte de le savoir, et une seule chose m'importait. Je tendis ma main à Zeke.

— Quoi qu'il arrive, on sera toujours amis, dis-je. Parce que je ne pourrais pas vivre sans toi dans ma vie.

Il regarda ma main un moment avant de la serrer.

— Bien sûr.

— C'est promis ?

Il hocha la tête.

— C'est promis.

Un sourire se forma sur mes lèvres.

Et il me le rendit.

Du même auteur

L'histoire continue dans le Tome 4, Rayon de Temps.

Et le Tome 5, Rayon de Cœur.

Conclusion

Cher lecteur,

Merci d'avoir lu Rayon d'Amour. J'espère que vous avez aimé le lire autant que j'ai aimé l'écrire. J'apprécierais énormément que vous preniez le temps d'écrire votre commentaire ! C'est le meilleur soutien que vous puissiez apporter à un auteur. Un tout grand merci !

E. L. Todd

Vous voulez me suivre ?

Inscrivez-vous à ma newsletter pour recevoir des informations sur mes nouvelles sorties, sur les promotions, et pour recevoir ma newsletter mensuelle tordante. Comme ça, vous aurez toutes les infos utiles. Inscrivez-vous dès aujourd'hui.
www.eltoddbooks.com

Facebook :
https://www.facebook.com/ELTodd42

Twitter :
@E_L_Todd

Maintenant, vous n'avez plus aucune raison pour ne pas me suivre. À très vite !

L'Élite de EL

Je sais à quel point je suis chanceuse d'avoir des fans géniaux, vous savez, le genre de fans prêts à donner leur vie pour vous. Ils me soutiennent en toutes circonstances. Ils adorent mes romans, et ils adorent les faire connaître. Leur plus grand souhait est de me voir faire partie des meilleures ventes sur la liste du New York Times, et ils sont prêts à tout pour ça. Et même si ça demande beaucoup de travail, j'y prends aussi énormément de plaisir. Quel meilleur moyen pour se faire des amis que d'entrer en contact avec des personnes qui partagent votre passion ?

Êtes-vous un de ces fans géniaux ?

Dans ce cas, faites une demande d'inscription sur le groupe Facebook. C'est un groupe fermé, donc vous aurez du mal à le trouver sans le lien. Le voici :

https://www.facebook.com/groups/1192326920784373

J'espère vous y retrouver, ÉLITE !

34746282R00185

Printed in Great Britain
by Amazon